ちくま文庫

断髪女中

獅子文六短篇集
モダンガール篇

獅子文六
山崎まどか 編

筑摩書房

もくじ

50

「断髪女中」

獅子文六

山崎まどか 編

挿画　北澤平祐
レイアウト　小川恵子（瀬戸内デザイン）

断髪女中

一

角の本多さんの家では、奥さんが脾弱《ひよわ》なのに、女中に帰られて、困ってる。後口を方々、掛けているのだが、一向に話がない。

近頃、払底しているもの、銅、ガソリン、傑作小説、デ盃日本選手――それから女中さんである。尤も、女中飢饉は、なにも今に限った現象ではない。大正の大景気時代以来、もう二十年も払底を続けている。東北が冷害を蒙ると、とたんに少しばかり供給があるが、翌年はきまって豊作だから、一挙に引揚げてしまうし、都に踏み留まっても、女給さんに転向する率が高い。

ましてや、今度の事変が始まって、直接間接の軍需景気が、一度にドッと女中適齢の女子を工場に吸引してから、飢饉どころの騒ぎではない。新規雇入れは、銅の雨樋《あまどい》を拵えるのと同じように、諦めるのが早道である。

「ほんとに、どうして、こう意地悪く、ないもんでしょうね……」

そこで、本多さんの奥さんは、三カ月間の女中探しが徒労におわってるのを、良人《おっと》に嘆くのである。

「つまり、女中という職業が、ワリが悪いからだろう。労力に比較して報酬が厚いとか、或いは労銀そのものの額が断然他の職業を抜いてるとかいうならば、必ず女中志望者が雲集しなければならない。水は低きについて流れるものだから……」

主人は、自分が台所仕事をする必要がないので、呑気な理窟を列べている。

「だって、家なんか、家族は二人きりだし、お掃除はラクだし、十円のお給金なら文句はないと思いますわ」

「お前は思っても、先方はどうか知れん。報酬問題は別としても、近頃の女性は、田舎の娘でも、なかなか気位が高くなってる。二十四時間、ノベツ幕なしに駆使されるという理由だけでも、女中を嫌うのだと新聞に出ていた。外国の女中のように、毎日夜間は自由時間で、その上、一週一回の休日があるというようになれば、女中問題は自然に解決すると思う」

「まア、バカバカしい、いくらなんだって、二十四時間女中を使う家が、あるもんですか。夜はチャーンと臥《ね》かしてやりますわ」

「要するに、女中難ということは、経済、社会、思想の問題に大なる関係をもってるのだから、三月や半年で、解消する筈はない。お前も、人の顔さえ見れば、女中々々といわないで、もう雇入れを諦めなさい。女中なしで、やって見るんだね。運動になって、体のためにもきっとよろしい」

「おおきにお関い……。運動なら、ハイキングでもなんでも致します。女中というものは、呼鈴や冷蔵庫と同じように、どこの家にも無くてはならないものですからね。第一、あなたのおっしゃるように、日本中に女中が一人もないなんて、大嘘ですわ」

「いつ、そんなことといった？」

「そう聞えましたよ。いくら女中払底にしたって、わが家で雇うのはたった一人でいいんですから、ないわけはありませんわ」

「まず、ないと諦めるんだね」

「きっとあると、信じますわ」

「ないよ」

「ありますよ」

「強情な奴だな」

「あなたこそ」

そうして、良人は夕刊を持って、足音荒く、二階へ上ってしまうという風景は、本多さんの家で、決して、その晩が封切りというわけではなかった。だが、そんな夫婦喧嘩が度々あってみると、細君としても、是が非でも女中を探し出して、自分でラクをすると共に、良人の鼻を明かしてやりたかった。

そこで、一層馬力をかけて、

「女中はありませんか」

と、宣伝に努めると、女の一念は恐ろしいもの――遂に、無中有を生ずる日がきたのである。

「奥さん、やっと、ありましたッ」

駆け込んできたのは、洗濯屋のオヤジで、かねがね町内で顔の売れてるのを自慢にしてる人物だが、その代り、カラーや枕カバーを紛失する名人で――

「まア今頃になって……どこの隅へ入っていたの」

「さア、当人の話によりますと、なんでも青山あたりに……」

「あら、ワイシャツのことじゃないの」

「いえ、女中さんがやっとありまして……」

細君の悦びたるや、ワイシャツ五、六枚の紛失も、償うて余りある。

「まア、うれしい！」

な」

「ところが、その、齢頃も、気質も、極くいいんですが、一寸、文句がありまして
「ええ。でも、そんな贅沢はいってられないわ。少しぐらいバカでも、正直でありさえすればね」

「いえ、気性は極くハキハキした方なんで、ただ、その……」

「じゃア、顔に火傷の痕でもあるの？　それとも、不具者？　どっちにしても、働くのに差支えなければ、家ではちっとも関わないわよ」

「いえ容貌は十人並みで、体も満足なんですが、ただ、髪に難がありましてな」

「ホホホ、家は芸妓屋じゃないから、どんな縮れッ毛だって、髪の毛なんか、問題にしやしないわ」

「それで、安心しました。実は、彼女、断髪にしてましてな」

「あら、まア、断髪？　女中のくせに？」

「ええ、止せばいいのに、そんなアタマをしてるもんだから、どこのお邸でもお目見えだけで、断られちまうんです。さもなけりア、とてもいい女中さんなんですがね」

「家だって、いやだわ。断髪の女中さんは困るわ」

「だから、いわないこっちゃありません。始めッから、曰く付きだと、奥さんに念を押したでしょう……。でも、当節、そんなのでも我慢なさらなけりア、女中さんはな

かなかありアしませんぜ」

と、洗濯屋のオヤジの嫌味混りの一言は、三カ月の苦労を嘗めた細君の胆に、ツクヅク応えた。

「そういえば、髪の毛が短くたって、ご飯が焚けないわけもないわね。試しに、二、三日、置いてみようかしら」

「そうなさりア、一番ご安心です。なアに、いけないとなりア、一日で追い出しちまやアいいんで」

「そうね。じゃア、そうしてみるわ。ただね、洗濯屋さん、断髪やなんかにして、まさか、前にキャフェ勤めでもしたんじゃないでしょうね。そういう女だったら、いくら女中無しで困ってもあたし断然止めるわ、その点は、念を押しとくわよ」

「大丈夫ですよ、奥さん。それアもう、素ッ堅気の、極く真面目な娘さんで……ただ、断髪だけが、玉に瑾《きず》なんでさア。じゃア、お昼ッから、早速、連れて参ります……。ええと他にご用は？」

「そうね、靴下とハンケチでも持ってって貰うわ」

細君お礼心のつもりで、自分が洗う筈の汚れ物を、持ち出した。

二

「齢は？」

「二十《はたち》でございます」

「なんていう名？」

「アケミと申します」

「アケミ？　どこかで聞いたような名ね」

「はア。吉川英治さんの『宮本武蔵』の中に、朱実という女が出て参ります」

「まア、それを真似したの」

「あら奥様、大衆小説なんて、あたくし嫌いでございますわ。あたくしのアケミは、橘《たちばな》曙覧《あけみ》の覧の字が、美に変っただけでございます。暁方に生まれたもんですから親がそう付けてくれました」

新しく来た女中は、茶の間の入口に、両手をついて、そう答えた。美人というほどではないが、引き緊った、感じのいい顔で、白粉ッ気はちっともない。着物も、どちらかといえば、齢より地味な銘仙で、帯の締め方もキチンとしている。まず、家計裕《ゆた》かならざる小官吏のお嬢さんぐらいには通用する顔つきで、キャフェ出身の嫌疑は霽《は》れたようなものの、フサフサとした癖のない毛を、松茸の型にカットした断髪だけは、どう見ても、女中さんに不似合いであった。

（それに、いうことが、ずいぶん生意気だわ、田舎の女学校ぐらい出てるのかも知れ

ない)

細君の女中さんに対する第一印象は、要するに、支離滅裂であった。こんな得体の知れない女中を、雇ったこともなければ、見たこともなかったのである。

「とにかく、部屋へ下って、着物でも着換えるといいわ」

些か煙に捲かれた気持で、細君は女中を茶の間から遠ざけた。

(といって、断髪のほかには、これという難もないし、まず二、三日使ってみての上のことだ)

そう決心ができたところへ、勤め先きから、良人が帰ってきた。

「あなた、お謝罪《あやま》んなさい」

細君は、良人の顔を見ると、また別な気持になった。

「なんだ、藪から棒に?」

「女中がありましたよ。——どう?」

と得意の鼻をうごめかす。

「そうか。それはよかった。どこかに、ストックが残っていたんだね」

良人は、対手にならずに、服を脱ぐのに忙がしい。

「バカにしてるわ、純綿の浴衣じゃあるまいし……。ごらんなさい。いくらないないとおっしゃったって、あるものはあるんだから」

と、細君は、良人が長火鉢の前へ坐るところへ、追い討ちを掛ける。

「まあ、そう威張らんでもいい、どうせストックだから、ロクな品物ではなかろう」

「ところが、ハキハキした、とてもいい女中なんですわ」

細君、騎虎の勢いで、心にもない誇張を加えたが、

「ただね、難といえば、断髪にしてるのよ」

「え？　断髪の女中さんかい」

「それだけが、困るのよ」

「ハッハハ、そいつは、愉快だね。断髪の女中は、愉快だね」

「なにが愉快なもんですか。ご近所にだって、キマリが悪いじゃないの」

「そんなことはない。さすがは本多さんは、モダンなご家風だって、賞められるよ」

良人は、断髪と聞いて、面白半分、細君をヒヤかし始めた。尤も、腹の中では、どうせ、そんな女中は、三日と居付く筈はないと、多寡をくくっている。

「ところで、なんという名だね」

「それが、とても、変った名なのよ……。ちょっと、橘曙覧っていうのは、どこのレヴィユウ・ガール？」

「おいおい、あんまり、無識をサラけ出してくれるなよ。橘曙覧は幕末の有名な国学者で、勤王家だよ」

「ほんと？　すると、あの女中、あたしより学問があるわ」

「どうしてだい」

細君は、先刻の女中との問答を、良人に繰り返した。

「へえ、曙美とは、シャレた名だね。とにかく、えらい女中が舞い込んだものだ……。時に、女中が来たんだから、今までのように遅い晩飯はご免だよ、支度はいいかい」

「あら、スッカリ忘れてたわ。人数が殖えたんだから、ご飯も焚かなければならないし——あなた、今日はお蕎麦かなんかで我慢して下さらない」

「なんでもいいから、早くしてくれ」

「すぐ、女中を使いにやるわ……ちょいと、アケミ！」

と、呼んだが、細君、ひどく語呂の悪いのに、気がついた。

「いやアね。呼びにくいったら、ありゃアしないわ……ちょいと、アケミさん」

さんの字をつけたら、やや形がついてきたが、女中さん、用でもしてるとみえて、返事をしない。

細君は黄色い声を張り上げた。

「アケミさアーん」

「はアーい」

台所の方で、ソプラノが尾を曳いた。

「ハッハハ。こいつはいい。キャフェ気分横溢だ」

良人は、腹を抱えた。

「お呼びで」

白いエプロンの姿甲斐々々しく女中さんが現われたので、細君は笑いを堪えて、良人に紹介してから、

「ちょいと、通りのお蕎麦屋さんへ、お使いに行ってきて頂戴。テンプラ二つに、カケを三つ……」

「は。あの、お夕飯に召上りますのですか」

「そうよ、なんにも、支度してないから」

「それなら、ご用意ができておりますわ」

「だって、ご飯も焚かなければ、足りゃしないわよ」

「はア。ご飯も、いま、火を止めたところでございます」

「まア、気が利いているのね、でも、おカズがなんにもないわよ」

「僭越でございますけれど、奥様に伺わずに、お料理を調えて置きました」

「だって材料もないのに……」

「いいえ。お野菜の残りがございましたから、露西亜風のキャベツのスープと、人参のドミ・クラースを差し上げるつもりで、只今、お支度をしております」

細君呆気にとられた顔で、返事もできずに、良人を眺めた。良人も、したたか度胆を抜かれたが、そこは男のことで、負け惜しみみたいなことをいってみる。

「なかなか、オツなものができるね。しかし、野菜物ばかりは、少し恐縮だね。せめて、ハムぐらい食べさして貰わないと、骨離れがするぜ」

「いいえ、旦那様。お戸棚に、鯊《はぜ》の佃煮が残っておりました。それを加えて、カロリーの計算を致しましたら、超過するほどでございます。ビタミンの配合も、申し分ございません。どうぞ、ご安心なさって、召上って下さいませ」

女中さんは、颯爽として、台所へ去ってゆく。

三

「つまり、文学少女というような女なんだろう」

本多さんの主人が、細君にそう答えた。或る日細君が、一寸女中部屋を覗いたら、本が沢山列べてあったという話をしたので——

「そうかも知れないわ。いやアね、そんな生意気なの……。じきに、恋愛だの自由主義だのッて云い出しゃアしない？」

「さア、自由主義はどうか知らんが、恋愛の方なら、牛乳配達氏かなんかと、実践に移らんとも限らないね。そのつもりで用心するんだね」

「ほんとに、あんな得体の知れない女中って、始めて置いたわ」

「しかし、なかなか、よく働いてるようじゃないか」

「ええ。朝だって、起さなくても、きまって六時に起きるし……」

「僕の靴も、よく磨いてある」

「流し元は、いつも清潔にしてありますわ」

「書斎の掃除も、前の女中より、丁寧だ」

「使いに出しても、とても早く帰ってきます」

「この間、押売りを断っていたが、実に手に入ったものだったぜ」

「そういえば、あたしの留守に、水道料のお払いがチャーンと立替えてありましたわ」

「料理は、あの通り、和洋支を兼ねて心得ているし……」

「お裁縫だって、男の袴が縫えるから、相当のものでしょう」

「すると……べつに、文句をいう点はないじゃないか」

「大有りだわ、第一、生意気だわ。じきに、理窟を列べるんですもの」

「ほう、お前に、食って掛かるのかね」

「というわけじゃないけれど、いやに筋の立つことをいうのよ」

「論理の確かなのは、欠点にならんよ」

「それアそうだけれど……。でも、どう考えても、やっぱり生意気で、気に食わないところがありますわ」

と、細君、しきりに考えていたが、ポンと膝を打って、

「そう！　断髪だからよ――断髪がイケないんだわ」

「なアんだ。それは、始めから、わかっている」

実際、夫婦の会話を聞いてもわかるが、新しい女中のアケミさんは、女中として一点の非の打ちどころがなかった。今まで、数多く女中を使ってみたが、これほど職務に忠実で且つ敏腕な女中は見たことがなかった。結局、なにが悪いといえば、断髪にしているという点以外にない。そうして、女中さんという者は、断髪にしてはいけないか、断髪にする権利がないか、断髪にしては仕事に差支えるか――と、考えてみると、一々、否むべき理由がない。女中さんも、お嬢さんのように、女給さんのように、オフィス・ガールのように断髪にする自由をもっている。

(と、すると、べつにあの女中に、文句がなくなるわけだわ)

細君はそう考えるのが、どうも業腹でならなかった。

だが、そのうちに、体の弱い細君は、若葉冷えの天候に冒されて、熱を出した。頭痛がするので、褥《しとね》を延べて、女中さんにアスピリンを買いにやると、すると、彼女はヒマシ油を買ってきた。

「解熱剤と下剤と間違えるなんて、ずいぶん間抜けね、早くとりかえてきてよ！」

彼女の失策は、これが最初といっていい。細君、病気の不快も手伝って、疳高い声で叱りつけると、対手は一向騒がず、

「いいえ、奥様。発熱の原因のわからないうちに、アスピリンを召上っては、危険でございます。まず、副作用のない下剤をお服《の》みになって、それから、医者を呼びますのが、順序でございます。さ、どうぞ……」

と、嫌でも応でも、服まねばならぬように、鼻の先きへ、ヒマシ油をしたたらしたスプーンを持ってくる。それから、水枕、湯タンポ——頭寒足熱の手当を行って、彼女は、近所の小沢医院へ、往診を求めて来た。

「大腸カタルですナ。昨今、だいぶ多いです。早速、下剤の頓服をあげますから、それを服んで、二、三日は流動物を……なに、ヒマシ油をあがった？　それは、気が利きましたナ。とにかく熱が出ると、アスピリンなどを服んでしくじるものですが、さすがインテリのご家庭はちがう。いや、お大事に……」

と、診察を済ませてから小沢先生はひどく細君を賞めた。満更、お世辞でもないらしい。

それから、三日間——おも湯、葛湯からオマジリに至る間アケミさんの細心な手当と介抱は、ほんものの看護婦さんをあざむくくらいであった。白衣の天使というもの

は、とかく地上の人情を解さぬものであるが、アケミさんの看護は、科学的厳格と家庭的温情を兼ね備えてる。病人が退屈しないように、枕頭に花を飾ったり、新聞を読んで聞かせたり、ラジオのスイッチを入れたり、いやもう至れり尽せりである。

お蔭で、熱も下って細君がウトウトと快く仮睡《まどろ》んで、ふと眼を開くと、女中さんは枕頭に坐って、一心に本を読んでいた。

「アケミさん。なに読んでるの。小説？」

細君は文学少女の正体を見顕わそうという気になった。

「ホッホホ」

アケミさんは婉然と、小説を笑殺してしまった。なるほど彼女の手にしている本の背文字は、病人食餌学と、書いてある。

「あたくしも家政に関しましては、大体、基礎知識を養ったつもりでいましたが、今度奥様のお看護をしまして、病人食餌法の研究がまだ薄弱であったと気付きました。ちょうどよい機会でございますから、この間から参考書を読んでおります……。いえ、奥様のご病気なら、食餌も至って簡単で、問題はございません。今読んでおりますところは、腎臓病の庇護食の部で、これは相当厄介でございます。第二度Bネフローゼ庇護食なぞになりますと、食塩の含量は五グラムが限度でございますから、まず、高野豆腐、白菜……」

事ここに至って、さすが細君も、この女中さんの前には兜を脱いだ。

「まア、アケミさん。一体、あんたはなんというひと？」

「はア？」

「あんたみたいに感心な女中は——いえ、女中としてばかりでなく、若い女として感心な、立派なひとを、見たことがないわ！」

細君、反動期に入って、えらい褒め振りである。

「あら、恐れ入ります」

「感心を通り越して、不思議といっていいくらいよ。ぜんたい、あんたほど教育があって頭のいい人が、どうして女中奉公なんかする気になったの。女店員でも、女秘書でも、立派に勤まるじゃないの」

「はア、あたくしも最初は、世間の若い女性と同じように、そういう道に憧れたものでございます。ところが、奥様、あんな内容貧弱で、酬《むく》われない職業はございませんわ」

「まア、どうして」

「かりに、デパートの女店員を例にとりましても、普通日給八十銭——夜勤や大入袋の余収を入れましても、月収三十円止まりでございます。それなのに、東京で女一人が極めて質素な生活をするのに、最低四十円を要します。部屋代十円、食費十五円……それだけで、もう二十五円でございます。衣服費、交通費、修養費、化粧費全部を、残りの十五円で賄うのは、大変な苦心でございます……。デパート・ガールは、少くとも月十円の持ち出しをしなくては、勤まるわけがありません。奥様、そんな職業を、職業といえるでございましょうか」

「なるほどね」

「オフィス・ガールだって、同じことでございます。颯爽と丸の内を歩くためには、新しいスーツも揃えなければなりません。踵の潰れていないハイヒールも要ります。絹靴下も要ります。お茶も喫み、映画も見なければ、変人といわれます……。やはり、この職業も持ち出しでございます。現代の職業婦人は大部分、そうなのでございます。住居費か、食費か、なにかで親その他の庇護を受けていない人は少いのでございます。ほんとの職業ならば、少くとも生活が保証されなければなりません。内職――半娯楽といったら、口が過ぎましょうか」

「でも、バスの車掌さんなんかは、着物もお金も要らないから、いいでしょう?」

「さようでございます。女車掌や女工は、よほど職業化されております。でも、生理的に非常な悪影響を与えます。女車掌さんの月経不順、女工さんの結核は、職業病でございます。二つとも決して合理的な職業ではございません」

「なるほどね、女が働くということも、ずいぶん大変だわね」

「そこで、あたくしもいろいろ考えました結果、女中という職業が、案外有利であることを発見したのでございます。まず、部屋代、食費の心配が要りません。エプロン一つあれば、衣服費は殆んど掛かりません。交際費、交通費は、全然控除できます。支出がゼロに近いんですから、お給金はたった十円にしても……」

「あら失礼」

「……そのまま、修養費の方へ回せます。それに、あたくしの獲得したい知識と技術が、女中の仕事と大関係があるのでございます」

「まア、なにを勉強したいの」

「奥様。あたくしも女として現代に生まれた限りは、最も先端的な女性として生きとうございますわ」

「あら、女中さんが先端的なの」

「はア、新しい女の時代も、モダン・ガールの時代も、とうに過ぎて、今は国策ガールの時代でございますからね」

こうなると、細君わけがわからなくて、ただ眼を丸くするばかり。

「あたくしの見透しでは、女の職業は、将来、主婦以外に許可されない日が来るのではないかと存じます。近頃、世界的な有名人物たちが、女子は家庭へ帰れと申しているではございませんか。奥様、婦人会の制服、白いエプロンは、何を意味してるか、ご存じですか。ダンスや麻雀の好きな女性は、古い昨日の夢になりました。反対に、家政、育児、料理、裁縫に優れた女性は、流行の第一線に活躍することになりましょう。それがほんとの、新時代の女性だからでございます。あらゆる男子がそういう女性の型を、讃美渇仰するでしょう。あらゆる女性が、最も生粋な家庭婦人になろうとして、浮身をやつすでしょう。婦人雑誌の口絵から、有閑的美人の夫人令嬢が姿を消します。化粧品の広告も、映画女優を使わなくなります。その代り、一日に五枚の着物を縫い上げた令嬢、子供と亭主に完全な栄養を与えた料理上手の奥様がマネキンとして引っ張り凧になります」

「いつかは、そんな時勢になるかも知れないけれど……」

「まア、奥様、ちと、認識をお改め遊ばせ。新時代は、目前に迫っておりますわよ。あたくしも家庭的な新女性になるのは、どんな教育を受けたらよいかと、随分迷いました。女学校や花嫁学校なんて、おかアしくて、問題になりません。結局、道は近きにございました。技術的訓練の機会に恵まれるのには、演習では駄目でございますわ。やはり、実戦でなければ……」

「あらまアそこで、女中奉公を始める気になったのね。あんたも、ずいぶん頭がいいわね、お給金を貰いながら、稽古事をするなんて……。頭といえば、あんたに訊きたいことがあるの。あんたみたいな、申し分のない、働きのある女中さんは世界中探してもあるわけがないのに、ただ一つ玉に瑾《きず》があるのよ。なぜ、あんたそんなアタマしてるの？」

「断髪のことでございますか。これは、べつに時代遅れのモダン・ガールの真似をしたわけではございません。朝、起きました時、髪を結わなくても、すぐお勝手の仕事が出来ますし、埃、バイキンなぞの付着する面積が少いから、衛生的でもございます。パーマネントは、国風に反しますから、断然反対でございますが、断髪はわが国でも、上代に行われていたようでございます。この活動的な、能率的な飾髪法は、寧ろ奨励致すべきではないかと考えます。この点、些か内務大臣のお説と、見解を異に致しますので……」

滔々と、アケミさんは、断髪の申し開きをした。どうも、いうことが一々理窟があって、到底本多さんの細君の歯が立たないのである。

(なんにしても、女中飢饉の折柄、素晴らしい女中を置き当てたものだわ)

細君は大いに安心したせいか、また、トロトロと、仮眠《まどろ》み始めたが、やがて、台所の方で大きな声がしたので、パッと眼を開いた。

「今日ア……なんか、ご用はありませんか」

洗濯屋のオヤジの声である。

「ちょいと、アケミさアん……。洗濯屋さんがきてるわよ」

細君は女中を呼んでみたが、返事がない。仕方がないから、起き上ってみると、枕頭の薬壜も掛けた搔巻も、一度に霧と消え失せて、長火鉢の前に手枕の、これなん一場の夢であった。

「洗濯屋さん、女中はまだない？」

「どうも、いくら探しても、一向ありません。エーと、他になんかご用は……」

〈昭和十三年〉

おいらん女中

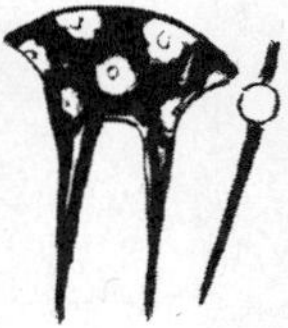

金融界の長老、世話役、英国型紳士として、徳望の高い上原英一郎氏——あの人が学生時代に、吉原へ入り浸って、一時はそこから本郷の大学へ通ったこともあるというと、今の若い銀行員は、エッとか、マサカとか、信じられないような顔つきをする。しかし、それは、彼等が今から六十年前の世の中を知らないからであって、当時の大学生は、良心と闘うことなしに、吉原へ通うことができたし、また当時の吉原は、ついこの間、赤線廃止ということで灯を消した吉原と、よほど趣きを異にした事情も、考えねばならない。

ちょうど、日清戦争と日露戦争の間の頃だが、上原英一郎氏は、根津藍染町に一家を構えて、本郷赤門の法科へ通っていた。学生の身で一家を構えるなぞ、ゼイタクのようであるが、上原氏は美濃の素封家のセガレであり、すでに大学に進んだ息子に、下宿住いも似合わしからぬという考えで、家では老婢《ろうひ》をつけて、一戸を持たしたのである。大学生の相場が甚だ高かった頃で、末は博士か大臣かと、流行唄の文句にも讃えられ、当人は一人前の大人の料簡であり、世間も一個の社会人として、彼等を遇した。

大学生の相場は高かったが、物価はひどく安い頃で、一戸を構えたといっても、七間もあるちょいとした家が、家賃九円であり、食費なぞはものの数でもなく、郷里からの毎月の送金は、大部分、小遣銭として費うことができた。本郷の切通しで、牛肉を食ったり、若竹で女義太夫に拍手したり、根津の遊廓へ行ったり、矢場歩きをしたり、それから、英仏の法律書籍を買い忘れもしなかった。

彼は勉強家ではなかったが、怠け者でもなく、大学の成績も、いつも中位を保っていた。遊蕩の味も、骨をトロかすというほどでもなかったから、深入りしなかった代りに、それを学生にあるまじき行為なぞとは、一度だって、考えたことはなかった。女遊びは、友達も公然とやっているし、大学生ともなれば、当然のレクリエーションと考えられた。彼の忌んでいるのは、鹿児島や熊本から来てる連中の趣味であって、郷里の後輩の美少年中学生を、下宿へ引きずり込んだりするのを見ると、ツバを吐きかけたくなった。そして、女遊びといえども、高利の金を借りて、遊里に入り浸るというような輩は、軽蔑する外なかった。

何事も、ムリをしない、自然に背かないという考えは、その頃からして、上原英一郎氏の信条であったらしい。それと、世話好きということも、今の世の個人主義者とちがった美徳だろう。学内県人会、同級会、その他の会合に、彼はいつも幹事を務めて、よくその務めを果した。今でも愛嬌に富んだ老人だが、その頃は男振りもよかった上に、常にニコニコして、「おい、来た！」という東京語を盛んに連発しては、大学生仲間の頼みごとを、引き受けた。

その性格が長じて、疾《と》っくに第一線を退いている現在、二十幾つの社会事業、国際親善団体に関係してるということになるのだろう。頼まれると、大てい引き受けてしまう。全国青少年童貞運動なぞというのも、理事長を勤めてるのは、彼の学生時代を考えると、おかしくなる。そして、そんな団体の役員会でも、ただ名義を貸すばかりでなく、小ギレイな白髪頭とニコニコ顔を、必ず現わすというのも、人に真似られぬことだとされてる。世話好きで、律義な生まれなのだろう。尤も一部には、ああ見えて、あの爺さんぐらい、空約束の名人はないとも、いわれている。個人的な頼まれごとを、お安いご用と、片端しから引き受けるくせに、片端しから忘れるのか、忘れるフリをするのか、実行を果さないとの噂もある。老獪《ろうかい》という点がないでもないが、一面、ノンキなところもあるのである。それがあの人の処世術でもあるらしい。××銀行の取付け騒ぎの時も、専務のあの人がアワを食わなかったから、切り抜けられたと、いわれている。ムリをしない、潮に逆らわないという生き方が、あの人を今日あらしめたのだが、寿命の方も、その主義で、ずいぶん延ばしているらしい。今年八十三とかいうのに、あの若さで、ゴルフの敬老会に出席して、子供のように、賞品を貰って喜んでいる。まだ、十年ぐらいは、生きていそうな老人である。

ところで、あの人の吉原通いの話だが——

*

上原英一郎が本郷の大学にいて、来年は卒業という時のことだったか、

「どうかね、上原君、われわれも、一度はノールへ遠征してみんかね」

と、仲のいい級友のSから、誘われた。ノールとはフランス語の北であり、当時北《ほく》里《り》とか、北廓《ほっかく》とか呼ばれた吉原を意味した。二人とも、仏法科に学んでるから、隠語にはフランス語を用いるのを常とした。

「いいね、望むところだ。小格子《こごうし》で遊べば、費用の点も、岡場所と変らんと聞いとる」

上原英一郎は、その頃から人の誘いをムゲに断らぬ男だったが、卒業も間近くて、やがて世の中へ出るのに、東京第一の花街の空気を知らなくては、社会的教養のアンバランスではないか、という考えもあった。

そして、一ノ酉も近い秋の夜に、二人は、上野山下から、鉄道馬車に乗った。その

風体であるが、角帽にマントなぞというのは、ずっと後の風俗であって、上原は米琉のカスリに、黒木綿の羽織、袴をはいて、鳥打ちをかぶっている。連れ立つSの方は、ずっと砕けて、銘仙ながら縞ものを対で着て、袴ははいていないが、鼻下には、ピンと逞しい髭を立て、今のスキー帽に似た防寒帽を頂いていた。二人とも、全然、チンピラの観がないのは、二人が特にマセていたわけではなく、当時の大学生が、社会的人間的に、大人であった証拠であった。

だから、二人が雷門で鉄道馬車を降りて、馬道まで歩いて行くと、

「旦那、ナカまで、お安く参りましょう」

と、人力車が集まってくる。二人とも、歩いて吉原へ行く気はないから、合箱の二人乗りを呼んで、適当に値切って、道を急いだ。

馴染みの店がないから、二人は、大門で車を捨てて、仲ノ町を歩き出したが、田舎者らしくキョロキョロすることもなかった。Sはすでに、ヒヤカシの経験があったし、始めて来た上原も、すでに吉原細見を読んでいて、どの辺に角海老や稲本があるぐらいは、知っている。さすがに、吉原だけあって、名の知れない店でも、見上げるような高楼であることと、張り店に列んだ女たちに、相当の上玉がいることには、感心したが、気もソゾロとなるには、すでに岡場所で修業を積んでいた。

「ちょいと、本郷の書生さん……」

さすがにこの辺の女は眼が高く、忽ち二人の正体を看破って、格子の間から、長い煙管で招くが、彼等も、一向に騒がず、吸いつけ煙草を一服して、いろいろザレゴトを交わし、一回りしてきてから寄るよと、きまり文句をいって、次ぎ次ぎにヒヤかして歩くところは、手慣れたものだった。

そして、ほんとに一回りして、どうせ、今夜は泊る覚悟できたのだから、どこにしようか、大工や職人の遊ぶような小店でも、帝国大学生の体面にかかわるし、大マガキでは懐中の都合が悪いしと、相談し合って、とある中流の一軒の前で、張り店を覗いてるうちに、Sが急に熱心になった。

「どうだ、君、この家は……」

「よかろう」

そこで、二人は登楼したのであるが、Sは見立てた女があって、早速、ヤリテ婆さんに交渉したが、上原の方は、誰でもいいという心境だった。それでも、ヤリテからいろいろいわれて、

「じゃア、この人のお見立ての右隣りにいたのを……」

と、出任せをいった。

やがて、二人の女が、ヒキツケ部屋へ現われた。見るからアダっぽくて、手管《てくだ》のありそうなのが、Sの見立てた東雲《しののめ》さんであり、色は白いが、骨組が岩丈で、どことい

って取柄のない顔だちだが、また、どことといって、醜さも感じさせない、無表情で、平凡な女が、上原に回された田毎《たごと》さんであった。彼女等は、申し合わせたように、シヤグマという髪に結い、ウチカケを着て、客の側に寄り添った。

初会のことだから、二人は、ヒキツケでちょっと飲んでから、回し部屋へ別れ別れになった。ヒマな晩らしく、彼女等は、間もなく、重たい草履の音を、それぞれの部屋の前に止めた。

朝がえりの時に、Sは、大満悦だった。

「いや、昨夜は、大いに愉快。なかなか、口説《くぜつ》のある女でね、やはり、ナカはナカだけのことがあるな」

「そうか、それはよかった」

上原の方は、べつに感動すべき理由もなかった。モテたと誇るほどのこともなかったが、フラれたわけでもなく、田毎おいらんのサービスは、彼女の容貌のように、可も不可もなかった。

そして、三日ほど経って、Sが誘いにきた。

「どうだ、君、今夜ウラを返しに行かんか」

古洋服の仕立直しのことではないので、ウラを返すというのは、同じ女のところへ、再度の登楼をなすことであり、三度目からナジミと称する。ウラを返すのは、一種の礼儀とも考えられるが、ナジミとなって、真に客たるの資格を得る。三度通わなければ、有権者になれないとは、手数が掛かるが、当時は売春といえども、作法と秩序に従っていたらしい。

上原英一郎も、べつに田毎から冷遇を受けたわけではないから、ウラを返すことに異議はなかった。そして、今度は、二人とも、本部屋（つまり、オイランの居間兼応接間兼寝室）へ通って、台の物（つまり、料理その他の食物）もフンパツして、各自のアイカタの面子を立てた。

しかし、それから、また三日ほど経って、Sが、

「どうかね、上原君、今夜あたり……」

と、誘いにきた時には、彼もいささか考えた。少し、度が過ぎはしないか。Sは東雲がすっかり気に入って、血道をあげてるが、上原自身は、何も、田毎オイランにそれほど傾倒してるわけでもない。三度目の登楼を果して、ナジミとなる必要ありや、なしやと、考えざるを得ない。そして、ナジミとなれば、それ以後の長期の関係を継続する義務を生ずる。その利害得失や如何――と、そこは法律書生のことで、冷静に判断したのであるが、

「まア、君、ええじゃないか。わが輩の面目を立てる意味に於て……。実は、一人でセッセと通うのは、ちと恥かしいのだ」

と、Sから懇願されると、天成の社交家は、ムゲに断れなくなってくる。

そんな事情で、上原も田毎のナジミ客となったのであるが、べつに、そのことを後悔する気になれなかったのは、何度通っても、彼女の態度に、不快なものを発見できなかったからだろう。

彼女は、惚れたのハレたのということを、一切、口にしなかった。それは、ちょうどSのアイカタの東雲と正反対だった。東雲はSを情人扱いにして、時には痴話喧嘩も演ずるが、将来、アワよくば、学士夫人たらんとする野望を、仄めかすのである。野望といっても、その当時は、吉原出身者を妻とした医学士、法学士も、絶無ではなかったので、今の宝クジを買うほど、頼りない夢でもなかった。帝国大学生が吉原でモテたのも、その理由によると思われた。

そこへいくと、田毎オイランは、全然、空想に興味がないようだった。学士夫人はおろか、漁士夫人たることとさえ、諦めてるような風があった。彼女は、苦界に入ったと同時に、女の明るい運命に眼を閉じ、ひたすら、契約期限の完了を待つという態度が窺われた。ヤリテ婆さんの語るところによると、彼女はマブやイロを一切つくらず、勤務に最も忠実な模範的オイランであって、ただ、容色がそれほどでないために、お職（つまり、ナンバー・ワン）の栄冠は頂いたことはないが、第二位のイスは、最も長く続けているということであった。

といって、彼女は、帝国大学生の価値を、知らないわけではなかった。上原は、常々、彼女から、充分な尊敬を受けていた。しかし、彼女としては、帝国大学生に惚れたりハレたりするのは、モッタイないことであり、且つ、それを敢えてしても、幸福の道でないと、考えてるのかも知れなかった。

上原も、各所の遊里へ出入りしたが、こんな堅実なオイランには、始めて会った。彼女は恋愛を顧みぬほど職業精神に溢れているが、上原に金をネダるとか、ダダラ遊びをさせるとかいうことは、ミジンもなかった。一体、その宝明楼というその家が、中店《ちゆうみせ》ながらオットリした店風で、客にバカな金を使わせるよりも、細く長くという方針であったが、田毎オイランも上原の遊興費を、できるだけ少くさせたい配慮を見せ、時には、大人数の席から、燗ざましの酒なぞを、掠めてきたりした。尤も、上原はそういう処置を喜ばぬ男で、いわんや、彼女にタテヒキ（つまり、女の方で勘定を立替えること）なぞ、一度だって、甘んじたことはなかった。

しかし、店の気風がそんなであり、田毎オイランの態度も、堅実と親切を極めるので、老婢と二人暮しの上原は、吉原通いの方が、家庭的気分を味わえるようになった。時には、辞書や原書を抱えて、登楼することもあった。田毎オイランが他の座敷を回ってる間は、学習に余念がないのである。彼女も、上原の勉強を妨げまいと、部屋の出入りの音にも注意するばかりか、ソッと、熱い茶を汲んだり、深夜の空腹に備えて、鍋やきうどんを註文したり、細かい心遣いを見せた。上原も、家にいるより、勉強ができるような気持になり、試験の前夜、わざわざ吉原へ行って、朝がえりに学校へ出たこともあった。

そんな関係が、一年余続いた。上原としても、そんなに長く、一人の女に通い詰めた経験はなかった。そのくせ、田毎には、いつまで経っても、惚れた気持になれず、彼女の方でも、恋愛感情は一向に示さなかった。勿論、遊里へ行くのであるから、行けば必ず、彼女と枕を列べるのであるが、まるで、結婚十年後の夫婦のように、純粋性慾のもとに行為するに過ぎなかった。それで、上原は満足だった。そして、大体、月三回の割りで、吉原通いを続けて、一年余に及んだのである。一つの習慣となったのであろうか。

しかし、一年余のナジミ客となれば、いかに淡泊な上原でも、アイカタの田毎の素姓や、身の上ぐらいは、耳に入ってきた。彼女は越後国蒲原郡の貧農の娘であって、文字通り、親の貧苦を救うために、苦界へ身を沈めたのである。最初から、宝明楼へ九年の年期で住み込んだので、クラガエなぞの経験はなかった。しかし、彼女が身を売った金も、家運を挽回するに至らず、父は病死し、母も他家で働いて、郷里に家はなくなった代りに、彼女が仕送りをする必要もなくなって、この分なら、年期を延ばさずに、勤め上げられそうだという話であった。

「年が明けたら、どうするのだ」

上原が訊いたことがあったが、

「さア、どうしますか」

と、彼女の返事は、頼りなかった。

「どうだ、誰かいい対手を見つけて、身を固めたら……」

「いい対手なんて、いるもんですか」

彼女は、珍らしく、冷笑の口調を洩らした。

その時、彼女は二十六歳であり、上原よりも、一つだけ姉さんだった。今の二十六は何でもないが、当時は婚期を逸した年齢であり、且つ、泥水稼業をしたとあっては、よい結婚対手は望まれぬ道理だった。上原も、気の毒に思ったが、それ以上、何もいわなかった。

上原の方は、そんな風に、根気よく田毎の許へ通っていたが、最初に彼を誘ったSは、その頃、他の女に熱くなって、宝明楼へは足踏みをしなくなった。従って、上原の吉原通いは、いつも一人だったが、色にはなまじ連れは邪魔という心境からは、遠かった。遊興に行くという気分さえ、あまり湧かなかった。それでも、他の青楼へ行く気が起らなかったのは、彼の生まれもった性格であり、また、田毎オイランの堅実なサービスに、心が惹かれないわけでもなかったのだろう。

そのうちに、上原の卒業期がきた。法学士という肩書きは、今日と比べものにならない価値があり、就職先きも、大財閥のＭ銀行にきまった。

いよいよ、勤めに出るという前日の夜に、彼は田毎の許に、別れを告げにきた。

「おい、おれも、明日から勤めの身だ。もう、学生時代とちがって、滅多に、家も明けられないから、当分、ここへも来れん。そのつもりでいてくれ」

新調のセビロを着て、年も二つ三つ老けたように見える彼が、本部屋の長火鉢の前でそういうと、田毎オイランは、差し向いの席から、二尺ほど退って、両手をついた。

「それは、何より、おめでとう存じます」

彼女の顔には、上原と逢えなくなる悲しみは、全然、見られなかった代りに、彼の立身を喜ぶ色は、溢れんばかりだった。彼女はそのことを、お内所（つまり、楼主のところ）へ告げに行った。すると、女将が羽織を着て、祝い言葉を述べにきたばかりでなく、大鯛の塩焼その他の台の物を持参して、祝いの酒宴を開いてくれた。

＊

それきり、上原英一郎が吉原に足踏みしなかったのは、彼の克己心が旺盛というよりも、生活がガラリと変った結果に過ぎなかった。

就職後、二カ月も経ぬうちに、彼は新妻を迎えた。郷里の両親たちが、まるで、靴でも註文して置いたかのように、家柄や、教育や、容貌や、年齢や、その他の点について、彼にツリアイのとれた、十八歳の花嫁を準備してきて、彼に娵合《めあわ》せたのである。見合いもしなかったが、その娘なら、彼も帰省の時に、一両度顔を見ているし、べつに不服はなかった。また、二十六歳で妻帯することは、当時として、早過ぎるわけでもなかった。まして、新学士ともなれば、金時計を携帯してもおかしくないと同時に、細君があるのも当然と思われていた。

結婚式は郷里で挙げたが、夫婦は、直ちに、東京の根津の家へ入った。間数は多いし、小ギレイな家だったから、別に他に移転する必要はなかった。ただ、独身時代に使った老婢は、細君が郷里から若い女中を連れてきたので、暇を出すことにした。

細君はイト子といって、旧家の娘だけあって、家事の躾けはよく受けていたけれど、世事には疎く、性質も鷹揚で、あどけなかった。上原が勤め先きの宴会で、深夜に帰宅する時があっても、ニコニコして、出迎えた。宴会の席に、どんな芸妓が出てきて、どんな嬌態を示したかということを、良人《おっと》から聞かされても、ヤキモチどころか、一緒に面白がって、笑うくらいのものだった。

尤も、その頃は、有能な男子が芸妓遊びなぞするのは当然であり、ただ、夢中になって、家庭を乱さぬというところに、節度を要求される世の中だった。細君も、自分の地位を脅やかされぬ限り、ヒステリーの角を立てるのは、愚挙とされていた。その常識がある上に、細君のイト子さんは、無邪気な生来だったので、上原は現代の良人たちのような、憐れむべき神経の消耗を知らなかった。

しかし、よくしたもので、そのように解放された良人は、そのわりに自由を濫用することもなく、彼がフッツリ吉原へ足踏みをしなくなったのも、その実証であった。

夫婦仲は、至ってよく、そのうちに、細君が懐妊した。やがて、出産も軽く、女児が生まれて春子と名づけた。上原は男の子を欲していたが、べつに失望もしなかった。細君は健康であり、生家は多産系であって、子供は続々と生まれる気がしたし、事実、生まれたのである。

しかし、初産のことで、春子の保育には、細君も勝手がわからず、オシメの取替えや、湯へ入れることだけでも、手を焼き、泣きわめかれると、ただ、オロオロするばかりだった。

それでも、春子は無事に育って、そろそろ、笑い顔なぞを見せ始めた頃だった。

ある日の夕、上原が銀行から帰ってきて、細君に出迎えられ、茶の間へ通ると、彼女が、至って平静な態度で、良人にいった。

「お留守に、人が見えていますよ」

「誰かね」

「あの、吉原のお倉さんという女の人で……」

それを聞いて、上原は、ギョッとした。お倉というのは、田毎オイランの本名であって、彼女が遊女の慣例に従い、上原のところへフミを寄越す時には、その名が書いてあった。

――年が明けたんで、頼ってきたんだな。

彼は、すぐ、お倉の真意を推察した。算えてみると、彼女の九年の年期が、今年で完了するのである。恐らく、彼女は上原が妻帯したとも知らず、彼の所へ転がり込んできて、アワよくば、学士の奥様という慾を起したのではないか。

上原は、彼女を見損ったという気持で、足音も暴《あら》く、玄関わきの小部屋へ入っていった。

「何だ、お前は、何用でやってきた」

こういう場合は、高飛車に出る方がいいと思って、彼は、わざと大声を出した。

「旦那さま、ほんとに、相済みません……」

田毎オイランは、畳に額を擦りつけんばかりな、お辞儀をした。その髪を見ると、すでにシャグマではなく、ヤボったい銀杏返しで、その上、紅も白粉も、一切用いてない顔のかたちが、別人のようであった。小さな柳行李と、風呂敷包みが、部屋の隅に置いてあった。

「勤めに出ておりました時は、いろいろと、ご贔屓になりまして、まことに、有難う存じました。お蔭さまで、わたしも、やっと、年が明けまして、廓《くるわ》を出ることになりましたが、身寄りも少い郷里へ帰る気には、どうしてもなれません。それに、この通り、体だけは、人一倍、丈夫でございます。わたしは、おサンドンでも致しまして、東京で働いていたいと思いますが、何分田舎者で、知合いもございません。ご迷惑とは思いましたが、旦那さまの所へ、お世話をお願いに上りました……」

と、田毎オイラン――いやお倉さんの言葉は、筋が通り、態度も詐《いつわ》りが見えなかった。上原も、対手に悪意のないのを知って、一安心したが、水商売の女が飯焚き奉公をしたって、長続きがするわけがないと思った。

「年が明けたのは、めでたいが、あんたは、やはり、吉原に関係のある商売で、身を立てる方が、よくはないかね」

「いいえ、わたしはあんな所は、マッピラでございます。もともと、好きで入った所ではございません」

「そりゃアそうだろうが、急に、堅気になるのも、ムリではないかね。何なら、牛太郎とか、台屋の出前持ちとか、そういう男のところへ、縁づいたら、どんなもんだ」

「いいえ、もう、男は飽き飽きでございます」

その答えは、いかにも率直で、上原も二の句が次げなかった。なるほど、九年間も、毎夜、複数の男を対手にしたら、もう結構といいたくもなるだろう。

結局、お倉さんは、女中奉公の口がみつかるまで、上原の家の隅へ置いて貰いたいというのが、希望らしかった。どんな安宿へ泊ったとしても、九年間の苦痛を忍んで手にした僅かな金を、ムザムザ費いたくないのだと、ハッキリいった。それにも、銀行家としての上原は、同感を惜しまなかった。

しかし、たとえ数日間にしても、お倉さんをわが家に置くには、細君の承認が要ることを、上原も気がついた。

——こりゃア、難事業だな。

彼は、恐る恐る、茶の間へ戻った。

「実はね、思いがけない女が、訪ねてきたのだ……」

小策を弄して、ウソをつくよりも、ありのままを細君に述べた方がいいと、彼は考えた。なぜといって、田毎との関係は、完全に終止した過去であり、将来に持ち越す憂いのないことを、細君に了解させねばならなかった。そうはいっても、そこは女のヤキモチで、たとえ、田毎を家へ泊めることを承諾しても、フクレ面は覚悟をせねばならぬと、思いながら、一部始終を話し終ると、

「あら、そんなに、あなたが世話になった方ですの」

彼女は、まるで、下宿のおカミさんでも、訪ねてきたかのようなことをいった。

「いや、世話になったといっても、金は、チャーンと、払っとるのだ」

「それにしても、一年の余も、お通いになった女の人を、アカの他人扱いにはできま

せんわ。何日でも、家へ泊めておあげなさいよ」

もし、皮肉とすれば、これ以上に痛烈なものはなかったから、さすがの上原英一郎も、ビッショリ汗をかいたが、細君の態度は、いかにもノビノビして、邪気がなかった。恐らく、彼女は嫉妬深きは去るという女大学の教義を、生家で叩き込まれたのであろうが、やはり、本来の性格が、ヒステリーに縁がなかったからだろう。

そして、その夜から、田毎オイランは、上原家へ泊ることになったのだが、上原も細君と床を列べて、寝に就いてから、何かヘンな気持がした。一年の余も、肉体を頒《わ》け合った女が、家の一隅に寝ているかと思うと、心中、穏かでないのである。

——これは、長いこと置いてはいかんな。

彼はそう警戒したが、細君は、すでに、健かな寝息を立てていた。

翌朝、上原が出勤する時に、細君が見送りに立ちながら、

「あなた、お倉さんて人、今朝は姐やよりも早く起きて、働いてるんですよ。お蔭で、家の中が、助かったわ」

「そうか、まア、三日坊主だろう」

彼は、本気でそう思った。朝寝坊を特権とするオイランが、そんなムリをしたって、体が続くものではないと、思われた。

だが、翌朝、翌々朝も、一番先きに寝床を離れたのは、お倉さんだった。そして、

彼女は働きずめに働いても、一向に苦痛の色がなく、むしろ、愉しげだった。細君はお倉さんが前身に似合わず、肉の厚い肩や、大きな手を持ってることを発見した。彼女の働き振りは、健康な肉体に関係してると、思われた。

「はい、わたしは、勤めに出るまで、毎日、百姓仕事しておりましたので、お掃除やお台所なんて、ラクなもんでございますよ。よっぽど、親が丈夫に生んでくれたとみえまして、吉原にいた間も、病気一つ致しませんでしたからね」

実際、彼女は健康であり、それに、力持ちでもあって、美濃から連れてきた女中が、フウフウいって、上げ下げする沢庵の漬樽の重石《おもし》を、彼女は綿でもツマむように、簡単に処理した。

骨身惜しまずという働き振りが、第一に、細君を感心させたが、次ぎに驚いたのは、彼女がひどく子供好きなことであった。春子がスヤスヤ寝ている姿を、お倉さんが眼を細くして、眺めている場面を、細君はよく発見した。また、春子の汚したオシメを、誰よりも先きに洗って、少しの湿りも残らないように、注意して干し上げるのも、彼女だった。

「あんた、赤ん坊が好きなの」

と、細君が訊くと、

「はい……。どうせ、わたしは一生子供の産めない体ですから、人様のお子さんでも、抱かせて頂きたいんでございますよ」

細君は、その言葉に感動して、良人が勤めから帰ってくると、すぐ、話し出した。

「ねえ、あなた、お倉さんを、他へ奉公に出すより、家で働いて貰いたいんですが……」

「冗談いうなよ。女郎と客であっても、お倉は、とにかく、おれと関係のあった女だぜ……」

「関わないじゃありませんか、今は、べつに、何でもないんですから……」

「でも、焼け木杭《ぼっくい》に、火がつくということがあるからな」

上原は、ちょいと、細君の気をひいてみた。

「あなたは、そんな人なんですか」

「いや、いや、おれは大丈夫だが……」

「あなたが大丈夫なら、お倉さんは、もっと、大丈夫でしょうよ」

上原は、細君の確信に驚いた。だが、お倉を雇い入れることには、賛成も、反対もしなかった。お倉は、ウヤムヤのうちに、一カ月ほど、上原の家で働いていた。

そこへ、天から降ったように、上原のサンフランシスコ支店詰めの話が、起きてきた。彼は、まだ外国勤務を与えられるほどの地位ではなかったが、赴任者が突然の事故で、彼が抜擢されることになった。

彼は、喜び勇んで、横浜を出発した。当時は、彼ぐらいの地位で、家族を連れて赴任する者はなく、また、細君も、外国行きなぞ怖毛《おぞけ》を震う世の中で、ただ一人の身軽な門出だった。

三年間、彼がアメリカ生活を続けると、本店へ呼び帰されることになった。その間に、彼の地位も上り、外国にいたお蔭で、風采も揚ってきた。久し振りで、根津藍染町の家へ帰ると、家の中が狭く、汚く見えて、これは、早速、適当な家へ移転すべきだと、考えた。

しかし、春子の顔を見ると、すべてを忘れた。まだ、歩けもしなかった女の子が、もう四つになり、トンボのような形の髪を結び、赤模様のヒフなぞを着せられ、

「お父ちゃま、お帰んなさい」

と、マセタ口をきいた時は、涙が出るほど、嬉しかった。

しかし、春子は、父親に挨拶すると、母親の膝に行かないで、乳母のところへ行って、肩につかまった。

「おい、あの乳母は、いつ、雇ったんだね」

と、上原がいうと、細君は、腹を抱えて笑った。

「あなたも、薄情ですね。お倉さんを忘れたんですか」

上原は、育ったわが子を見た時以上に、驚かされた。あまりにも、お倉さんの変り

ようが、ひどかったからである。髪はヒッツメだし、着物はジミな木綿の縞物だし、ナリフリ関わぬ女というものを、絵にかいたような姿で、その上、彼女の顔も、体も、ガッシリと肉がつき、いかにも、東京の近郷から、乳母に雇われてきた、農家のおカミさんという風体だった。その頃は、母乳不足の家庭では、子を産んで、乳の出る貧家の母親を雇い入れ、わが子に与えるという残酷な風習が、まだ残っていた。

「へえ、お倉さんか」

「旦那さま、ご無事でお帰りで、おめでとうございます」

お倉さんの挨拶も、完全に乳母の口調であって、田毎オイランの痕跡は、ミジンも留めていなかった。

細君は、差し向いになると、良人にいった。

「だって、あんまり、春子によくしてくれるでしょう。それに、あの人に任せて置けば、あたしも安心して、外へ出れるし、ほんとに、助かりましたわ。今となっては、出すの、帰すのといったって、もうダメですわ。第一、春子が泣きますわよ……」

細君は、先回りして、良人がお倉さんを解雇するといい出すのを、防いだ。

——おかしなことに、なったもんだ。

上原は、腹の中で苦笑したが、お倉さんの乳母振りを、その後も、それとなく注視してると、細君の言葉も、ウソではないと、感じないでいられなかった。一体、乳母というものは、預かった子供に人情を湧かすものだが、お倉さんの場合は、授乳もしなかったくせに、ホンモノの乳母以上の愛情と奉仕を、春子に献げているのである。上原の留守中、春子が疫痢《えきり》を患った時なぞ、帯も解かずに看病したのは、実母のイト子ではなくて、お倉さんであり、春子の方でも、母親の留守は平気だが、お倉さんが買物にでも出ると、跡を追って、仕方がないそうである。

「ほんとに、どっちが母親だか、わからなくなっちまって……」

細君は、そういって笑った。

そのうちに、一年経ち、二年経った。上原が銀行から帰ってきても、細君は外出中であって、代りに、お倉さんが服を脱がしてくれたり、茶をいれてくれたりすることもあった。そんな時に、彼は、ふと、昔のことを思い出した。宝明楼の本部屋で、お倉さんが、同じような仕草をしてくれた場面が、眼に浮かび、あらためて彼女の顔を見直すのだが、対手は、蚊が食ったほどにも、そんな感傷や記憶はないらしく、サッサと用を済ますと、春子のところへ行ってしまった。

——あの女は、ほんとに過去を忘れてるのかな。人間は、そんなことが、できるものかな。

上原は、首を傾げた。

また、二年経ち、三年経った。

もう、疾くに、春子は乳母が不必要な年齢に達したが、お倉さんを解雇しようと考える者は、誰もいなかった。上原自身でさえ、お倉さんを雇い女というよりも、欠くべからざる家族の一員と、思うようになった。その間に、春子の下に、男の子と女の子が生まれ、子供の世話係りは、お倉さんの専門のようなことになった。尤も、彼女が特に心を注いでるのは、春子であることに、変りはなかった。

その頃、上原の家も麻布の高台の広い邸宅へ移っていたが、春子が、そこから虎ノ門の女学校へ通うようになると、お倉さんは、その往復の供をした。

「悪い書生がいますからね、もう、お嬢さんも、年頃ですし……」

まだ、十三、四の春子に、お倉さんが、そんな警戒をするので、両親が笑った。

もうその頃では、上原も、お倉さんとの過去の関係を、まったく忘れてしまった。彼女の肉体の隅々を、よく知ってる筈なのに、いくら考えても、眼に浮かばなくなった。売色の関係だったといえば、それまでであるが、粘膜と粘膜の接触ということそのものが、世間で思ってるほど、タイしたことではないのではないか。

お倉さんの勤続が、十年を越してから、彼女は、まったく家族の一員となったと共に、次第に、発言権も獲得するようになった。といっても、彼女がその権利を行使するのは、春子の問題に限られていた。春子の着物や、帯の選択に、必ず、彼女が口を出し、春子の供をして、三越呉服店へ出かけた。

お倉さんは、遂に、十八年の歳月を、上原家で送った。彼女も、四十五歳となり、ナリフリを関わぬせいか、すっかり婆さん染みてきた。上原の方は、着々として、銀行家の本街道を歩み、重要なポストに進むと共に、風采もいよいよ揚って、赤坂や新橋でモテ盛りとなった。もう、どんな運命のイタズラが起きても、二人が昔の関係に戻ることは、不可能だった。

そして、春子が女学校を卒業し、縁談の口が、方々から持ち込まれる時がきた。上原の地位が高くなったので、好い縁談ばかり舞い込んだが、そのうちでも、一ツ橋の高商（今の一橋大）出と、東大の工科出の二人の婿さんの話が、最も、有望だった。しかし、家柄や、境遇や、それから、見合い写真の男前も、両方とも、まったく甲乙がなかった。それで、どちらの候補者と、先きに見合いをするかが、両親の問題になった。

その時に、お倉さんが、敢然と、発言権を用いた。

「それは、何と申しましても、帝大の書生さんが、一番でございますよ」

彼女は、久し振りに、吉原で働いていた時の経験を、回想したらしかった。

「やっぱり、お倉さんは、心の隅で、あなたのことが忘れられないんですね」

後で、細君が、良人をヒヤかした。

「バカをいいなさい。昔の帝大生は、それほど、どこへ行っても、モテたものなんだ……」

もう、その頃は、野球の強い私大の学生の方が、人気の的であり、帝大生はボツボツ社会主義の研究を始めた代りに、吉原通いなぞする者は、稀れであった。また、吉原で遊ぶということが、時代おくれの世の中にもなっていた。

しかし、お倉さんの発言が、効を奏して、春子は、東大出の工学士の方と、最初の見合いをすることになった。そして、双方に異存がなく、縁談は忽ちまとまった。

明日は結婚式という日に、一家揃って、春子のために、夕飯を食べたが、その席で、最初に泣いたのは、春子であった。

「倉やとお別れするなんて……」

彼女がそういって、涙をコボすと、お倉さんが、ワッとばかりに、大泣きになってしまって、上原から叱言が出るまで、収まらなかった。

しかし、新婚旅行から帰ってきた春子が、良人と共に、生家を訪れた時には、彼女は、まったく上機嫌だった。お倉さんも、その様子を見て、ひどく喜んでいたが、翌日になって、細君のところに、改まった挨拶をしにきた。

「永らく、ご厄介になりましたが、わたくしも、この辺がお暇を頂く汐時と存じます」

細君は驚いて、引き留めたが、お倉さんは、かねてから、春子の結婚を、自分の引退期と定めていたらしかった。十八年間働いて、貯金も相当できたので、生まれた村へ帰って、荒物屋の店でも、開きたいといった。

「村へ帰りましても、もう身寄りは少いのでございますけれど、やはり、老先きのことを考えますと、田舎がよろしゅうございます。それに、今日となりますと、わたくしが吉原勤めをしていたことも、村の者は忘れておりましょうから……」

やはり、彼女の心に、あのような商売をしていたことが、大きな障りとなっていたらしかった。それが、どのような商売であったかを、九年間の勤めで、彼女は、よくよく知り抜いたのだろう。その結果として、彼女は、妻となることも、母となることも、自ら辞退したのにちがいない。そして、十八年間も、上原家に奉公して、春子の世話をすることに、やっと生き甲斐を見出したに、ちがいない。その目的は達しられ、彼女は、自分の生涯は終ったと、考えてるのかも知れなかった。

最後に、彼女は、涙を浮かべながら、細君の前に、両手をついた。

「わたくしの前身も、わたくしと旦那様のことも、よくご存じでありながら、お家へ入れて下さった奥様のご恩は、一生忘れは致しません……」

＊

その時から、今日まで、三十年以上も経つのであるから、こんな話もカビが生えてしまったのは、当然であるが、お倉さんは、八十四歳の老媼《ろうおん》として、まだ、越後で生きているのである。よくよく、健康に生まれたとみえ、耳が遠くなっただけで、寺詣りぐらいは、一人で出かけるそうである。彼女は、念願どおり、郷里で荒物屋を開き、養子も貰い、それが嫁さんを持って、生まれた子供が、もう中学へ行ってるというような、三十年間の出来事は、逐一、上原の細君や春子に宛てた手紙で、報告されていた。

しかし、上原に宛てては、一度も、手紙を寄越さなかった。また、郷里へ帰ってから、彼女は、一度も、上京して来なかった。ただ、毎年、夏になると、越後梨を詰めた大きな箱を送ってくるが、その時の宛名だけは、上原英一郎だった。

上原は、その梨を、親しい友人に分けるのが、例であったが、いつも、

「また、うちにいた婆やが、送ってきたから……」

と、口上をいった。お倉のことを、人に秘すなぞという料簡は、毛頭なく、彼女は完全に、忠実な婆やとして、記憶に残るだけになった。彼も、八十三歳であるから、少しはモーロクしたのかも知れない。

〈昭和三十三年九月・小説新潮〉

見物女中

細君に死なれた当座のことであるが、私は、何事につけても、自信を喪失してしまった。彼女の死は天命であり、べつに、私の事業上の失敗というわけではないが、不思議と、自分の生活能力に、疑いを持つようになってくるのである。

さしあたり、日常生活を営むのに、大きな不安を感じた。二十を過ぎた娘がいるし、通勤の婆さんもくるし、どうやら、家事に差支えないのであるが、その日ぐらしの不安に堪えないような気分になる。娘は、自分の勉強を持っているのに、長く家事で束縛しては、可哀そうであり、通い婆さんは、下町生まれで、気のいい女だったが、家族があって、日雇いでなければ働けない体だった。

どうしても、家政をやってくれる女一人と、下働き女中が欲しい。それによって、日常生活の不安定を解消しなければ――と、私は、八方に、周旋を依頼した。

すると、数人の婦人が、訪ねてきた。主として、家政担当の希望者である。中年から老年の婦人で、全部が未亡人であり、卑しからざる人品であった。

私は、そういう婦人と面接して、一々、経歴や希望を聞くのだが、同じ屋根の下に生活する人間と思うと、相当、詳細な質問をする必要がある。特に、不愉快な女は避けねばならぬが、当時、自信喪失の私は、その判別にさえ、迷うような気持で、なるべく、娘を同席させ、後で、その意見を聞くことにした。

「今日きた人、シッカリしていそうだけど、少し、慾張りじゃないかしら……」

と、娘がいったのは、判事の未亡人とかいう五十女で、月給八千円を要求した。子供を家に置いて出るのだから、それだけ欲しいという。

「今日の人も、家《うち》には、ちょっとムリね」

その女は、女子大出で、ひどくハキハキしていた。月給に希望はないが、自分専用の部屋をくれという。私の家では、女中部屋の準備はあったが、家政婦の室というところまでは、手が届かなかった。

そうかと思うと、紹介者の前触れが、美人ですゾという女もきた。三十代で、シャれた洋服を着て、美人みたいな顔をしていたが、何を聞いても、ニヤニヤ笑って、要領を得なかった。これは、滝川博士のケースを生むのが、目的だったかも知れない。

そんな連中ばかりなので、面接すれば、必ず後で断り状を差し出すことを繰り返し、私も少しイヤ気がさしてきた。家庭生活を継続するのに、そんな面倒があるとすると、いっそ、独りでアパートへでも住もうかと考える。実際、娘が結婚でもしていたら、私は、躊躇なく、その道を選んだろう——

家政婦に適任者がないばかりでなく、女中の方も、よい話がなかった。尤も、この方は、戦後、どこの家庭でも不自由してるらしいから、そう驚きもしなかった。

そんな時に、私は、まるで未知の女から、一通の手紙を受取ったのである。鉛筆書きの拙い文字だが、文章は文字よりも整頓していた。

私は新潟県生まれの二十四になる女ですが、郷里で小学校の代用教員をしていました。今度、江東区にいる姉が出産しましたので、その手伝いに上京したのですが、お産も済みましたけれど、郷里へ帰りたくなく、たとえ女中をしても、東京にいたくなりました。先生のお家で、私を使って下さいませんか。雑誌で御住所を見たので、一寸《ちよつと》、お願いします。一所懸命、働きますわ。

富沢エツ子

私はこの文面から、悪い感じは読みとらなかった。

渡り者の女中は閉口だが、田舎で代用教員を勤めていたような女なら、未経験者で、着実であろうと思った。それに、自分から女中志願の手紙をよこすくらいだから、覚悟をきめてるにちがいない。この頃の女中は、一日中の休憩時間、一カ月数回の休日等を要求するそうである。自由を求める時代になったからである。この間まで、隣家にいた女中は、この家は、どうも刺戟がありませんからといって、暇を取ったそうだが、女中さんに刺戟やスリルを与えるような使い方は、私には困難である。恐らく、この富沢エツ子は、そういう要求は持たぬであろうと考え、とにかく、面接をして見ようと、返事のハガキを出した。

数日後に、彼女が訪ねてきた。

「エツ子でございますが……」

なにか、懇意な人のような態度で、入ってきた彼女は、ペラペラした人絹の羽織を着て、髪は茫々たるパーマをかけていたが、足は素足だった。私は、少し意外に感じたが、近頃は田舎の代用教員も、こういう風俗であろうかと、考えた。二年間、僻地へ疎開したお蔭で、私も、多少は地方の人情に通じているのだが、野良に働いてる娘の全部が、パーマ髪であった光景も見たし、村祭りには、富沢エツ子が着てるような、真ッ赤な人絹の羽織が、ハバをきかしてることも、知っていた。

そして、私が彼女に好意を感じたのは、容貌が甚だ振わぬことだった。赤い、角張った顔で、昔風にいうなら、鬼瓦という人相だった。妻を喪《うしな》って間もない男なぞは、美人に興味のないものであるが、それよりも、こういう容貌の持主は、質朴堅実な女中さんとして、永く働いてくれるのではないかと、判断したのである。

「田舎で、先生するよりも、東京で、女中になる方が、いいのですか」

と、私は、彼女の東京憧憬が、どの程度であるかを慥《たし》かめようとした。

「はア、田舎には、身内が残っていませんから、姉や母がいる此方の方が、寂しくなくて、いいです」

答えは、素直で、筋道が通っていた。彼女の母親は、茨城県のある都会にいる息子のところへ、同居している。そして、身許引受人には、その息子でも、江東区の姉の亭主でも、立ってくれると、いった。

どうも様子がよさそうなので、私は同席の娘を、陰へ呼んで、意見を聞いてみると、彼女も、あれなら大丈夫だと、答えた。

私は、一人で、もとの席に帰り、彼女を採用することを伝え、そして、給料その他で、彼女の希望を訊いた。

「給料なんて、お安くて、いいですわ」

彼女は、近頃の女中には、珍らしいことをいったが、

「ただ、……」

と、言葉を添えた。

「ただ、なんですか」

「あの、精神的に、優しく、使って頂きたいですわ。わたし、とても、気が小さいで

すから……」

と、彼女は、下を俯いた顔を、やや曲げて、眼の隅から、私を見た。その様子は、普通の解釈なら、流眄《ながしめ》という所作に、似ていた。しかし、鬼瓦のような素朴な人相であったし、言葉の性質が、イロメを使うことを必要とせぬし、恐らく、戦後の田舎では、こういう映画的表情が流行するのであろうと、考える外はなかった。

「承知しました。できるだけ、そうしましょう。では、保証人が印を捺した紙と、移動証明とを忘れずにね……」

精神的に、優しく使うことなら、スリルを与える使い方よりも、容易であるから、私は、即座に、彼女の希望を容れた。

翌々日に、彼女がやってきた。来るとすぐ、ペラペラした着物を仕事着に着替えた。セーターのようなものを着て、モンペを穿いて、

「何か、仕事ありませんか」

と、私の前に立った。

私は、いい女中を獲たと思った。素朴なばかりでなく、大いに甲斐々々しい。これならば、適当な家政係りを見出す間の間隙を、多少、充たしてくれるだろうと思った。ただ、約束した保証人の引受書も、移動証明も持って来ないのが、少し気になったが、その内、郵便で送ってくるというので、そのままにした。

彼女の働き振りは、素晴らしかった。掃除でも、洗い物でも、甚だ敏速で、熟練していた。

「君、学校へ出ていても、よほど、家事の手伝いをしていたと、見えるね」

私は感心して、訊いた。

「はア、仕事が好きですから……」

「そういえば、君は、あまり訛りがないね。学校で、標準語を教えていたからかね」

私は、お世辞をいうつもりで、そういった。実際、発音に多少の越後訛りがないことはないが、聞き苦しい程度ではなかった。

「はア、以前に、葉山の伯父のところへ、暫らく手伝いにきている間に、東京言葉を覚えました……」

すると、葉山にも伯父さんがいることになり、ヤタラに東京付近に親戚が多いのが、不思議であったが、深く、気に止めなかった。

二日ほど経つと、私は、彼女が相当強い好奇心の持主であることを、発見した。書斎に私がいないと、そこへ入り込んで、書籍や雑誌を掻き回したり、娘が外出着に着換えたりする場合、すぐに、覗きにくるというような態度があった。

「君、ぼくの机の上は、自分でカタづけるから、そのままにして置いてくれよ」

私が注意すると、彼女はキマリの悪い顔をして、引き下った。

そのうちに、この女中は少し気味が悪いと、思うようなことが、度々あった。頼みもしないのに、私の古靴下なぞを繕って、持ってきて、

「あたし、一人きりで、働きたいですわ。婆やさんは、いつまでいるんですか」

なぞと、訊く。

通い婆さんは、炊事を主にやり、富沢エツ子は洗濯や掃除をするのだが、家族は二人きりだから、そう用事はない。女中部屋で、婆さんと、よくお喋りをしているから、仲がいいのかと思ったら、そんなことをいいだした。

「喧嘩でもしたのかね」

私は訊いた。

「いいえ、そんなことないですけど、あたし、我儘で、気が変り易いんです。こちらに、長く置いて頂こうか、早く出ちまおうか、今、迷ってるところなんです」

「そうかね。ぼくの方では、いて貰いたいと、思ってるが……」

弱気になってる私は、人を入れたり出したりすることだけでも、億劫な気分だった。

「どうしようかな。女事務員になろうかとも、思ってるんですけども……」

「それは、止した方がいいだろう。あれは、収入の割りに支出が多くて、損な商売だからね」

私は、ずっと戦前に、「断髪女中」という短篇を書いたことがある。断髪が知識婦

人だけに流行した時代に、そういう髪をした進歩的女中を空想した。その頃も、女性はオフィスや百貨店に働くことを憧れ、女中奉公を軽蔑したが、頭のいい娘があって、オフィス・ガールと女中との収支を計算して、断然、後者が優れてる点を発見し、女中として、ある家庭に入り、甚だ進歩的な働き振りを示すという筋だった。それから、十数年経つのに、若い娘は相変らず、オフィス勤めを憧れてるらしいが、富沢エツ子の髪を見れば、断髪時代は夙《つと》に通り越して、電髪のモジャモジャ形態に入ってる。髪は変っても、頭は変らぬということなのか——

「そうでしょうか」

彼女は、私が引止め策に、そんなことをいうと、思ったのか、微笑を含み、再び、流眄的表情を始めた。二度目となると、これは、気持のよくない表情だった。いかにも、気を持たせるシナを見せられると、さすがに、衰弱してる私の神経も、少しは、反撥作用を起してくる。

「いや、ムリに、ここで働いて貰わなくても、いいのだぜ。君の好きなようにしたらいい。もし、長くいる気なら、保証人を立てて、移動証明を持ってこなければ、いかんね。それから、婆やは、当分、帰すことはできない……」

私がキッパリいうと、彼女は、暫らく考え込んでから、答えた。

「では、後三日だけ、置いて下さい。その間に、長くいるか、いないか、きめますから……」

どうも、近頃は、女中一人雇うにも、こんな手数が掛かるのかと、私は嫌気がさし、富沢エツ子に望みを嘱さなくなった。

その翌日に、私は通い婆さんを呼んで、訊いてみた。

「どうだね、あの女中、見込みがあるかね」

「さア、なんだか、腰が落ちつかない人ですよ。前にも、文士のところへ、奉公していたんだそうですが……」

「ほんとかね」

私は、驚いた。田舎で代用教員をしていたといったのに――

「鎌倉の久米正雄さんという人のところに、この間まで、いたんだそうですがね」

その頃、久米氏は、まだ発病もしていなかった。

「へえ、そいつは、驚いたね」

その日、通い婆さんが帰ってから、私は、富沢エツ子を呼んだ。

「君、久米さんの家にいたことが、あるそうだね」

「あら、婆やさん、喋ったね」

彼女は、ちょっと、怖い顔をした。

「どこで働いていたって、関いはしないが、葉山にいたというのは、鎌倉のことだったのだね」

　私が訊くと、彼女は、頭を掻くような素振りで、

「済みません」

「久米さんのところへ、やはり、ぼくの家と同じように、女中志願の手紙を出したのかね」

「いいえ、宮田重雄さんの紹介なんです」

　私は、可笑しくなってきた。続々と、知人の名が、出てくるからである。

「へえ、宮田君を、君、知ってるの」

「知ってるというわけじゃないけれど、ちょいと、手紙出したんです」

「ぼくのところへ寄越したような手紙を？」

「ええ。でも、宮田さんの家じゃ、女中は要らないから、久米さんの家で働けと、いわれたんです」

「なるほど。だが、どうして、宮田君のところへ、手紙出す気になったんだね」

「だって、二十の扉で、お馴染みですもの」

「なるほど……で、久米さんの家に、長くいたの」

「いいえ、あたし、気が変り易いから他の文士の家へ、行きたくなったんです。小島政二郎さんや、川端康成さんや、方々の家から、口が掛ったもんですからね」

「じゃア、そういう家を、みんな、歩いたのかね」

「いいえ、行きたかったけれど、行かれなかったんです。姉のお産で、手伝いにこいというもんですから……」

どこまでがホントの話だか、わからなくなってきた。

「どうして、君は、そんなに、文士の家ばかり、歩きたがるかね」

「フフン」

彼女は、不思議な笑い方をした。

「文学でも、好きなのかね」

「いいえ」

再び、彼女は、変った笑いを洩らした。

「ぼくの家へは、どうして、手紙を寄越す気になったの。番地が、よくわかったね」

「それはね、奥さんが亡くなったことが、新聞に出たでしょう。その時に、番地も出ていましたわ」

理路整然として、彼女が答える。

だが、私は、彼女が私の家の女中として、不適当であることを、断定せざるをえなくなった。どうも、少しデタラメな女であり、安定を欠いてる。飯を炊き、洗濯をする職務であるとはいっても、頭の働きは、普通であって貰いたい。

「君、せっかく来て貰ったが、他の女中さんを探すことにするから、明日の朝、帰ってもよろしいよ」

私は、そう宣告すると、彼女は、あまり感動も示さず、答えた。

「そうですか。でも、約束だから、三日間、置いて下さいね」

彼女がきた時に、目見えとして、五日間置いてくれというようなことをいったが、その残余の日が、まだ、二日あった。不採用ときまった女中だが、そういわれると、追い出すわけにもいかなかった。

その日から、彼女は、パッタリ働かなくなった。自分の部屋で、何かゴソゴソやってるが、家の用事は、殆んどしなくなった。翌日に、私が庭を歩くと、恐ろしく汚れたシーツと、同様のメリンスか何かの長襦袢が、洗濯されて、樹間に干してあった。

「何だね、あれは？」

私は、通い婆さんに訊いた。

「エツ子さんが、自分のものを洗濯したんでございますよ。裏にも、いろんなものが、干してあります。よっぽど、洗濯物を溜めて持ってきたんでございますね」

私は、些か、驚いた。もし、近頃の女中が、シーツを持参して、奉公にくる習慣があるとしたら、清潔を尚ぶ精神が、よほど普及した証拠になる。女中さんの近代化の一例になると、考えた。尤も、長襦袢の方は、よくここまで着汚したと思われるほど、非衛生的な色気を示していた。

翌々日の朝になると、早くから、彼女は、荷作りをして、来た時の赤い人絹に着換えた。そして、朝飯が済むと、間もなく、

「では、帰らせて貰います」と、挨拶にきた。

生憎、小雨が降り出して、薄ら寒い日であった。彼女は、駅まで行李を運ぶのに、べつに、運送屋も頼まなかった。尤も、駅は五分とかからぬ距離にあったが、中型の柳行李は、相当の重量があるらしく、その他に、大きな風呂敷包みや、パラソルの携帯品があった。

「駅まで、半分持ってってあげるよ」

と、通い婆さんが見兼ねて口を出すと、

「大丈夫だよ」

富沢エツ子は、力業には慣れてる様子で、エイという風に、柳行李を背中に負った。その所業《しわざ》は、とても、都会生まれの女に、真似られぬことだが、人絹の着物の前が開き、雀の巣のような髪は、一層乱れた。そして、明いた片手に、風呂敷包みとパラソルを提げ、人通りの多い往来へ、何の羞らいもなく、飛び出していった。

私は、タイした豪傑だと思って、感心したが、あまり気味のよくない女中が退散したので、ホッとした気分になった。

そして、一体、何の目的で、彼女は私の家へ女中にきたかを、考えてみた。よく、お目見え泥棒という女中もいるが、べつに、私の家では、紛失品もなかった。移動証明や保証人の手続きをしないで、やってきたのは、始めから、長く勤める考えでなかったことが、明らかだった。或いは、溜っていた洗濯物を処理するために、私の家へきたのかも知れぬが、それにしては、あんな手紙を寄越したりする手数が、煩雑過ぎた。

結局、彼女が、私の家を見物にきたと、考える外はなかった。彼女は、既に、ラジオの人気者だとか、著名文士だとかの家を歴訪しているが、それも、見物が目的だったのだろう。しかし、そういう見物をして、彼女は、何を獲るつもりだったのか。或いは、オクターヴ・ミルボーかなんかの向うを張って、「小間使日記」でも書く気だったのか。だが、あの鉛筆書きの手紙の文章や文体では、彼女に、そんな能力があるとも、考えられなかった。恐らく、彼女は、見物せんがために、見物にきたのであろう。遊覧バスの乗客と、同じ気持だったのであろう。

しかし、家の中を、すっかり見物された私の気持は、あまり、愉快でなかった。ことに彼女が田舎からきた小娘であり、そんな対手にシテやられたと思うと、自信喪失はいよいよ深くなり、この調子では、頼むに足る家政係りも、女中も、絶望と考えられ、前途暗澹《あんたん》の気持だった。

〈昭和二十八年一月・オール読物〉

竹とマロニエ

一

お竹婆さんは、若い時に、Hという政治家のところで、八年間、女中奉公をして、奥さんに可愛がられて、その口添えで結婚をして、子供を三人持って、女の一生を大過なく送って、亭主に死別れて――というような過去を持ってるのだが、今では、長男の家に引き取られて、孫の世話をするのが、毎日の仕事という身分になってる。

「お竹さんは、幸せですね」

と、近所の人も、いってくれる。

「ほんとですよ。あたしは、幸せですよ。倅も優しいし、嫁もよく気をつけてくれて……」

お竹婆さんも、ニコニコ笑いながら、そう返事をするのだが、腹の中では、ペロリと、舌でも出したい気分であった。

お竹婆さんは、勝気の生まれで、まだまだ、自分を老い込んだとは、思っていないのである。何か、仕事がしていたく、また、人の世話がやきたい気持を、抑えきれない。ところが、倅は孝行息子で評判の男であって、母親に箒一本持たせないことを、誇りとしている。嫁もそれを見習って、お竹さんを、床の間の置物のように扱っている。それが、お竹婆さんには、苦痛でならない。もっとも、女中を雇うほどの家計ではないから、孫の世話ぐらいは、彼女に任せられているけれど、これとても、あまり深入りすると、嫁の機嫌を損うと、彼女は思っている。ほんとは、孫の育て方だって、息子夫婦のすることが、すべていいとは思っていない。ずいぶん口出しをしたい時があるが、彼女は一所懸命に、口を抑えているのである。勝気な上に、細かく気が働くのは、損な性分といっていい。

お竹婆さんとしては、自分を、決して結構な身分とは、思っていない。モーロクはしてない自信があるのに、働かしてくれないということが、最大の不満なのである。

そこへ、H家の邸宅管理人をしてる、安爺さんが訪ねてきた。H邸も、主人のH氏が戦後間もなく死んでからは、海がよく見える山沿いの邸宅も、未亡人が東京の息子のところへ同居したので、空き家同然となって、下男だった安爺さんが管理を頼まれているのである。

「お竹さん、女中を一人、世話してくれないかね。台所も、留守番もできる、シッカリした女がいいんだが……」

「どこのお邸で、頼まれたのさ」

「いや、うちのお邸の洋館の方を、今度、西洋人に貸すことになったんだよ。男二人が住むんだが、独身者だから、若い女じゃ困るんだ。中年者で、料理も、ちょっとできないと……」

「だって、洋食のできる女中さんなんて、滅多にいやしないよ」

「芋の皮剝きぐらいできりゃア、後は、自分たちでやると、いってるんだがね。何しろ、西洋人の若い男二人だから、みんな怖がって、来手がないんだ。それで、あんたのところへ頼みにきたんだが、まア、心がけて置いてくんなよ」

終戦後三年目で、この静かな海辺の町にも、パンパンという女たちが、眼色のちがった兵隊を連れて、姿を現わすので、西洋人の若い男といえば、土地の娘たちが、一応、恐怖心を持つのも、当然だった。

安爺さんは、そういって、帰って行ったが、お竹婆さんには、その女中探しの話が、何か、心に残った。彼女は、西洋人という者に、反感を持っていなかった。H家に奉公してるころに、よく西洋人の客が来たが、どれも行儀がよくて、威張りもしなかった。今度、H家の洋館を借りる男たちは、安爺さんの話では、二人とも、二十代だということで、お竹婆さんは、息子が嫁を貰う前の年頃だと思うと、炊事に不自由してることも、同情された。

そのうち、安爺さんが、またやってきた。

「どうだい、お竹さん、心当りはなかったかい」

「うん、方々、聞いてはみたけれど、尻込みばかりして、ダメだよ」

「困ったなア。あの連中、自炊をしてるんだが、ガスがないんで、炭をオコすのに、大骨折ってるよ。それに、火の用心が悪くて、こっちまで、心配だよ。だれか、来てくれねえもんかな」

お竹婆さんは、しばらく考えてから、答えた。

「どうだろう、安さん、あたしでは……」

「お竹さんが、来るっていうのかい。そりゃア、昔のあんたなら、申し分はないが、なんといっても年だからな」

「何をいってるんだよ、安さん、あたしゃア、まだ、五十八だよ。体だって、どこが悪いってところは、一つもないんだよ。見損って、貰いたくないよ」

「あんたはその気でも、息子さんが、今さら、あんたを奉公に出すもんかね」

「冗談いってらア。あたしゃア、親だよ。親のあたしが好きですることを、息子が止めるなんて、孝行の道に外れるじゃないか。こうなったら、だれがなんといったって、あたしゃア、その西洋人のところへ行くからね。安さん、きっと、世話しておくれ」

生まれつきの勝気が、行きがかりも手伝って、お竹婆さんは、ひどく昂奮して、キンキン声を立てた。

二

そんな経過の後に、お竹婆さんは、アンドレさんの世話をすることとなったのである。

アンドレ・シャルパンチエ。フランス陸軍の無電技師で、占領とともに日本へきたのだが、現在、どういう仕事をしているか、お竹さんは知らない。東京のフランス大使館内に、勤務先きがあるとみえて、毎日、シトロエンという車を、自分で運転して、東京へ出かけていく。

最初は、話のとおり、フランスの青年が、二人で住んでいたが、ピエールさんというもう一人の方は、二カ月も経つと、東京で下宿を探して、引越して行ってしまった。最初からお竹婆さんは、何となく、アンドレさんの方を、虫が好いていたから、彼一人の世話をすることになって、むしろ、本望だった。

とはいっても、来た当座は、お竹婆さんも、かなり不安だった。強いことをいった手前、後へは退けなかったが、西洋人と一緒に暮すのは、気味のいいものではなかった。一番、気にかかったのは、言葉のことだった。英語なら、グッドバイぐらい知ってるが、フランス語ときたら、何をいわれたって、通じるわけのものではないから、一体、主人のいいつけを、どう聞きわけたらいいのか、途方に暮れるのである。

ところが、それは、案ずるまでもなかった。最初の朝、六時半に、アンドレさんが起きてきて、台所で働いてるお竹さんを見ると、

「アナタ、オハヨゴザイマス」

と、日本語で挨拶してくれたのである。

アンドレさんは、片言ながら、用が足りる程度の日本語を話すし、それに、手真似が大変上手で、わからないことは、それで見当がついた。

つぎに、お竹婆さんの案じていたことは、洋食の料理だったが、これも、一向に手が掛からなかった。彼らは、午飯は、東京で食べるし、晩飯も、ほとんど外食してくる。家でする食事は、朝食だけといってよかったが、これが至って簡単で、フランス人というものは、朝は食事らしい食事をしないのが、習慣らしかった。果物も、卵も食べないで、コーヒーと牛乳と、パンだけである。お竹婆さんは、アンドレさんに教わって、フィルトルというコーヒー漉しに、コーヒーをいれて、熱湯を注ぎ、アンドレさんが、前日、東京から買ってくるパンを切り、牛乳とバタを添えて持って行くだ

けで、朝食の仕事は、終ってしまうのである。

「お竹サンノキャフェ、タイヘンウマイ」

フランス人というものは、なかなかお世辞がよく、アンドレさんは、西洋ネマキのまま、コーヒーを飲みながら、よく味を賞めてくれた。

お竹婆さんの方でも、負けずに、フランス語を覚えようとした。コーヒーがキャフェで、牛乳がレーで、バタがブールで――と、すぐ覚えてしまったが、

「パンはなんていうんです、アンドレさん」

と、訊いてみると、

「パンハパンデス」

「いやですよ、からかっちゃ……」

「カラカイマセン。パンハパンデス」

アンドレさんが大真面目で答えたので、パンはフランスでも、パンというのかと、合点した。

アンドレさんが出勤すると、お竹さんの仕事は寝室を掃除して、ベッドを直すことから始まるのだが、ベッド直しはフランス語で〝フェール・リ〟ということも、教えて貰った。しかし、寝室と、旧応接間のアンドレさんの書斎の掃除も、じきに済んでしまうし、〝フェール・リ〟なんかは、至って簡単で、お竹さんの仕事は、夕方、浴

室のタキツケを始めるまで、日中はほとんど遊びの状態だった。

——これじゃア、六千円もお給金を貰って、バチが当るよ。

彼女は、仕事がラクなのが、不満だった。もともと、給金が目当てではなく、働くのが目的で、ここへきたのである。まだ、自分は役に立つ人間だということを、確かめたくて、働きに出たのである。それなのに、遊び半分で日を暮しては、面白くない。彼女は、家の掃除、庭の掃除に、念を入れ出した。若いころに働いていたお邸のことだから、掃除の手順もわかっていて、仕事はじきに済んでしまう。どうしても、体があくから、お竹婆さんは、洗濯にせいを出した。アンドレさんは下着類、ハンカチ、ワイシャツと、よく洗濯ものを出すが、出入りの洗濯屋へ、全部渡すことになっていた。それを、お竹婆さんは、自分で洗って、アイロンをかけて、手際よく畳んで、黙って、整理ダンスへ入れて置くと、アンドレさんは、何にも知らず、身につけていた。

週一回、お竹婆さんはアンドレさんに支出表を出すことになっているが、洗濯料が少しも払ってないことを、彼は気づいて、質問した。

「いいえ、あたしが洗って置いたんですよ。どうせ、日中は、することがないんですからね」

お竹婆さんは、事もなげに答えたが、それが、アンドレさんを、ひどく感動させた。彼は、日本にきてから、そういう目に遇ったことがないのである。外国人と見ると、金をとることばかり考える日本人が多く、現に洗濯料金にしても、東京にいた時は、女中がカスリをとっていたことを彼はよく知っていた。お竹婆さんは、その逆のことをするのである。自分の労力を費やして、主人の支出を省くことを、考えてくれたのである。

それから、急に、アンドレさんは、お竹婆さんに対する態度を変えた。東京から帰りに、よく、ボンボン（キャンディ）や、模様入りのハンカチなぞを、買ってきてくれた。そして、日曜日ばかりでなく、週日でも、家へ帰って夕食をすることが多くなった。

その夕食の支度に、彼はいろいろのものを買って、車に乗せて帰ってくるが、彼の愉しみは、むしろ、日本風の台所で、お竹婆さんと一緒に、料理をすることにあるらしかった。

「コレ、洗ッテ下サイ。切ッテ下サイ」

彼は野菜や肉の荒ごしらえを、お竹婆さんに命じて、煮焼きや味つけは、自分でやった。いろいろのソースをつくることも、よく知っていた。

「アタシネ、ママサンノテツダイシテネ……」

アンドレさんは、子供の時に、母親の台所仕事を手伝ったことを語り、母親が料理が上手だったことや、いかに自分を可愛がってくれたかを、愉しげに語った。

「アンドレさんのママさん、いくつです」

と、お竹婆さんが聞くと、

「五十五ネ、生キテイレバ……」

「あら、お亡りになったんですか。あたしと、いくらも違わないのにね……」

今度は、お竹婆さんが、心を動かした。自分と似た年齢の母親を、アンドレさんが持っていたことや、その母親がすでに死んでることは、何も驚くべきことでもないのに、彼女は、急に、アンドレさんに親愛の情を湧かせてしまったのである。もっとも、これは、お竹婆さんが自分の息子を、もう思う存分には、愛せなくなっているという事実と考え合わせなければならない。嫁がきてから、お竹婆さんは必要以上に、息子に対する愛情の表現を抑制する習慣がついてきた。息子の方でも、細君を通じて、母親を愛するというところが、見えてきた。それを、彼女が本望だと思ういわれはなかった。

お竹婆さんは、次第に、異国の青年を、自分の息子と見立てているのではないかと、思われる節が、出てきた。以前よりも、彼女は口煩く、アンドレさんの世話をやき始めた。アンドレさんが、今日は車のスピードを出して、一時間で東京から帰ってきたなぞと、自慢すると、

「いけませんよ。もし、他の車とブツかりでもしたら、どうするんですよ」

と、真剣になって、怖い顔を見せた。

アンドレさんも、そういうお竹婆さんの態度を、越権とは感じないで、むしろ、喜んでる色があった。彼はフランス人としても、小柄の方で、南部の生まれだから、髪も黒く、日米の混血児などより、かえって日本人に近い容姿を持っていた。そして、陽気で、気さくで、情のこまかいところも、異国人らしくなかった。お竹婆さんが、自分の息子の代用品として、錯覚を起したとしても、そう責められないことかも知れなかった。

彼女は、必死になって、フランス料理を覚えようとした。といって、正規のフランス料理のことではなく、アンドレさんが喜ぶ料理のことに過ぎないが、スープのとり方、ソースのこしらえ方は、一応身につけた。アンドレさんに賞められたのは、トマトのサラダだった。フランス人は野菜のサラダを、幾種も盛り合わせるよりも、一種をサラダ油と酢で食べることを、好むらしく、この土地には新鮮なトマトがあるし、生の玉ネギを一ぱい散らして、日本の大どんぶりに盛って出すと、ひどく喜んで、みんな平らげてしまった。また、時には、日本風なフライの仕方で、土地の海でとれるキスやカマスを揚げて出すと、魚嫌いの彼が、二度目を催促するほどの喜び方だった。

赤い格子縞の布をかけたテーブルに、ブドー酒のビンを置き、うまい料理だと、相好を崩して喜ぶアンドレさんを見ることが、お竹婆さんにとって、何よりの生甲斐になった。そして、お盆を持った彼女が、テーブルの側に立って、何かとオシャベリをする。フランス人は、食事の時に話をするのが、愉しみらしく、それからそれへと、アンドレさんが話しかけるのは、腹を抱えるような話題が多く、お竹婆さんにとっても、愉しい時間だった。

「オ竹サン、フランスニ、タイヘン可哀ソウナ息子アリマシタ……」

ある時、アンドレさんは、真面目くさって、話し出した。お竹婆さんも、最初は釣り込まれて、どんな哀れな人情話が繰り展げられるかと、耳を澄ました。

「ソノ息子ノパパサン、タイヘンエライ外交官、ソシテ、ソノ息子ガ、タイヘン美シイオ嬢サン、好キニナリマシタ……」

アンドレさんは、フォークの手を休めて熱心に語り出すのである。

「へえ、そのお嬢さんは貧乏で、身分がちがうから、お嫁に貰えなくて……」

お竹婆さんは、一度、似た話を聞かされたように思って、先き潜りをすると、

「イーエ、チガイマス。ヨク、聞イテクダサイ……」

アンドレさんが、一層、真面目な顔をして、話し続けたところによると、大外交官の息子が恋した令嬢というのは、ある有名な老女優の娘だった。フランスでは、女優の社会的地位が高いから、若い二人の結婚は、むしろ好一対であるべきであった。

そして、息子は父親のところに、その令嬢との結婚の許可を求めに行った。すると、

大外交官は苦悩の色を表わし、

「あのA嬢との結婚だけは、思いとどまってくれ。実は、あの娘は、わしの子なのだ」

と、若き日の放蕩を、告白した。彼がまだ若い外交官だったころ、A嬢の母の女優と恋に落ちて、一子を儲けたのが、A嬢だったというのである。

息子は大きな打撃を受けたが、近親結婚は罪悪であるので、いさぎよくA嬢のことを諦めた。そして、一、二年経つと、青春の血の燃える頃であるから、今度は、B嬢に恋をした。B嬢の母は、女優でも芸人でもなく、良家の出であり、財産もある未亡人であるから、今度こそ、良縁と思われた。しかし、父親には相談しないわけにいかないので、息子がその由を申し出ると、

「哀れな息子や。お前は、どうして、そう運が悪いのだ。実は、B嬢も私のタネなのだよ」

と、若い日の恋を、告白した。外交官というのは、どこの国でもモテるのか、父親は社交界で多くの女性がよろめいたが、そのうちの一人が、B嬢の母で、彼女はある老人の富豪の妻だった。

お竹婆さんは、その話を聞いて、すっかり驚いた。

「まア、フランス人て、ずいぶん浮気なんですねえ」

「イーエ、スベテノフランス人デハアリマセン……」

アンドレさんの説では、フランスの上流社会が浮気が好きなので、一般の庶民は、日本人とちっとも変らないのだと、力説した。そして、自分も庶民の一人なのだと、つけ加えた。

「トコロデ、哀レナ息子ハ……」

と、アンドレさんは、話を続けた。今度は、彼も気も狂うばかりの打撃を受けた。彼の恋する娘が、またしても異母妹であったのだから、これより以上の悲劇はない。そして、A嬢のことは、その理由で諦めたが、B嬢の方は、いくら結婚すべき対手でないと思っても、恋の焔は消えてくれなかった。

そこで、彼は思いあまって、ついに、母親のところへ、相談に行った。すべての告白を聞いた母親は、世にも哀れな息子の頭をなぜながら、暫らく考えていたが、ついに勇気をふるって、息子に告げた。

「かまいません。B嬢と結婚しておしまいなさい」

「お母さん、でも……」

「決して、心配することはありません。B嬢はお父さんの子だったとしても、あなたは決してそうではないのです。実は、あたしの若いころ……」

と、アンドレさんは、女の口調を真似て、そういってから、ゲラゲラと笑い出した。

何か、フランスの落語にでもあるらしいことを、真面目くさって語って、お竹婆さんに、一パイ食わしたのである。

「あら、いやですよ、人が一所懸命になって、聞いていれば……」

しかし、お竹婆さんも、その話はおかしくて、腹を抱えて笑った。そして、笑い終ってから、

「フランスの女は、油断ができないんですね。アンドレさんも、いまにお嫁さんを貰うんだから、よっぽど気をつけなくちゃ……」

と、忠告をすると、彼は大きく手を振って、

「ワタクシノオ嫁サン大丈夫。トテモ正直、トテモヨイ人デス」

と、その時始めて、彼に許婚者《いいなずけ》のあることを語った。彼の生まれた田舎の町の娘で、名はルネといって、年が二十四であることまで語った。それだけでは足りずに、モロッコ革の紙幣入れの奥に納ってある写真まで出して、お竹婆さんに見せた。

「まア、可愛らしいお嬢さんですね。そうですね、この人なら、大丈夫そうですね、ホッホホ」

お竹婆さんも、対手があまり真剣な顔つきをするので、そういって慰めるほかはなかった。

三

お竹婆さんは、そんな風にして、一年半をアンドレさんの許で、暮した。

ほんとに愉しい、一年半だった。

そのうちでも愉しかったのは、アンドレさんの車に乗せられて、箱根へ行った時だった。アンドレさんは、日本へきてから三年にもなるというのに、温泉というものへ一度も入ったことがないそうで、それに箱根を知らないというので、お竹婆さんを道案内に連れていくことになったのだが、実は、アンドレさんが彼女の慰労を計ったのでもあろう。

道案内だから、お竹婆さんは、アンドレさんと並んで、シトロエンの運転台に乗せられた。お竹婆さんは、勝気な生まれだけに身なりもキリリとして、薄汚れた感じはないにしても、和服の日本人の婆さんが、外人と並んで運転台にいるのは、道行く人の笑いを誘った。

「皆、ワタシタチヲ見マス。オ竹サントワタクシ仲ヨイカラ、ヤキモチデショウ」

アンドレさんは、そんなことをいって、お竹婆さんを笑わせたが、彼女としては、気が気でないところもあった。道案内を引き受けたものの、箱根へ行ったのは十五年も前のことで、東海道の様子も、温泉町の家並みも、すっかり変って、見当がつかな

かった。結局、アンドレさんに車を止めて貰って、

「少々、ものを伺いますが……」

と、何度も道を聞くほかはなかった。アンドレさんは、それを面白がって、声を立てて笑った。

それでも、小涌谷のツツジは、眼が覚めるようだったし、芦ノ湖の水の色も、箱根神社の新緑も、美しかった。アンドレさんも大喜びだったし、お竹婆さんも、道案内の甲斐があった。帰りに、宮の下で、アンドレさんはホテルを嫌って、日本旅館で夕飯を食べたし、温泉にも入った。ヌル湯好きのアンドレさんは、温泉が熱いといって、文句をいったけれど、旅館の日本料理は、ウマイといって、沢山食べた。給仕に出た女中が、アンドレさんとお竹婆さんの関係が解せないらしく、そんな言葉を口にした時に、アンドレさんは、

「ワタシノママサンヨ」

と、冗談をいった。冗談と知りつつ、お竹婆さんには、ジーンと、身に沁みる喜びがあった。

息子が嫁を貰わない前だったら、彼女も、そんな感傷にとらわれもしなかったろう。また、彼女がもっと老いぼれていたら、異国の青年から、かりそめに母といわれたって、喜びもしなかったろう。彼女は、女として、まだ余力を持ってるので、家にいる

と嫁さんに煙たがられるのであるが、しかし、アンドレさんの世話をすると、彼から、そんなに親しまれるほど、行き届くのである。年をとった女が、婆さんになりきれないというのは、幸福なのか、不幸なのか。

とにかく、アンドレさんのところで働いてる間は、十歳も若返ったと思うほど、幸福を感じていただけ、いよいよ、彼が帰仏ときまった時の悲しみは、大きかった。

彼女は、すっかりショげて、アンドレさんのトランク詰めを手伝う時も、涙が出かかって、困った。

「オ竹サン、ワタクシ、マタ、日本ニ来マスネ。奥サン連レテネ……」

アンドレさんは、優しくいってくれた。

「ええ、どうぞ、どうぞ。きっと、待ってますよ」

といったものの、お竹婆さんは、少しもアテにはしていなかった。

——あんなことといったって、こんな遠いところへ、いつ来れるものでもない。ほんとに来たとしても、その時分は、あたしはお墓の中かも知れない。

そんなことを考えて、自分の悲しみを煽ってるのである。

そして、アンドレさんが、いよいよ出発の時に、

「オ竹サン、ワタクシ手紙書キマス。アナタモ、手紙下サイ」

と、何度も繰り返しても、彼女はヒガんで聞くほかなかった。

うよ。

——何いってるのさ。あたしにフランス語の手紙が、読めもしなけりゃア、書けもしないじゃないか。第一、フランスへ帰れば、あたしのことなんて、すぐ忘れてしまうよ。

そして、アンドレさんは、フランスへ帰って行った。お竹婆さんは、再び、息子の家で、孫の守りをする生活を始めたが、すっかり元気がなくなって、婆さん臭くなった。孫たちも、以前のように、お竹婆さんに懐かなくなった。しかし、家のことだの、孫の教育のことに、うるさく口出しをしなくなったのは、嫁さんにとって、都合の悪いことではなかった。

そして、アンドレさんが帰国してから、一カ月も経った頃だった。

「あら、お母さんのところへ、手紙がきましたよ」

と、嫁さんは、珍らしそうに、一通の書状を持ってきた。それは、フランス大使館の肩書が印刷してある、青い封筒で、その中から、日本文で書いた長い手紙が出てきた。

——わが親愛なるお竹さんよ。

アンドレさんからの手紙だったが、彼が、いつ、こんな上手な日本字が書けるようになったかと、彼女は驚いた。ところが、よく読んでみると、それはアンドレさんの手紙の飜訳文であった。大使館に日本語も日本文も上手なガルニエさんという人がいて、その人はアンドレさんと仲がよく、一、二度、アンドレさんの家へ遊びにきて、お竹婆さんの手料理を食べたこともあった。その人宛に、お竹婆さんへの手紙が、送られる手筈になっているらしいのである。そして、ガルニエさん自身の添書によると、お竹婆さんがアンドレさんに通信する場合は、大使館宛ガルニエさんに、日本文で書いて送ってくれれば、飜訳してアンドレさんに、航空便で出してあげるということだった。お竹婆さんは、早速、返事を書いて、ガルニエさんに送った。

ずいぶん手数のかかる手紙のやりとりであり、また、公務を持っているガルニエさんも、迷惑な話だと思うのだが、何と、この日仏間の風変りな通信が、もう四年も続いてるのである。まだまだ、当分続きそうなのである。といって、恋人同士の手紙のやりとりではないから、度数は、そう頻繁ではない。その代り、とても規則的であって、三月目に一回という周期ができている。そして、いつもアンドレさんが発信者で、お竹婆さんは、その返事を書く役回りである。

フランス人は熱し易く醒め易いというのが、通評であるが、アンドレさんは、その点、極めて根気がいい。四年間のうちには、彼も許婚者のルネと結婚したし、子供も儲けたし、地位も上って、大きな電機会社の技師に就任したらしいが、そういうことを、一々、お竹婆さんのところへ、報告してくるのである。これは、どういう愛情なのだろうか。一年半の間雇用した老婢《ろうひ》に対する温情としては、少し過分であろう。アンドレさんは、日本という遠い国にきて、一人の婆さんに会って、何か、人間の心に触れ合ったことが忘れられないのであろう。それにしても、アンドレさんは、当事者だからいいが、ガルニエさんという人は、とんだ厄介な仕事を引き受けたものである。たとえ三カ月毎にせよ、仏文を日本文に直し、また日本文を仏文に飜訳して、両方に発信するのは、大ていの手数ではない。それを、欣々として、四年間もやってくれてるのである。この人の善意の出どころも、考えさせるものがある。その上、お竹さんは、手紙に分らないところがあると、ガルニエさんに質問を出すのである。

例えば、初夏の頃に、アンドレさんからくる手紙には、きまって、当地ではマロニエの花盛りというようなことが、書いてある。マロニエとはどんな樹だか、知りたくなって、彼女はガルニエさんに手紙を出したら、日比谷公園の付近に、同じ樹が植えられていると、図入りの親切な返事がきた。彼女は東京へ出た時に、わざわざ日比谷へ見に行ったことがあった。トチの木のような大木で、葉ばかり茂って、白い花が少し咲いていたが、キレイでも何でもなかった。だから、フランスのマロニエとは、ちがう木だと考えた。

〈昭和三十四年一月・週刊朝日別冊〉

団体旅行

藪をつついて蛇を出す。伯父貴《おじき》に旅行をねだったら、とんでもない団体旅行の切符をくれた。さて、しぶしぶ団体にもまれ乍《なが》ら旅に出た平助君の運命やいかに？……

一

「平助はおるか、平助は……」

伯父貴の声が、二階の僕の部屋まで、筒抜けに聴えてきた。

伯母が、なにか答えてるようだ。

「え、なに？　部屋で勉強しとる？……なんの、彼奴《あいつ》、またデモクラ雑誌でも読んどるのが、関の山さ」

一語々々、明瞭に、障子を閉め切った僕の部屋まで、聴えてくる。伯父貴は、内証話というものが、できない人だ。なにしろ、三十年も海上生活を送った経験がある。風と浪の音に、負けないつもりで、高声を発したのが習慣となったらしい。今はもう、足を洗って、この大東京の片隅に隠退生活を愉しんでいるが、日露戦争の時には、御用船の船長を勤めて、勲章を頂くほどの働きを見せたこともある。

「おい、平助、カステラの函を開けるから、降りて来い！」

俄然、破鐘《われがね》のような声が、階段の下から、響いてきた。世間話をする時も、あの大声であるのに、況《ま》してや、二階の僕に呼びかけるのだから、殷々として大気を揺がし、まるで近所合壁へ、カステラの封切りを、広告してるようなものだ。

「はアい」

僕は、慌てて、返事をした。黙っていれば、さらに大声で、第二弾が発せられるにきまってる。平助々々と、あまり体裁のよくない名を呼ばれるだけでも、気がひける。そこで僕は、伯父の所謂デモクラ雑誌の一つである「文芸新潮」をバタリと伏せて、机の前を離れることにした。

(そうだ、ちょうど、いい機会だ。伯父の機嫌次第によっては、あの願いを持ち出してみよう)

そんなことを考えながら、僕は、階下の茶の間へ降りて行った。

「平助、食うてみい……旨いぞ。やはり、本場物は、違うな」

伯父は、口一杯にカステラを頰張ってるので、些か声が低い。

「平助さん、一ついかが？　長崎から、送ってきたんですよ」

と、伯母が、茶を淹れながら、優しくいった。

開け放した茶の間から、燃えるような新緑の庭が、見渡される。躑躅《つつじ》が咲いてる。ダリアの蕾が膨らんでる。天気は、今日も素晴らしい好晴だ。そのせいか、伯父貴夫婦の顔も、平和に輝いている。これならば、此間うちからの念願を持ち出しても、頭から呶鳴られる心配はないかも知れない。

「旨いですな、このカステラは。喫茶店あたりじゃア、とても、こんな上等なものはありませんよ」

と、僕は、まず、カステラを褒めて置いて、話の緒《いとぐち》を見出そうとした。

「喫茶店か。相変らず、そんなところへ、行きよるのかい」

いけない。伯父貴の喫茶店嫌いを、知らないのではなかったのに、飛んだことを口走ってしまった。

「いいえ、此頃はサッパリ……つまらんですからな、喫茶店なんて」

「そうとも。いい若い者が、コーヒーや紅茶を嗜んで、あんな場所で時間を潰すのは、亡国的現象だと、わしは考えとる」

「でも、あなた、此頃の若い人は、みんな映画や喫茶店へ行くんですよ。平助さんだって、タマには……」

と、伯母は気が優しいから、側から助け舟を出してくれたが、この場合、少し有難迷惑だった。

「黙んなさい。わしの商船学校時代には、ミルク・ホールすらまだ東京になかったもんだ。コーヒーといえば、角砂糖の真ン中に、黒い粉が入ってるものしか、知らなかったもんだ。それでも、天下国家に志を持つ感心な青年が、雲の如く簇《むら》がっていたぞ」

「だって、あなた、なにもコーヒーに関係のあることじゃアないでしょう」

「ところが、ある。銀座通りにキャフェというものが現われる以前には、日本にはまだ個人主義だの、デモクラシイだのという不埒なものは産まれなかったのだからな」

伯父貴は、映画や喫茶店を好かないが、それにも増して、個人主義が嫌いである。尤も、最近の流行で、その方に転向したわけでもない。十年も二十年も前から、個人主義を悪魔外道の如く心得ている。

「なるほど。伯父さんの観察は、面白いですね。一体、銀座に始めてキャフェが現われたのは、いつ頃の話です？」

などと、僕は伯父貴を扱い慣れているから、調子を合わせつつ、話題を転換させてゆくのである。

「ザッと、三十年位前かな。尾張町の角に、ライオンという家があって、人眼を惹いたものだ。その後、タイガーというのができて……」

「ライオンにタイガーですか。まるで、職業野球みたいですね」

「ハッハハ」

伯父貴は、機嫌よく笑った。

「どうも、素晴らしく、いい天気ですな」

「うむ。いい陽気だ。お前も、家にばかり引込んでいないで、ちと散歩でもしてきたらどうだ」

「散歩も結構ですが……」

と、僕は透かさず、この機会を摑んだ。

「……伯父さん、いっそ、旅行にやって頂けないでしょうか」

「旅行に？　何用だ」

「用というわけではないんですが、この頃、どうも体の調子がよくないんです。頭痛がするし、消化は悪いし、よく眠られないし……」

「それは、いかんね。甘木《あまき》先生にでも、診て貰ったらいいだろう」

「それほどでもないんです。四、五日、静かなところを旅行して、気分を転換してくれば、きっと元気になりますよ。自分の体だからよくわかってます」

と、それから僕は、口を極めて、伯父を説得にかかった。

だが、病気なんて、勿論、嘘である。尤も、伯父に対して嘘をつくのは、今日が始めてではない。僕は伯父に学費を出して貰って、神田大学の文芸科へ通っているが、伯父に約束したように、中等教員になる気は、スッカリ無くなってしまった。僕は、小説家になりたいのである。それを白状すると伯父に叱られるから、黙っている。しかし、準備は、着々として進んでるのである。次期の芥川賞を狙って、仲間の雑誌へ出すために、僕は長篇を書き始めている。芥川賞でも貰えば、伯父だって、僕の希望をきいてくれるかも知れないし、たとえ伯父の勘気に触れたところで、自活の途がつくであろう。

万事、芥川賞を貰ってからのことだが、肝心の作品が、三分の一ほどで、ハタと行き悩んで、目下、停滞中なのである。こういう時には、旅行に限ると思う。文学は静寂の中から生まれなければならないし、僕は孤独を愛することが人一倍強いのだから、たとえ四、五日でも一週間でも、伯父貴のあの破鐘のような声の聴えて来ない場所へ行って、頭を休めてきたら、書き渋ったペンも、必ず動き出すに違いないのである。

そこで僕は、此間から、伯父貴に旅行を許して貰おうと時機を窺っていたところで

――

「学校も、ちょうど、来週は休みが多いのですから、一寸、温泉へでも行かして頂き

たいんですが……」

「フム、温泉か……」

伯父貴は、急に顔を顰《しか》めて、横を向いた。どうも、形勢がよくない。伯父貴がこんな顔つきを始めたら、滅多にウンという男ではないのである。僕は少し調子に乗って、話を早く切り出し過ぎたようだ。

「平助、お前、温泉へ行きたいといったな」

暫時《しばらく》してから、伯父貴がいった。どうせその次ぎは、この時局に、いい若い者が温泉行きとは何事であるか――と、お説教が始まるに違いない、僕はもう、旅行のことなぞ諦めて、尻を擡《もた》げかかった。

「いえ、特に温泉でなくてもいいです。どうでもいいです」

「ヘンな奴だな。お前、今、温泉へ行きたいといったじゃないか」

「ええ、でも、なアに……」

「遠慮せんでもいい。やってやるよ」

「え?」

「実は、わしが行こうと思っていたんだ。しかし、考えてみると、わしのような老骨が、今更、温泉で保養したところで、始まらんよ。それよりも、お前のような青年が体位向上を計るべき時だ。わしの代りに、お前、行ってきなさい」

「はッ。有難うございます」

僕は、ほんとに有難くて、両手をついた。

「伊豆の温泉巡りはどうだね」

「結構ですな」

「そうかい。それならばと――来週月曜の午前十時に、東京駅集合ということになってる。会員章は、後で渡してやる」

「？」

「会費は、月掛けで払ってあるから、小遣銭だけ持って行けばいい」

「すると、団体旅行なんですか。旗を担いで、大勢でガヤガヤ出掛けるやつですね」

僕は、開いた口が塞がらなかった。

「そうとも。賑やかで、面白いぞ。昨年、伊香保へ行った時は二百人だったが、今年はもっと多いかも知れん」

「僕は、棄権します。伯父さん行ってらっしゃい」

「いや、わしはいつでも行ける。それに、平助、お前は一体偏屈なところがある。いつも二階へ引込んで、わし等と顔を合わせるのも、面倒がってる。つまり、わしにいわせれば、個人主義にカブれてるからだよ。今度の旅行で、そういう根性を叩き直してきなさい。人間は、団体生活をせにアいかん。わしなぞも、長年、船乗りという団体生活をしたお蔭で、どれだけ人間を錬えられたか知れん。悪いことはいわんから、行ってきなさい。あアん？　この頃は、新聞雑誌でも、全体主義ということを、ヤカましくいうではないか」

二

藪を突いて蛇を出したというのは、まさにこのことだ。

河鹿《かじか》の声でも聴える山間の温泉宿で、静かに思索と瞑想に耽るつもりでいたのに、団体旅行とは何事ぞや。といって、旅行は旅行に違いないのだから、自分からいい出して置いて今更、取消しという手は出せない。

次週月曜日の午前十時、僕は怨みを呑んで、東京駅二等待合室へ集合したのである。

「あ、モシモシ、会員の方ですか」

赤帽氏が、帽子だけ他から借用してきたというような風体の男が、僕に声をかけた。

「そうです」

「参加章をお持ちでしょうな」

僕は伯父貴から貰った切符を出すと、赤帽――否黒帽氏はそれと交換に僕の胸間へ、バラ色のリボンの垂れた、仰々しい花飾りをピンで留めてしまった。

冗談じゃない。まるで、これから都踊りの舞台へでも出るような為体《ていたらく》だ。

「こんなハデなものを、旅行中つけて歩くんですか」

「なアに、貴方、これでも時局に遠慮して、質素にしてるんですよ。ほんとは、赤手拭か黄手拭を首に捲いて貰うと、遠くから眼について、迷子が出ないから、世話人はラクですがね」

そんなものを、首に捲かれて堪るものか。

「それから、何分、大勢さんのことで、一々、お名前を覚えるわけに行きません。貴方は三十二号だから、そのお積りでね。三十二号さんと呼んだら、ハイと返事をして下さいね」

なるほど、花飾りの中央には32と、大きく書いてある。すると、今日から四日間、僕は三十二号氏と成り果てるのか。並木平助といえば、同人雑誌界にはチッとは響いた名だのに、刑務所ナミに、番号で呼ばれるのか。

だが、花飾りをつけて膨れッ面をしているのは、僕だけのようだ。みんな嬉々として、出発の時間を待ってる。人数は約百人ばかりで、伯父貴がいったほど大勢でないのは有難いが、どれもこれも中年か老年の男女で、酒屋の亭主らしき者、ソバ屋のお内儀《かみ》さんらしき者、退職区役所戸籍係りらしき者等々の小市民階級である。一見して、甚だしく知性と青春の欠乏した団体だ。

「さア、皆さん、お待ち遠様、時間が参りましたから、列車に乗り込みます。二列に並んで、続いて歩いて下さい」

黒帽氏が先頭に立って紫地に××旅行会と金糸で刺繡した旗を捧げ、世話人数名がその側に付添い、一同は下駄音も喧しく、改札口へ進んだ。乗車口に待ち合わせてる人達が、ジロジロその行動を眺めるので僕は顔から火が出る想いがした。なんしろ、角帽に金ボタン服の男なんて、たった僕一人だから、人眼に立つこと夥しい。

やがて僕等は、遠足の小学生のように、列車へ追い込まれた。僕は、少し臭いのを我慢して、便所の側のシートへ陣取った。果して、誰もここへ坐ろうとする者はない。お蔭で僕は前側へ脚を伸ばし、悠々と、四人分の席を一人で占領した。これで、着駅までは、俗悪なる団員から離れて、孤独と自由を愉しむことができるだろう。

発車ベルが、疳高く鳴り渡って、いよいよ列車が出ようという間際に、慌しく飛び込んできた一組があった。父母と娘の三人連れである。僕は普通の旅客かと思っていると、

「おい、こりゃ、世話人……」

と、父親らしい男が、既に動き出した列車の騒音の中に一際ハッキリと、黄色い声を出した。すると、例の黒帽氏が、どこからか飛んできて、ペコペコ頭を下げた。

「旦那、どうも相済みません。きっとお出でになるだろうと思って、ギリギリまでお待ち申してたんですが……」

「伊香保行きの時は、早く行き過ぎて、えらく待たされたから、今度はユックリ来たんじゃよ……とにかく、わし等の席を早くとってくれ」

と、横柄な口調でそういいながら、懐中から鰐皮《わにがわ》の紙入れを出して、五円紙幣を一枚黒帽氏に与えた。

「ヘッ、毎度どうも……。ところで、旦那、いいお席がなくて相済みません。明日のバスで、必ず埋め合わせをつけますから、どうぞご辛抱を……。もし、三十二号さん、一寸、脚をどけて下さい」

黒帽氏は、僕に命令を下した。その男のことは旦那と呼び、僕のことは番号で呼ぶなんて、差別待遇も甚だしい。僕はムッとしたが、忽ち三人は、ドヤドヤと僕の周囲に腰を卸してしまった。

最早、孤独と自由どころではない。姿勢からして、僕はとても窮屈になってしまった。僕の前側には、父親と母親が腰かけた。父親が突き出した膝と、接触しないように、体を少しでもズラすと、隣りに坐ってる娘の尻に、衝突しなければならない。膝も尻も、それぞれ逞しい代物だからである。早慶戦の応援スタンドでも、これよりはラクな気がする。

「フン……便所が近いな」

と、父親がクンクン鼻を鳴らした。日に焼けた、四角い顔の男で、見るから健康そうだが、ひどく下品な表情をしている。前歯にズラリと金歯を入れているばかりでなく胸の金鎖、金メダル、指に三本も太い金指環を嵌めている。時節柄、日本銀行の窓口へこの男を出したら、その儘金庫へ保管してくれるかも知れない。

「あら、ほんとだよ。アルボースの臭いがするよ」

と、細君が良人に倣って、鼻を鳴らしたが、彼女もまた、指が可哀そうなように、ベッタリと、金と白金《プラチナ》の指環を嵌め、燦爛たる金糸は、着物、帯、草履の鼻緒までに輝いている。よほど貴金属の好きな夫婦に相違ない。

だが、なんといっても、一番気になるのは、僕の隣りに腰かけた娘さんの存在である。この旅行団には青春が欠乏してると、先刻も感じたことだが、突然、妙齢の令嬢が出現したので、僕の胸はドキリと鳴った。しかし、どんな令嬢だか、僕は横眼でチラチラ観察してるのだから、ハッキリしたことはわからない。齢の頃は十九か二十で相当スマートな洋装をして、容貌も決して十人並み以下でないということぐらいは、青年の第六感で、ピーンと感じる。

そのうちに、母親が娘に話しかけた。

「キーちゃんや。お前、窓の景色が見られる方がいいだろう。お父つァんと、代ってお貰いよ」

だが、娘はツンとして、返事もしないのである。

「キー公。代ってやろうけえ」

この両親の服装は立派だが、言葉使いは頗《すこぶ》る下卑ている。娘は、父親に対しても、何の返事もしなかった。

「僕が代ってあげましょう。こちらへ、入らっしゃい」

僕は気を利かして、腰をあげかけた。僕の席は勿論、窓側だったからである。

「いいんですよ」

娘は、恐ろしく不愛想な声を出して、僕を睨めた。この時始めて、僕は娘の顔をよく見たが、決して不美人ではないにしろ、眼がグリグリして、唇がへの字に締って、いやに小憎らしい目鼻立ちだ。それに、新調のスポーツ・ドレスも一向身につかない厚ぼッたい体つきで、寧ろ作業服でも着て工場で働いていたら、嘸《さ》ぞ似合うだろうと思われた。なんにしても、こんな不愛想で、礼儀を知らぬ娘は、僕は大嫌いだ。せっかく、叢中紅一点みたいなシロモノが出現したと思ったら、これだ。団体旅行なんて、よくよく下らない人間の集まりである。

「エー……お食事を差し上げます」

大船を過ぎる頃、世話人が、折詰を配って歩いた。お食事なんてエラそうなことをいうが、実は三十銭の駅弁だ。団体旅行というものは、夜汽車へ乗せて一泊と称したり、午餐というのが駅弁だったりすると、話には聞いていたが、なるほど噂どおりだ。

「キーちゃんや。お弁当をおあがり」

と、母親が、また娘のご機嫌をとるように、話しかけた。娘は膝の上の折詰に、手を触れようともしないで、相変らずツンとしている。

「キー公。飯ォ食わねえと、腹が減るぞ。腹が減っちゃァ、体に毒だ」

父親は、いよいよ熊公八公に近い弁舌を弄して、愚にもつかぬことをいう。

「ほんとだよ。せっかく、お前の気保養に、こうして旅行に連れてきてるんだからね」

と、母親がいうと、娘は急に、その方に向き直って、

「あたいは、ちっとも旅行なんかしたくないんだよ」

どうも、娘の言葉使いも、頗る下品だ。

「あれまア、そんなことをいって……それがつまり、神経衰弱だよ。お前の病気には旅行が一番いいんだって、お医者さんも仰有ったじゃないか」

「あたいの病気は、こんなガヤガヤした旅行なんかに連れてくれば、もっと悪くなっちまうよ。そんなことをしないでも、あたいの望み通り、あたいを女工にしてくれれば、すぐ癒っちゃうわよ」

ヘンなことをいう娘だ。こんなスマートな洋装をしながら女工志願というのは、変ってる。

「飛んでもねえ。俺の娘が工場へ出たりしようもんなら、世間でなんといって笑うか知れやしねえ」

「まったくさ。貧乏人の娘じゃあるまいしさ、モノズキにも程があるよ。そんな気になるというのが、つまり、先刻もいうとおり、神経衰弱なんだよ。さア、お弁当がいやなら、お菓子でもおあがり」

と、母親は、鞄の中から、羊羹、あられ、チョコレートの類をとり出して、娘の前に列べながら、自分も盛んに食い始めた。便所が臭いといいながら、よくもそんなに食べられるものだと、僕は呆れた。彼女はその前に、弁当をきれいに平らげているのである。

娘は、菓子にも手を出さなかった。胸中よほど煩悶があるらしい。

「どうせ、何をいったって、お父つァんやおッ母さんに、わかりゃアしないや」

と、やがて、彼女は、低い声で呟いて、長い溜息を洩らした。僕はそれを聴いて、見るともなしに、彼女の方を眺めると、あのグリグリした眼に、泪を一杯溜めてるので驚いた。

三

僕はツクヅク、団体旅行というものに愛想をつかした。

熱海を強行二時間で見物した。一向に噴出しない間歇泉《かんけつせん》だの、貫一がお宮を蹴飛ばした史蹟だのと、アタフタと訪ねて回ったのはいいが、次ぎの列車に乗せられて伊東へ着くと、すぐまた、浄の池の熱帯魚だとか、音無神社だとか、グルグル引き回されて、黄昏に旅館へ着いた時にはもう完全にヘタばってしまった。

「皆さん、温泉へお入り下さい」

と、世話人の声を聞いて、ヤレ嬉しやと風呂場へ駆けつけると、僕等の団体の他にもう一つ団体がきているとかで、さしもの大浴場も芋の子を洗う如く、東京の夕方の銭湯と雖もまだこれよりは空いている。僕は一度裸になったが、とても割込みの余地がないので、また浴衣を着て、部屋へ引上げた。温泉場へきて、温泉へ入れないなんて、よほど風変りな話だ。

そのうちに、夕飯となった。柔道場のような大広間に、ズラリとお膳が列んだところは、壮観であったが、御馳走は酢蛸にトンカツしか出ていなかった。この海岸では魚がとれないのかと、僕が女中に聞いたら、いえ、とれることはとれますがと、彼女はヘンな薄笑いをした。

だが、風呂場の混雑も、貧弱な御馳走も、団体旅行の名に於て、僕はまだこれを忍ぶ用意をもっているが、どうしても我慢ができないのは、就寝の時であった。

「皆さん、甚だ恐縮ですが、団体がブツカリまして、寝具が不足致しました。どうぞ、お二人で一つの布団にお臥《やす》み下さい」

と、世話人が宣告した。さすがに無神経な団員諸氏も、この時はブツブツいい出したが、中年者ながら夫婦連れが比較的多いので、タイした問題にはならなかった。それでも二十人ほどいた独身者の運命は、甚だ憫然を極めた。

「学生さん、袖振り合うのも、他生の縁だよ。真っ平、ご免なさいよ」

と、僕の夜具に這入り込んできたのは、五十ぐらいの商人体の男だった。彼は、自分は杉並区で酒屋を営業してると、自己紹介をした。道理で、彼の体臭は、味噌か醤油の匂いに似ていた。

僕は、一晩中、マンジリともしなかった。なにしろ、酒屋さんと同衾《どうきん》したのは、生まれて始めてである。その上、彼氏寝相が悪く、鼾《いびき》を搔き、且つ強烈なる体臭を発散するのだから、とても眠れたものではない。

夜半に、便所に行く時に、僕はふと、あの女工志願の令嬢のことを思い出した。彼女だって独身組の一人なのだが、夜具問題はいかにして解決したかと、気になったのである。そこで、魚河岸の鮪の如く列んだ布団を、横眼で物色してみたら、彼女は床の間の前の上等な場所で、母親と同じ夜具に、臥《ね》ていた。怪しからんのは、父親である。団員中彼だけが、ノウノウと、一人で布団を占領している。そして浴場へ降りてゆくと、逭《さす》
五時頃になると、僕は寝床を跳び起きてしまった。そして浴場へ降りてゆくと、逭《さす》

がにまだ誰も入っていないので、悠々と、一人で温泉の感触を愉しんだ。やっと人心地がついてみると、昨日からの出来事が、一々回想されてきて、どうにもバカバカしくてやりきれない。いくら伯父貴の命令でも、団体旅行なぞに加わった自分の軽挙が、ツクヅク悔まれるのである。

（昨夜は、酒屋さんと臥かされたが、今夜は魚屋だか、荒物屋だか、知れたもんじゃない……）

もう、あの同衾の憂目を考えただけでも、団体旅行は真っ平御免だ。これでは家にいて、伯父君の破鐘声を聞いてる方が、まだしも気が休まるというものだ。

（いっそ、途中から脱走してやろうか）

そう考えたら、僕は矢も楯も耐らなくなった。急いで体を拭いて、ガラリと浴室の扉《ドア》を開けたら、

「あら」

と、いって、脱衣場の隅で、半裸の身を隠した女がある。見れば、例の女工志願嬢が、浴衣を脱ぎかけたところなのである。恐らく、誰も入浴者がないと思って、大浴槽へ入りにきたに違いない。

だが、そんなことは、如何でもいい、彼女が起きたようなら、他の団員も眼覚め始めたかも知れない。そうすると、脱走するのにバツが悪くなると思って、大広間へき

てみると、幸い、まだ誰も彼も、白河夜舟だ。僕は大急ぎで、服を着てボストン・バッグを引っ摑むと、ソッと玄関へ飛び出した。下駄函の無数の靴の中から、僕の黒半靴を探すのは、なかなか骨が折れた。

温泉町は寝坊とみえて、まだ戸を開けない店の方が多い。僕は心覚えの停車場道を、真ッ直ぐに進んだ。道は案外近かった。だが、時計と発車表を比べてみて、僕はガッカリした。六時三分という上りの一番列車が、今出たところなのである。次ぎは、一時間の余も、待たなければならない。

徒然のままに、僕は待合室の中を歩き回った。いろいろのポスターが、壁に掛っている。その中で、僕の眼を一番惹いたのは、富士を背景にして、工場の煙突が浮き出し、その側に明朗なる少女が作業服を着て笑っているポスターである。そういえば、このポスターは熱海の市中でも見たし、伊東の町見物の間にも、諸所に貼り出してあった。僕はビールかキャラメルのポスターだろうと思ったら、そうではない。沼津の或る紡績工場の女工募集広告なのである。全国一の健康なる空気と、風光と、模範的設備と待遇というような文字が、ベタベタと列べてある。女工募集の広告といえば半紙に墨の悪筆で、よく電信柱なぞに貼ってあったが、こんなに金を掛けたポスターを掲げるとは、世の中も進歩したものだ。というのも、この好景気で女工払底が甚だしいからである。

僕は、ふと、あの令嬢のことを、思い浮かべた。一体、彼女は何の理由で、あんなに女工になりたがっているのだろう。真逆《まさか》、この頃工場が景気がいいからという理由ではあるまい。生活には一向不自由なさそうな娘だ。すると、彼女は自覚せる近代女性で、経済的独立を計るために女工志願――いやいや、あの「あたい」という甘ッたれた言葉使いから考えても、そんなシッカリした娘ではなさそうだ――

僕は判断に迷いながら、待合室の椅子にボンヤリ腰かけていると、

「あら」

「おや！」

僕は、思わず、そう口走らずにいられなかった。頭の中で考えていた彼女が、汽車中と同じ服装に身を改めて、ただ一人、待合室へ駆け込んできたのである。

彼女は僕の姿を見ると、瞬間、ギョッとしたようだったが、忽ちツカツカと側へ寄ってきて、いった。

「あたいに逢ったたって、誰にもいわないで頂戴！」

「ええ。いいたくても、いえませんよ。僕は、次ぎの汽車で東京へ帰るんですから」

「東京へ？　まア、どうして」

「あんな旅行、とてもツキ合えませんよ。あなたも脱走して家へ帰るんですか」

「いいえ、あたいは東京へ帰らないの。ねえ、一寸教えてよ……沼津へ行くのは、ど

こで乗替えたらいいの」

「熱海ですよ。しかし……」

僕は沼津という言葉を聞いて、ハッと女工募集のポスターの方を見た。

「お嬢さん、それア、やめた方がいいですぜ」

「まア、何をいってるの」

「シラバくれちゃいけませんよ。あなたは、両親に無断で沼津の紡績工場へ入りたいんでしょう。チャーンとわかっていますよ」

「まア……」

彼女は、跳び上らんばかりに驚いて、僕の顔を凝視《みつ》めた。

「驚いた……どうして、それが、あんたにわかるんでしょう」

「ヘッへ。昨日、あなたはあのポスターをどこかで見て、そう決心を起しましたね。そして、今朝、両親の寝てるうちに、ソッと宿を抜け出して……」

「その通りよ。あんた大学生かと思ったら、占者《うらない》なの?」

彼女はグリグリした眼玉を一層円くしたが、よく見ると、それは兎の眼のように、無邪気な輝きが潜んでいた。僕は、彼女は、不愛想のように見えて、案外、率直な、優しい気質の娘ではないかと思った。

「易者ではないが、それくらいの観察力はもってますよ。とにかく、お嬢さん、沼津へ行くことだけはお止めなさい。ご両親がどんなに心配なさるか知れないし、第一、身許保証人もない者を、工場で入れてくれやしませんよ」

僕は些か擽《くすぐ》ったい思いをしながら、分別あり気なことをいった。訓戒なら、伯父貴から度々食ってるから、調子を心得ている。

「不意に行っても、駄目でしょうか」

「勿論ですよ」

「困るわ、あたい……東京ではとてもお父ッァん達が許してくれないから、今が一番いい機会なんだのに……」

彼女は、眼を伏せて、今にも泣き出しそうな顔をした。

「あなたも、随分変っていますね。一体、どうして女工なんかになりたいんです」

僕は抑えきれない好奇心に、燃え立っていった。

「それは、誰にもいえない秘密よ。第一、いったって、あんたにわかりはしないわ」

「そんなことがあるもんですか。こう見えても、僕ア生活の探求と知性の発掘に、燃え立ってる人間です。早くいえば、文士です」

「まア、あんたが……」

彼女は、頗る意外らしく、眼を丸くしたが、忽ち、信頼と親しみの潤いが、瞳に溢れてきたのを、僕は見逃さなかった。

「そうです。尤も、まだ発展過程中にある文士です。つまり、文士の卵です。しかし、女性の心理に理解と共感をもつ点に於ては……」

「いいわよ、そんなに弁解しなくても、卵の方が、頼もしいわ。小学生の先生なら、なお頼もしいんだけれど……まアいいわ。あんたなら、たぶん、あたいの境遇に、同情してくれると思うわ。相談対手になってくれる？」

「なりますとも。遠慮なく話してご覧なさい」

人気のない、早朝の待合室——彼女は僕の膝に接するようにベンチに、腰を卸した。

「これには、いろいろ、深い仔細があるんだけど、第一にいっておくわ……実は、あたいも書く方なのよ」

「書く方？　すると、あなたは女流作家志望なんですか」

僕は驚いて、彼女の顔を眺めた。青春と知性の欠乏してるこの団体に、俄然、名花一輪が咲き出したような気がした。

僕は今まで女流作家をバカにしていたのだが、今年になって二大新聞の連載小説が、申し合わせたように女性の手に描かれることになった途端に、わが宿望の芥川賞が、やはり某夫人に攫われてしまったのである。僕は女流作家に尊敬と畏怖を感じるようになった。そういえば、あまり高尚でもないこの娘の顔も、熟く視《よ》れば、眼のグリグリしたところは吉屋女史に似ているし、高からぬ鼻は林女史ソックリだし、口許の広々とした点は芥川賞女史ソノモノで、僕はその精神的美貌に打たれずにいられなくなった。

だが、作家志望の令嬢が、どうして女工になりたいというのだろうか。流行の生産文学で一旗挙げようというのか。それとも、こんな贅沢に洋装をしていながら、実は赤の残党でもあるのか。

僕は五里霧中に彷徨う気持になって、彼女の言葉の続くのを待った。彼女も、僕が熱心に傾聴するのを悦んで、今や、何の隔意もなく、

「あたいとても嬉しいわ。お父つァんにも、おッ母さんにも解らないことが、あんたなら、解ってくれると思うわ。なにもかも、包み隠さず話すわよ。ところで、あたい、書くことが好きで、学校のお点も、綴方が一番良かったもんだから……」

と、いいかけた時であった。アタフタと、待合室へ駆け込んできた数個の人影があった。

「あ、こんな処にいやがる」

「まア、キー公。黙って遊びに出ちゃア困るじゃないか。おッ母さんは、どいだけ心配したか知れないよ」

彼女の両親が走り寄って、金切り声を揚げる後について、例の黒帽氏が僕に向って、

「もし、三十二号さん、無断で自由行動をとっちゃいけませんよ。団体旅行は規律を

守ってくれねえと世話人が迷惑します。今日は早朝出発の旅程で、もうバスが旅館の前で待ってるんですぜ……」

四

僕は旅行を続けることにした。

いかに個人の自由を束縛されても、譬え再び酒屋さんと同衾の憂目を見るとしても、僕は断然この団体を脱走する気がなくなった。それは、いうまでもなく、彼女の魅力のためである。

伊東を出た一行のバスは、途中、眼の覚めるような海景を望みつつ、熱川温泉や白浜海岸にだけ小憩して、遂に下田に入った。玉泉寺や唐人お吉の墓なぞに、下田見物の時を費やす間、僕は自然に、彼女と歩を列べる機会が多くなり、また彼女の両親とも、親しく口を利くようになった。僕は彼女が両親に、僕のことを何といったか知らないが、待合室で偶然二人が一緒になったことに、少しも猜疑心を挿まないのみか、寧ろ僕が彼女に接近するのを、好意を以て眺めてる様子であった。

その晩の泊りは、蓮台寺温泉だった。

晩飯はまた酢鮹とトンカツの膳を、公衆食堂のように列んで食うのかと思ったら、黒帽氏が僕に耳打ちして、別室へ連れて行った。十畳ぐらいの立派な部屋に、彼女と両親が、浴衣に着替えて、既に坐っていた。二の膳つきの特別料理が四人分列んでいた。

「昨夜は酷え目に逢ったから、今日は世話人に鼻薬をやって、こういうアンバイにしやした。なアに、別に払ってやればいいんでがすよ。さア、あんたも、一献交際《つきあ》って下さい」

父親は、そういって、僕に盃をさした。地獄の沙汰も団体旅行の規律も、金次第でどうにでもなるらしい。

「遠慮なく食べておくんなさいよ。兄《あん》チャンも、やっぱりカキモノの方なんですッてねえ」

と、今度は母親が、乗り出してきた。僕も兄チャンといわれたのは、生まれて始めてだが、カキモノに至っては、どうも代書屋みたいで返事に困るほど恐縮した。

「人品がいいから、タダ者ではねえと睨んでいたよ。学校はやはり、カキモノの方の大学ですかね」

と、父親が訊いた。

「さア……とにかく、神田大学の文芸科に通っています」

「そら、見ねえな、キー公。だから、お父つァんのいわねえこっちゃねえや。カキモノが上手になろうと思ったら、この方みてえに、上の学校へ行かなくちゃアいけねえんだ。金はいくらかかっても関わねえ、お父つァんは、やってやるといってるのに……」

「ほんとだよ、キー公。そいだのにお前は、やれ女工になりたいの、昔の長屋住いがしたいのと、気の触れたことばかりいってるんだよ」

「そうともな。俺ア、金がザクザク儲かって、費い途に困ってるのに、たった一人の娘を女工に出したら、仲間のもの笑いになるじゃねえか」

と、両親は、僕を招待したことも忘れて、いつか娘の叱言に熱中し始めた。

すると、彼女は忽ち、吉屋女史に似た眼を釣り上げて、

「うるさいよ。あたいの気持は、いくらいったって、お父つァんやおッ母さんに、わかりアしないッてば」

「おッと、今日はその手に乗らねえぞ。なんかんてえと、カキモノのことは俺達にわからねえと吐《ぬ》かすが、今日は此処にカキモノの先生がいなさるんだぞ。さア、みんな白状しちまえ」

どうやらこれで、彼女の両親が僕を招待した真意が読めたような気がしたが、僕自身としても、伊東駅の待合室で半分聞きかけた彼女の告白を、残らず知りたいので、返事如何にと待ち構えた。

だが、彼女は突然プイと立ち上って、廊下へ出る襖を開けた。

「おい、何処へ行くんだ」

「お待ちったら」

と、立ち騒ぐ両親を制して、僕は続いて座を立った。

「僕に任して下さい。御安心の行くようにしますから……」

「済まねえです、先生」

「御恩に着ますよ、兄チャン」

五

握飯《むすび》のような形をした下田富士が、藍鼠のシルエットを、夜空に浮き出させていた。その肩のあたりに、日本銀行へ献納したいほど、金無垢色を呈した月が、悠々と懸っている。稲生沢川《いのうざわ》の清流は、砂金を蒔いたように月影を映し、海の方角から吹いてくる夜風は、颯々《さつさつ》として、川岸の竹藪に鳴った。蛍が飛んでいそうな、初夏の宵である。

僕と彼女は、川沿いの道を寄り添いながら歩いて行った。いつか温泉街の人家も途絶え、聴ゆるはただ川水のせせらぎと田圃の蛙の唄ばかり……。

「ねえ、察してよ。今までスラスラ書けたものが、まるで停電したように、急に書けなくなっちゃったのよ。あたい悲しくて、口惜しくて……」

彼女は、胸が塞がれるような声でいった。

「わかります。僕も、実は或る長篇を書きかけていて、スランプに墜ちたのです。それで、旅行に出る気になったのです。尤も、こんな団体旅行のつもりじゃなかったが……。あなたの作品も、やはり長いモノですか」

「いいえ、大抵、五、六枚よ」

「すると、コントですか。日本にはコント専門作家がいないから、いい狙いですね」

「あら、そんなもんじゃないわよ。あたいの書くのは、綴方よ」

「綴方?」

僕は、少しガッカリした。この美しき初夏の宵に、未来の閨秀《けいしゅう》作家とジイドを語り、島木健作を論ずる愉しみを描いていたのに……。しかし、考えてみれば、綴方といえども、文学の一種に相違ない。殊に「綴方教室」の作者正田豊子なぞは、一躍文名を謳われ、その出世振りは、芥川賞当選なぞの比でない華々しさだ。いや、譬え綴方がチンピラ文学であらばあれ、そんなことはどうでもいいので、僕は少しもガッカリする必要はない。何故といって、僕は彼女に恋愛を感じかけてるのである。好きな女のやることなら、綴方でも、グズリ方でも、なんでも結構ではないか。

「そうですか。綴方も、正田豊子まで行けば、素晴らしいですね」

と、僕が相槌を打つと、どうしたのか、彼女はキッとなって、歩みを止めた。

「あんた、正田豊子好き?」

「別に好きというわけでもありませんが……」

「あたい、大嫌い！　あの人、あたいの讐敵《かたき》よ」

彼女は、血を吐かんばかりに声を絞って叫んでから、彼女と正田豊子の関係に就いて語り出した。

その頃、彼女は、江東第×小学校に通っていた。彼女の父親は、日給一円二十銭を貰って、小さな鉄工場で、真ッ黒になって働いていた。ジメジメした、湿地の棟割《むねわり》長屋で、親子三人が、儚いその日暮しの生活を続けていた。彼女は勿論、ピクニックだの物見遊山に出掛ける余裕がなかったので、綴方の時間に、他の生徒のように書く材料を持っていなかった。仕方がないから、自分の家の出来事を、正直に書いた。すると、それが先生の眼に留まり、やがて綴方の権威雑誌「青い鳥」に推薦された。彼女の作品は続々と「青い鳥」に掲載されるようになった。貧窮生活が如実に、且つ明るく描かれてあるのが、彼女の綴方の特色として賞讃された。

ところが、そのうちに、隣校の江東第△小学校から、正田豊子が出現したのである。最初のうちは第×の彼女、第△の正田が、綴方少女の双璧として謳われていたのだが、なにしろ正田豊子には、大川先生という綴方指導の神様のような後楯がついている。彼女の先生も、相当熱心ではあったが、満洲国の小学校から高給の口が掛ったら、一ペンに転校して行ってしまった。彼女は指導者を失って次第に正田豊子に凌駕される形勢になってきたところへ、更に一大不幸に遭遇せねばならなかった。

「……お父つァんが、無尽に当っちまったのよ。そのお金でお父つァんは、腐れかかったバラックを買って、下請けの小っぽけな工場を始めたのよ。だもんだから、あたい達も今までの長屋を出て、普通の貸家に入るようになったのよ」

と、彼女は一息ついて語った。

「それア、結構でしたね」

「結構！　まア、酷いわね。そのお蔭で、あたいの綴方が、下手になっちまったのよ」

「え？」

「あんたも、血の巡りが悪いわ。貧乏なことを書かなければ、綴方らしくならないじゃないのッ」

と、彼女に窘《たしな》められて、僕も成程と、思い当った。「綴方教室」の映画から、貧窮生活を抜いたら、オール・スフみたいなものだ。綴方と貧乏とは、切っても切れない縁があるらしい。彼女が裏店《うらだな》のガキから、小市民の娘に出世して、とたんに綴方が下手になったのも、蓋し無理からぬことであろう。

「そうでなくても、正田豊子さんの家の方が、うちよりも貧乏だったから、とてもトクしてたのに……」

彼女は、見る間に、競争者正田豊子から蹴落されてしまった。第×小学校の生徒達は、わが校の恥辱だとばかりに、彼女を冷遇した。遂に居耐《いたたま》れなくなって、彼女は遠くの小学校へ転校してしまった。

だが、その後、彼女は夢寐《むび》にも、綴方を忘れなかった。女の一念、石となり蛇となっても、再び傑作綴方を書いて昔日の名誉を回収し、競争者《ライヴァル》正田豊子を見返さんと、毎日綴方用紙に向って鉛筆を舐めた。しかし彼女の必死の精進にも拘らず、形勢は日々に非となった。競争者は「綴方教室」の劇化と映画化によって、一躍時代の寵児となったに拘らず、彼女の境遇はいよいよ悲惨を極めた。支那事変勃発と共に、彼女の父親の小工場が、昼夜兼行で働いても間に合わぬほどの繁昌を示して、発展また発展、止まるところを知らぬ有様である。三人の職工が三十人になって、手動機械がモーターになって、ベルトの回転と共に、ザクザク金が流れ込むから、少年工と雖も月収百二十円、況んや工場主の彼女の父親の懐ろ工合は、推して知るべしである。忽ち住宅新築、家具骨董の買入れ、電話二つに女中三人——昨日に変る成金振りを示して、彼女の洋装和服共に、名家の令嬢を凌ぐに至ったのはいいが、宿望の綴方製作の雰囲気は、茲《ここ》に遂に完全なる真空と化した。

「下手でも、まだ書けるうちはよかったわ。いくら一所懸命になっても、一行も書けなくなったんだから……さ、察して頂戴……」

声涙共に下る悲痛な告白を、僕はわが身に引き較べて、感動せずにいられなかった。

「わかりました。それであなたは、綴方的雰囲気を求めるために、女工志願を決心したんですね」

「そうなの。それと……正田豊子さんに敗けたくないからだわ。あの人、紡績工場へ通ってるのよ」

ああ、女の一念！　僕は慄然たるものを感じたが、同時に彼女を敬愛せずにいられなかった。僕等文学青年の芥川賞競争なぞは、彼女の情熱と意地に比べると、朝露の如く儚いものではないか。

「悲観してはいけません。それだけの決意があれば、あなたは女工なぞにならなくても、いつかは必ず正田豊子を凌ぐ綴方作家になれますよ」

「でもね……あたいどうしても正田さんに敗けることが一つあるの。それさえ叶えば、あたい無理に女工にならなくたって、済むかも知れないわ」

「いって下さい。何事です」

「あたいには、大川先生がいないのよ。正田さんが偉くなったのは、みんな大川先生が御尽力したからなのよ。ああ、あたいも大川先生が欲しい！」

彼女は長い溜息と共に、僕の体に身を寄せてきた。瞬間、僕の満身の血が燃え立った。卑しい情慾のためではない。男子意気に感ずといったように――

「よろしい。僕が引受けましょう。僕があなたの大川先生になりましょう……なアに、綴方指導の経験では劣るかも知れないが、わが愛する生徒に対する情熱に於ては、断じて大川先生に敗けはせんです」

僕は芥川賞を捨てても、彼女の綴方の傑作を生ますべく決心した。

「ほんとに？」

「ほんとですとも」

「まア、嬉しい……三十二号さん！」

彼女の声も、顔も、満腔の感謝に濡れて、美しかった。だが僕は、それまでに本名を名乗らなかったのを、どれだけ後悔したか知れなかった。記念すべき最初の呼名に、番号とは何事であろう。

「三十二号は、勘弁して下さい。僕は、並木平助といいます。あなたのお名は、六十八号さん？」

「あら、失礼しちゃうわ。あたいは、大貫キヨ子っていうのよ」

「キヨ子さん！」

「平助さん！」

差し伸べられた二人の手は、巌をも砕く如く、堅く握り合わされて、頭上のお月様も、暫しは横を向くような初夏の宵となった。

＊

これから後を書くのは、蛇足であろうが、とにかく、僕はその晩も、その翌日も、大貫一家の家族のような待遇を受けた。旅館でも、バスの中も、僕等は、いつも四人一緒であった。一行は蓮台寺から修善寺へ出て、さらに沼津駅から帰京の列車に乗り込んだが、僕等四人は他人を混えず、相対して座席を占領した。勿論、僕と彼女が列んだのである。それはちょうど、東京駅出発の時と同じ位置ではあったが、四人の状態はまさに反対だった。僕は大いに彼女と語り、また彼女の両親と語った。彼女は小田原で買った弁当を、完全に平らげた。大船を過ぎる頃に、彼女の両親はなにか囁き合っていたが、やがて父親が僕の耳に口を寄せた。

「どうでがす、並木さん、わしの家の養子にきておくんなせえ。娘もわし等も、どれだけ悦ぶか知れねえです」

僕は赤面して返事を控えたが、咄嗟に、複雑な計算が頭の中で閃いた。そうだ、彼女の家に養子に行けば、僕は中等教員にならずに済むのだ。譬え、芥川賞は貰わなくても、愛妻と共に、天下晴れて文学の道を進むことができるのだ。

「はア」

幽かにそう返事をすると、キヨ子の肘が感謝の意を籠めて僕の脇腹を押した。

伯父上よ、僕はあなたに感謝する。あなたが僕に強いた団体生活は、最初のうちこそ辛かったが、最後に於て、理想的な生き方を、僕に教えてくれた。人生の幸福は、団体のうちにある。団体旅行万歳！

〈昭和十四年八月・新青年〉

明治正月噺

明治三十四年一月三日　晴

元日、二日、三日と、風なく麗らかな正月日和が続いた。三日の夕方から、風が吹きだして、松飾りを飛ばしそうな勢いである。その代り、空に一点の雲なく、爛々たる星の輝き、骨を刺すような寒気。

箕輪俊子さんの家で、歌留多会がある。

俊子さんは美人でも不美人でもない。令嬢があまりシャンだと女の客が少いし、ウン・シャンすぎると、男の客が寄りつかない。幸い俊子さんが中庸を得ているので、こんなに盛会なのである。

戸外の寒気にひきかえて、部屋の内はムッとするほど温かい。まだガスストーヴすらない頃だのに、いかなる暖房装置のためであろうか。

八畳と十畳を抜いた部屋の天井に、二つの大きな空気ランプが吊してある。(諸君、そんなものを見たことがありますか) 空気ランプとは、ガラスのホヤの腹が、蛇が蛙を呑んだように膨らんでいるランプのことだ。それをどういうものか、空気ランプという。気のセイみたいに、少しばかり、普通のランプより明るいことになってる。

空気ランプのほかに、真鍮の燭台十個を置き、五十目掛けの蠟燭を灯し——はスゴイようだが、今なら、お客だから、ちょいと百ワットの球にとりかえるという場合、当時、これより手段はなかったもの。だが、

「まア、明るい、白昼のようだ」

お客様は、みな驚嘆の声を発したものです。

つまり、温かい不燃焼ガスが室内に充満して、大変温かいので——尤も、男女交際の機関として、歌留多会が、どれだけ若き血を燃やさしたかという問題は、やはり考慮に入れて頂きたいですが。

——天津風エ雲の通い路吹き閉じよオ……

凜々たるテノールの主は、東京高等中学の生徒で、当年二十五歳。ヒネた中学生があったものだが、当時の学生は就職難皆無のために、みなユックリ学校へ入った。その代り、応援団長でなくても、顎髭を生やしたのがザラにいた。尤もこの男は、白皙秀眉の好男子です。その好男子の読んだ札を、

「ハイ!」

と、鶯の啼くような声を張りあげて、素早く敵陣から抜いて、勝負を決めた女が、女軍中のピカ一だったので、喚声ドッと天井を揺るがせた。

重たげな夜会結びに淡紫のリボン、小豆鼠の縮緬《ちりめん》の羽織、年はハタチかニクからぬその令嬢こそ、じつに鶏群の一鶴と云おうか、その時の流行語で云えば、頗《すこぶ》る非常にビューティである。

「まるで、芸妓だね」

今なら、映画女優という言葉を使わないと、失礼にあたる。

「好い、好い、全く好い! 馬子にも衣裳というけれど、着物なぞはどうでもいい。これぞ真の美人である!」

と、明治法律学校生徒が云えば、

「裸体ならなお結構だ!」

と、答えたのは美術学校学生。不謹慎には似たれども、裸体画神聖論華やかなりし時代だと思って頂きたい。

これほど彼女が人気を独占しても、他の令嬢連、「失礼しちゃうわ」なんて云わずに、リンキの角を三角前髪の中に押し隠して、淑《しと》やかに蜜柑の筋をムシってる。

美人のいる歌留多会風景は、とかく気分の出るもので、一同勇んで後半戦に入ろうとする折柄、玄関に俥屋《くるまや》サンの掛声も景気よく、座へ入ってきた新客は年の頃二十六、七、イヤに色が白くて、黒い髪を若槻さんみたいに分けて、金縁眼鏡をかけた若紳士、塩瀬の紋付きに華紋織の小袖、六寸の七糸帯にミミズのような金鎖を巻きつけ、ピカピカ然として四辺を見回した有様は、満座の男性群を一挙にして圧倒する勢いがあった。

「何だい、彼奴は?」

「コノシロが化けたような男だ」

早くも萌《きざ》す同性の嫉妬――焼芋の好きな当時の書生サンだって、そう淡泊なわけのものでもない。

だが、その頃からして、女性は黄金崇拝の甚だしいもので、蒔絵の重箱みたいに燦爛たるこの紳士は、忽ち媚《なまめ》かしき視線の集中するところとなった。そのうち、眼の早い娘さんが、

「ちょっとご覧なさい、あの指環?」

そっと隣りの令嬢を肘で押す。なるほど、紳士の白い指に、またしても黄金の光りが眩い上に大豆ほどある透明な宝石の輝き!

「まア、金剛石《ダイヤモンド》?」

「ええ、金剛石!」

「あれが金剛石？」

「あら、大きな金剛石！」

金剛石と書いて、ダイヤモンドとルビを振った時代――実に有難味があった。一眼見ると女がヨダレを流したもの。まアずいぶん幼稚ねエとおっしゃるか知らんが、銀狐に血道を上げていては、ヒトのことは笑えない。それくらい貴重なダイヤモンドながら、令嬢たちの私語《ささやき》を聞くと、

「よっぽど、高価でしょうねエ」

「ええ、三百円ですって」

「まア、三百円の金剛石！」

誤解しないで下さい。安いと感心してるのじゃない。三百円だと、明治三十四年には、四谷あたりで地所付きの二階家が買えたものです。

瞬く間に、女性群の間に、青年紳士の身分が知れ渡った。下谷《したや》区の有名な資産家の長男で、一昨年英国から帰朝して、目下花嫁を探しているが、器量望みが甚だしくて、今まで二十何件の縁談をことごとくパイにしたという人物、この噂が一層彼女等のセンセーションを起して、

「奥様におなりになる方は幸福ねエ」

「お浦山吹、太田道灌だわ」

なんて、死語辞典を見ないと判らないような洒落まで出る。

今まで平和そのもののような歌留多会の空気が、俄然この時分から殺気を呈してきた。令嬢達の眼が三百円のダイヤモンドで血走ってきたと共に、書生サン達の衣はカンに至り、袖ワンに至る腕まくり。

「癪じゃねエ」

「気取ってからに、柔弱極まる」

「制裁を加うべしだ」

不穏なことを云ってるところへ、次ぎの合戦の源平の組合わせがクジ引きで定まってみると、かのピカ一の絶世美人とこの紳士が同じ組で、しかも隣り合わせに坐ったからたまらない。

「よしッ。こうなれば、僕等は社会党を組織するぞ」

と、明治法律学校氏が膝を叩くと、

「賛成！　賛成！」

と、肩を怒らす者数人。我々にはどうもピンと来ないけれど、社会党とくると、不平と破壊ということになって、当時頗る過激な文句でした。つまり、金剛石の鼻柱を挫かんとして、味方はもとより、敵方にも同志を潜入せしめて、前後左右からシワクチャにしちまおうという計略。

「貴方はお上手そうですから」

などと、シコタマ札を押しつけて置いて、スパイクの泥を払う要領で爪を磨く奴あり、拳闘のトレーニングのような構えをする奴ありという有様で、読手の第一声が聞えるや、忽ちドタン、バタン。

「痛いですな」

「失敬。手が滑ッたです」

忽ちダイヤモンド氏の髪は棕梠箒《しゅろぼうき》の如く乱れ、純金の羽織の環が飴のように伸び、金縁眼鏡が耳にブラ下る光景となって彼氏の組はさんざんの大敗北。彼氏、這々の体で、主人の居間へ退却すると、

「オヤまア、お手から血が出てます」

と、箕輪の主人が吃驚《びっくり》する。

「あア、酷い目にあった。馬鹿にしてる。頭を二つばかり撲《なぐ》られた」

「どうも相済みません。書生サンは乱暴で困ります。もうご出陣にならン方がよろしゅうございます」

主人がペコペコ頭を下げて心配すると、

「ところが、もう一度行ってみたい」

ダイヤ氏、意味深な笑い方をする。

「へ？……では、御意に召しましたか」

主人がまた、イヤな笑い方をする。

「ちょっと好いね」

ダイヤ氏、顎を撫ぜる。何だかハッキリしない風景だが、話はどうやらかの夜会結び、小豆鼠の羽織のナンバー・ワンを意味するらしい。今日《こんにち》は見初めるという言葉からして流行しなくなったから是非もないが、昔は向島の帝大ボート・レースとか、正月の歌留多会なぞで、彼氏が彼女を発見したもの。

そんなことは夢にも知らぬかの令嬢は、その時既に帰路について、往来を歩いていた。但し一人ではない。かの凜々たるテノールの高等中学生がついている。当時アベックの夜歩きなんて怪しからんことになっていたが、令嬢と学生とは同じ屋根の下で暮して、「好い菜漬」という間柄になっていたから、不問に付していいだろう。

「あの金剛石の指環をはめていた奴は、いやに気取った奴じゃないか。芬々《ぷんぷん》と香水の匂いをさせてさ」

高等中学生は虫が知らすのか、どうもかの紳士が気に食わない。

「だけれど、皆さんが目の敵にして乱暴するので気の毒だったわ。隣り合っていたもんだから、妾《わたし》まで酷い目に遭わされてよ」

美人はどうやら、それほどダイヤ氏が嫌でないらしい。これがとかく悲劇の原因になる。

「男から見ると、反吐が出るようだけれど、あんなのが女の気に入るのではないかね」

高等中学生そろそろ気を回してる。

「そんなこともないけれど……」

美人が口籠ったのは、ダイヤの光りが忘れ兼ねたのであったけれど、もう一つ原因がある。彼女、鳩羽鼠の縮緬のお高祖頭巾《こそずきん》というものを、スッポリ被っているので、言語明晰を欠くのです。あんなカチューシャの頬被りみたいなものが、流行っていた。流石は趣味が先端的なので、頭巾のほかに、濃浅黄地に白く中形模様のある毛織のショールを着ている。このショールが、拡げると畳二畳敷はタップリあって、聯隊旗のように周囲に房がついている。それを背中から羽織って、胸で合わせて着ているから、暖かいことは確かに暖かいけれど、まず零下二十五度の北満風俗みたいなものです。

そこへゆくと高等中学生は焦茶のオーバー・コートを着て柏の葉の徽章に白二本筋の学帽を頂き、チャーンと靴を履いてる。しかるにその後身たる昭和の一高生は駒場へ引越しても、まだ朴歯の下駄を引き摺ってるのはおかしい。

二人は本郷へ帰るのである。あいにく円タクが一台も通らないのは、時代の相違で止むを得ないが、その代りまた都合のいいこともある。往来寂として声なく、街燈照明不完全のため、許嫁同士の散歩には持ってこい――

「ああ寒い」

と、高等中学生が腹に一物あって呟いた。あいにく令嬢の方では、まだ三百円のダイヤの光芒が眼先きにチラついているので、それが耳に入らない。

「ああ寒い！　寒い！」

と、ご丁寧に念を押されて、やっと男の方を見向き、

「どうしたの」

「ああ寒い」

「あら、可厭《いや》ね、どうしたの」

「寒くてたまらんから、その中へ一緒に入れてくれ給え」

「どの中へ」

「ショールの中へ」

「可笑しい。いやだわ」

だが、高等中学生は素早く例の防寒具を捲くって身を入れた。少しドーカと思う風景ですが、明治三十四年の青年と処女だって、これくらいの芸当は心得ていた。相合傘というテが徳川時代からあったので、その故智を学んだのかも知れません。何にしても、一枚のショールに二人の身を包んで、星と菫《すみれ》が戦慄するような瞬間となったが、

それ以上厳として進展しない。そこは実に感心なものでグッド・バイよと手を握るというのが関の山、キスなんて不埒な真似は、まだ知らないから行う道理がない。キスの風俗の起ったのは、米国映画全盛時からであるから、よほど後年のことになります。尤もそれまでにキスがないこともなかったが、これは相当なもので、この二人のような純真な男女の関知せざるところである。

だが、恋愛の愉しさは永久不変――さすがにかの令嬢も、今はダイヤ氏のことを忘れ果てて、嬉しげに笑いだした。

「あら、これじゃ切なくて歩けやしないわ。ああ、あちらから人が来てよ。ホホホ、いやだわ、貫一ツァン」

と、馴々しく、高等中学生の名を呼んだ。すると彼氏の方でも、

「なアに、大丈夫だよ。あれは郵便ポストの影だよ、宮さん」

と、優しく名を呼び返した。折りから一陣の凩《こがらし》が吹きだしたので、二人は一層ピッタリ寄り添って嬉しい深夜のプロムナードを続けるのであった。ちょうどこの時、糸のような二日の月が中天に懸っていたが、あまり仲のよい二人を見て、腹を立てた。果してこれから二週間目の熱海の海岸で、「一月十七日の月」が明治随一の大悲劇を演じさせるが、あまりお長くなりますから、これで終り。

探偵女房

一

新婚が蜂蜜だとすると、結婚十年は淡々としてプレン・ソーダの如し——といいたいところだけれど、果してどうであろうか。

冷たくて、値段の安いところが似てるなんて、あんまり失礼だ。もしも、適切な比喩を許して貰うなら、それは確かにプレン・ソーダに違いないのだけれど、場末の喫茶房で売っているそれのことであろう。

少しばかり気が抜けて、少しばかり濁ってるだけの話だ。

滝山夫婦も、一緒になってから、今年で十年か十一年だ。日数に直すと、約四千日に近いことになる。だから、もう四千回も、こうやって、晩食後に差し向いで、坐ってる勘定だ。あまり話の種があるわけがない。良人《おっと》の恭一氏は、夕刊を読んでいる。これは会社の帰りに、電車の中で、一応読んだのだけれど、勤勉な中学生のように、復習をしているのである。尤もこの頃は、東京版というものが付いてるから、新聞も二度に読むくらいのデがあるのだ。細君の玉子さんは、黙って夏帯を縫ってる。まだ花が散ったか、散らないかというのに、ずいぶん早手回しのようだが、子供はなし、良人は洋服が主だし、針仕事のタネがないからだ。

二人とも、黙りこくっているが、べつに喧嘩をしてるわけではない。その証拠に、恭一氏が、眠そうな声で、きいた。

「ラジオは、なんだい?」

「新劇のラジオ・ドラマに、東響楽団のベートーヴェンの第二交響ナントカでしょう」

「なんだつまらん」

良人はスイッチを入れるのを、止めてしまった。

柱時計が八時を打った。

茶の間は、水を打ったように静かである。

この時、台所の方で、ゴト、ゴトと、忍びやかな音が聞えた。

「鼠だな」

と、良人がいうと、細君は「叱《し》ッ」と眼顔で制した。細君はこの間うちから、マカロニを齧られたり、鰹節を曳いて行かれたり、恨み骨髄に達している鼠なのだ。よほど悧巧な鼠とみえて、捕鼠器をかけても、寄りつきもしない。といって、殺鼠剤は汚らしいので、つい使う気になれず、そのままに捨てて置くといよいよ跳梁を逞しゅうするので、腹が立って耐らない。こうなれば、手取りにするより、途はないのだ。

細君は、膝の下の二尺差をとりあげて、抜き足をしながら、暗い台所へ入って行った。

――ガラ・ガランと、棚から何か落した音。

「あなたッ、そっちそっち！」

細君が金切り声をあげたと思うと、弾丸のような勢いで飛び込んできた一疋の鼠――周章てた恭一氏が、火箸を持って追駆け回すと、茶の間をフル・スピードで一周した黒い影は、細君用の箪笥のうしろへ素速く姿を消してしまった。

「この後方《うしろ》に隠れたッ！」

「大丈夫よ、そこなら出口がないから。あなた、そっちへ出たら、逃がさないで頂戴！　姐や、お前もきて、加勢しておくれ」

女中部屋で居眠りをしていた姐やが、座敷箒を抱えて飛んできた。

「泥棒ですか」

「なにをいってるンだよ。妾《わたし》がネズ公を追い出すから、お前すぐ押さえるンだよ。今度こそ逃がさないから……」

と、細君は頗る昂奮《すこぶ》して、物差で箪笥の壁を、ガリガリ掻き回すと、たしかに手応えがあって鼠は今度は、箪笥の底へ逃げ込んだようだ。

「しめたわよ！」

もうこっちのもンだと、細君は物差を深くさし入れて、力任せに手前を掻き寄せると、とたんにパッと跳び出したのは、黒い鼠ではなくて、白い紙包みであった。

「おや」

と、訝しがってる隙に、鼠は勇敢に前線突破を企てて、再び台所の闇に消えてしまった。

「まア、口惜しい」

と、地団駄を踏んだが、もう間に合わない。それよりも、鼠の身代りの紙包みが、無言で、？の解決を促している。

「へんなものが出てきたわね。なんだろう」

細君は、それをとりあげてみると、永く箪笥の下にあったにしては、煤がそれほど付いていない紙包み——中を開けてみると、これは驚いた、相当厚みのある紙幣束《さつたば》である。

「まあ、お金よ！　拾円紙幣で十二枚あるわ！」

細君は、完全に鼠騒ぎを忘れた。

「どうしたんでしょう、こんな所に……」

「おかしいな」

「おかしいのを、通り越してるわ。貴方、心当りがありますか」

「俺は知らん。しかし、ウチの中で出たのだから、うちの金だろう」

「現金をこんなに、家へ置いたことないわ。五円以上は、みんな郵便局へ入れることにしてるンですもの。鼠がどこからか曳いてきたのかも知れなくてよ」

「そうかも知れん、鼠は大黒様の使いだそうだからな。どっちにしても、僕が預かっておこう、大金だからな」

「駄目よ。大金を貴方なんかに預けて、おかれますか。どうせ、よくない所で費っちまうにきまってるわ。もし他家のお金だったら、貴方は拾得物横領罪になってよ。妾、早く交番へ届けて来よう」

「バカをいいなさい。自分の家に、お金が落ちていましたなんて、届出ができるかよ。事情がわかるまで、僕が保管しよう」

「いいえ、保管なら、妾がします」

金銭のことになると、恭一氏はよほど信用がないらしい。

二

どこの細君でも、多少は探偵の本能をもっている。でも、滝山玉子さんは、この本能と才能を特別に恵まれた細君であろう。

一体平常《ふだん》から、彼女は良人のポケットを裏返してみたり、机の抽出しを掻き回してみたりするのが、好きなようだ。いや、好きといっては語弊があろう。良人を愛するのあまり、彼氏の生活のあらゆる隅々を知り尽くそうという、涙ぐましい努力が、つい彼女に探偵趣味を培養した——テナもんである。つまり、象の鼻が長くなったと、同じ理窟からである。だが、探偵という仕事は、やってみない者にはわからぬが、料理や編物より、ハリのある仕事だ。趣味と実益を兼ねている点が他に卓越している。これを始めてから、プレン・ソーダ的生活に、少し色と味がついてきたようにさえ思われる。

尤も、彼女の探偵する犯人は、いつも一人——いつも良人に限られていたのだが、今度の事件は例外だった。事件の性質からいっても、キャフェのマッチ事件だとか、チョッキの白粉事件だとかいうような単純なものではない。金を盗まれるというならわかっているが、金が飛び出してくるとは、不可解だ。しかも、いつも目星の犯人良人氏は、この事件に限って容疑者の資格さえない。彼女は良人の月給はもとより、ボーナスまで取り上げて、一切統制経済を行ってるから、一銭の出入りも諳《そら》んじている。念のため自分の真珠や指環や、良人の金時計など、金に換わる物件を調査してみたが、異常なしである。

かくして、事件は最初からまったく迷宮入りとなった。

玉子さんは、ルパンに翻弄されるバルネ探偵みたいに、夜も眠れなくなった。そこで、彼女は遂に決心して、女流探偵作家の黒蘭女史の門を叩いたのである。

「面白い事件ですね」

と、黒蘭女史は、眼鏡の奥で、眼を輝かした。

「いいえ、気味が悪くて、困ります」

「一見、些細な事件のようですが、奥さん、ご用心なさらないといけませんよ。この裏には、智能的な犯人の陰謀が隠れているかも知れません」

「まア、妾、どうしましょう」

「この事件には、三つの謎があります。まず犯人が謎、犯人の目的が謎、それから隠匿の場所について、謎があります。奥さんの箪笥の下を選んだのは、必ず重大な理由がありますわ。犯人はそこが一番安全と知っていたに違いありません」

「すると、誰でしょう、そんなことを知ってるのは？」

玉子さんはいよいよ気味が悪くなった。

「どうしても、犯人は家の中にいると、想像されますね。まず事件の発端に返って、関係者を残らず考えてごらんなさい、鼠と、女中さんと、旦那様――それだけでしたね」

「あッ、わかりました。女中でしょう」

「女中さんは無関係だと思います。百二十円というお金が手に入ったら、箪笥の下に隠すよりもお暇を貰って田舎へ帰ってしまう方が安全でしょう」

「すると、鼠でしょうか」

「奥さん。失礼ですけど、犯人は旦那様じゃアないかと思いますわ」

「あら、それは違いますわ。お金を持ち出す方なら、無論良人の仕業にきまっていますけれど、反対に家へ持ち込んでくるなんて、想像もできないじゃアありませんか」

「でも、奥さんのご存じない内職かなんか、やってらっしゃるかも知れませんよ」

「その点は、大丈夫ですわ。月給とボーナス以外に一文も収入のないことは、妾の調査でよくわかっています。借金もできるような男ではありません。とても気が小さいンですから」

「しかし、探偵小説の謎を解く金言として、こういうことも申しますよ――最も嫌疑の薄い関係者を犯人と想えッてね」

「妾は、でも、今まで良人を第一容疑者に挙げて、探偵してみますと、きっと犯人は彼でしたわ。今度の事件はどうしても良人の仕業だとは思われないのです」

「そうおっしゃるなら、仕方がありませんけれど、家庭人の犯罪は、必ず良人が関係しとると睨めば間違いないものですよ。良人でなければ、女房……」

「妾が犯人でないことは、確かですわ」

「とにかく、物的証拠を蒐集しなければ、いけませんね。指紋はおとりになって？」

「いいえ、まだですけれど、指紋の乱れないように、手袋をはめなければ、紙包みに手を触れないようにしています」

「さすがは奥様だわ。では拡大鏡と指紋粉をお貸ししますから、お家へお帰りになったら早速調べてご覧遊ばせ」

「ええ。では、早速そう致しますわ」

「もし、かりに、妾の想像通り、ご主人の指紋が出たら、是非知らせて頂戴ね」

「畏りましたわ」

　玉子さんは、すぐ家へ帰って、ちょうど良人が出勤中なのを幸い、早速検査にとりかかった。

　まず、上包みの半紙をひろげて、ピンで押さえて、指紋粉を振りかけて、丁寧に粉を落して、易者のもつような大きな天眼鏡で覗いてみると、アリアリと現われたのは、ひどく特長のある指紋だった。横に一文字、ヒビの入ったように、白い筋でハッキリと写ってる。

「あッ、やっぱり良人だ！」

彼女は、黒蘭女史の慧眼《けいがん》に舌を巻いた。良人が今年の秋、栗を剝き損じて、左の人差指に負傷したことを、咄嗟に思い出したからである。

「まア、あの人だったんだわ。でも、どこでこんなお金を拵えてきたのだろう」

何の目的で、お金を匿しているのだろうとは、彼女はあまり考えなかった。良人は金が費いたくて、ウズウズしてるのだ。小遣銭の用途なら、キャフェでも、麻雀クラブでも、おでん屋でも、良人には、あり余るほどあるのだ。そんなことは、残らず探偵ずみである。だからこそ、平常から小遣銭は余計渡さず、蟇口の現在額は、いつもそッと検《しら》べているのだ。

ただ、不審なのは、どこから金を手に入れたかということで、どうもこれはタダ事ではないように思われて、彼女は次第に胸騒ぎがしてきた。

「まさか、盗みをするような良人では……」

彼女は、一応打ち消してみた。でも、この頃はインテリ強盗なんてものがあるし……いや強盗は夜の商売で良人は近ごろ遅く帰ったことがないから、現場不在証明は完全に彼女が握ってる。第一、良人にそんな度胸のないことは、結婚十年の経験で、彼女によくわかっている。もし、良人がひとの金を盗んだとすれば、すぐ発覚の惧れのない、人目もつかない、コソコソした手段でやったとしか想像できないのだが……。

「あッ、そうだ。会社のお金に、手をつけたに相違ない。それにきまってる！」

彼女はそう考えると、急に膝頭がブルブル顫《ふる》えてきた。

その夕、恭一氏がいつもの通り、会社から帰ってくると、玉子さんは蒼白な顔をして、一言も口をきかなかった。そんなことは、良人も慣れているので、平気で晩飯を食って、お茶を飲んでまた火鉢をはさんで、夕刊の復誦を始めた。

「あなた」

玉子さんは、厳然たる声をたてた。

「なんだい。そろそろ寝るかね」

良人は眠そうに答えた。

「それどころじゃアありません。二階へ一寸《ちよつと》来て下さい」

細君は二階の客間へ、良人を連れて行った。姐やに聞えるのを、憚ったらしい。

「あなた！　一思いに、白状して下さい」

細君は膝に手を置いて、悲愴な顔をした。

「白状？　なにを白状するんだい」

恭一氏は、キョトンとした眼つきである。

「隠さないで、すっかりいって頂戴。善後策を、妾も考えるわ」

「この間の日曜のことなら、あれは勘弁してくれ。課長の名を使ったけれど、実は社員ばかりの麻雀会なんだ」

「そんなことじゃアありません。もっと重大な悪事を、あなたはおやりになったのね。妾に隠さないで頂戴。妾にだけは、隠さないで頂戴」

「すると、なんだろう」

恭一氏は、腕を組み出した。細君に隠してあることが相当あるらしい。

「まア、とぼけてらっしゃるのね。あなた、それほど悪人なの。一時の気の迷いだと思ったら、ホンモノなのね」

「なんだい、ちっとも様子がわからん。ハッキリいってくれ」

「妾の口からいわせる気なの……まア、驚いた。なら、いいますわ。この間の晩、簞笥の下から出たお金は、どうなすったのです。あなたの仕業だと、チャーンとわかっているンですよ」

細君は一気に詰め寄った。すると、恭一氏は頭を掻き掻き、

「や、とうとうわかったかい。驚いたなア。どうして、僕だとわかったね」

「あなたの指紋が、ハッキリ出ていますもの。疑問の余地がないじゃアありませんか」

「指紋をとったのか。イヤハヤ、これは驚いた。君の探偵術も、いよいよ本格だね」

と、眼を丸くして、恐縮してしまった。これで傍証と自供と、両方握ったことになって、犯人は全く確定した。細君の訊問は、第二段に入ってゆく。

「妾のことを、探偵々々って、いつも悪くおっしゃるけれど、今度ばかりは、そのお蔭で、あなたが救われるかも知れないのよ。――一体、あのお金を、あなたはどこから持っていらッしたの」

「どこって……こいつは弱ったな」

「拾ったのでも、借りたのでもないわね」

「うむ、決して拾いも、借りもせん」

「すると、あなた、残る道は一つよ……男らしく白状なさい」

「………」

「あなた、なぜそんなサモしいことして下すったの。会社の金に手をつけるなんて、考えても恐ろしいわ。あなたの一生、棒に振ることになるわよ。でも、会社ではまだ何も気がついてないだけ、幸いよ。早くお金を持ってって、そっと返していらッしゃい。今までに費い込んだ分は、妾の貯金を下げて、足せばいいわ。一刻も早くやらなければ駄目よ」

それを聞いてる恭一氏は、初めは啞然としていたが、次第に頭を垂れ、何か考え始めた。やがて、彼は漸く口を開いた。

「そうか……そこまで見破られては、どうもやむをえん。たしかにその通りだ。お前にはまことに済まないが、是非金の都合をつけてくれ」

「それは承知しましたわ。一体、いくら持ち出したの」

「ソノ……二百円ばかり」

「八十円足せばいいのね。その代り、今度から、二度とこんなことしちゃいやよ」

「それは大丈夫だ。しかし、お前も、もう少し僕の小遣銭を殖やしてくれんか。とても、あれではやりきれんよ。だから、ついこんなことになるのだ」

「妾が悪かったわ。来月からきっと値上げしてあげるわ。だけど、どうしてあなたは、妾の箪笥の下なんかへ、お金を匿したの。それをいって頂戴」

「僕の机の抽出しや、本箱の中なら、お前はいつも掻き回して見るじゃないか」

「あら、知ってるの」

「知らなくてさ。額のうしろでも、長押《なげし》の間でも、君の探偵術にあっちゃア、叶わんよ。だから裏を掻いて、あの箪笥の下にしたんだが、鼠の畜生め……」

「あなたも、油断できないわね」

「それは、僕の方でいいたいよ。君のような名探偵と一緒に暮していると、一刻も気の休まる時はないのだ。おい奥さん、頼むから、小遣銭の値上げと一緒に、探偵の方も廃業してくれ」

三

その翌日は、みごとに晴れた晩春の日曜だった。

恭一氏は、細君から渡された金二百円を懐ろにして、朝から家を出た。丸の内の会社へ行って、日曜で人気のないのを幸い、金庫を開けて、ソッと消費金を入れてくるはずの約束だったのに、恭一氏は郊外電車に乗って、およそ反対の方角の府中へ行ってしまった。そうして、湧くが如き混雑の競馬場へ、足を踏み入れたのである。

彼氏、またまた天魔に魅入られたのであろうか。否——競馬こそは、探偵女房の目の届かなかった、彼氏の最大の道楽だったのだ。好きこそものの上手なれ、去年の秋のシーズンに損益差引き二百円手に残った。それを、春のレースの軍資金に、隠して置いたのだが、ちょいちょい手が付いて、百二十円だけ残っていたのを、頓狂な鼠のお蔭で、細君に取り上げられちまッたわけ……。社金費消？　冗談ではない。このセチ辛い世の中に、誰が二百円で馘首《かくしゅ》の原因を製造する奴があるものか。だがその汚名を着たお蔭で、百二十円が二百円になって、八十円の利益はボロかった……。

「好調の波に乗って、今日は一働きしてみせるぞ」

ホクソ笑んだ恭一氏は、自信百パーセントで買う馬は大穴こそなかったが、悉く勝算図に当って、帰りがけに懐中を調べてみると、なんと倍額の四百円あった。

「テヘ！　だから競馬は止められンよ」

と相好を崩した恭一氏は、とたんに暗い顔になって、

「待てよ。一体、この金をどこに匿す……」

胡瓜夫人伝

一

愚妻のことを、トヤカク申し述べましても、善きにつけ、悪しきにつけ、人様のお耳障りであるくらいは私も、よく承知しております。

ましてや愚妻万里子は、文字通りの愚妻でございます。私は露いささかも、謙遜なぞは致しません。それどころか、友人達は彼女のことを悪妻と呼びます。あんな女は早く叩き出してしまわんと、お前は一生ウダツが上らんよと忠告します。しかし、私はそれほどの女でもないと、信じております。公平なところ、まず「愚妻」以上でなく、以下でもない女かと、考えております。

つまり、平凡にして愚劣なるわが妻のことを、根掘り葉掘り描写するなんて、純文学小説家ではあるまいし、そんな罪の深い真似は、私にはできません。第一に読者がご退屈、それから連れ添う彼女に気の毒でございます。

私がこれから申上げようとするのは、最近わが家庭に起った一つの事件なのでございます。小なりといえども事件と名づけるものなれば、報道価値なしとは申されません。ただし、わが家庭内の出来事であり、愚妻である彼女や、宿六である私の登場致すことだけは、止むを得ぬ事情として、ご勘弁願って置きます。

さて——この一月頃でありましたろうか。私の勤務先き、ホレロ本舗広告部へ、例の如く勉強堂の小僧が現われました。

勉強堂と申すのは、界隈の貧弱な本屋であります。店売りだけでは心細いとみえて、小僧が新刊書なぞを風呂敷で背負って、付近の銀行会社なぞを、行商して歩きます。これが現金買いだったら、誰も本なぞに手を出す奴はないのですが、月給日払いのお蔭で、つい小僧の口車に乗せられる時があります。それに、若いサラリーマンというものは、おでん屋と喫茶店にばかり入れ上げてるように、世間では想像していますが、案外そうでもございません。知識に対する郷愁テナものが、まだ少しは残っています。問題の映画だとか、評判の小説だとかを知らずに過ごしては、どうやら寂しい気持が致します。尤もこれは月給の安い時代に限ったもので、課長次席にでもなろうもんなら、本なぞに洟汁《はな》もひっかけませんが——

「今日ア……。新刊がだいぶ出ましたよ」

と勉強堂の小僧は、遠慮会釈もなく、来客用テーブルの上に、風呂敷を展げ始めました。

「駄目だよ、そう度々来たって」

「まア、そうおっしゃらず……ユーモア全集の今月配本を持ってきましたぜ。まだどこの書店にも出てやしません」

「ユーモア小説なんて、読んでると悲しくならア、春暁八幡鐘でも持って来い」

一しきり、エロとグロの盛んな時代には、勉強堂も、その種のものを大いに担ぎ込んだものでした。

「困るねえ、Aさんの認識不足にも……。そんな本が出せる世の中かってンだ。ちと『般若心経講義』でも読んでもらいたいもんです」

「ナマいうなよ。お経なんか、なにも本で読まなくても、お寺で食傷してるよ」

「でも今時、恋愛小説を読もうという料簡からして、まちがってますよ。まア、谷崎源氏ぐらいで我慢して置くんですな」

勉強堂の小僧は、広告部の同僚を対手に、頻りに駄弁を弄しています。しかし、王朝時代の恋愛小説では、腹のタシにならんのか、誰も買おうという者がありません。

「ちえッ……なんか一冊、買っておくんなさいよ。『土』はどうです。映画になるんで、増刷が出来ましたよ。それから『子供の四季』の普及版が出ました」

「此奴、意地になって、色気のない本ばかり列べやがるな」

「そういう訳じゃねえけれど、当今、受けてる小説といえば、工員か子供か農民が主人公にきまってるんですよ。なにもあたしのセイじゃねえや」

と遂に小僧がベソを掻き始めたので、私もおかしいやら、気の毒やら、少しヒヤかしてやろうと、テーブルの側に立ちました。そうして、二、三十冊の本を、片端しから、覗いてゆくうちに、ふと一冊の背文字に眼を止めました。

「おい、小僧。こんな凄え恋愛小説を持っていながら、なぜ匿しとくんだ」

と、私はいってやりました。

「恋愛小説？　冗談じゃないよ。それア、とても真面目な本なんですよ」

「嘘つけ。たしかに発禁か、削除を食った筈だ」

「おかしいね。その本は、この間、文部省推薦になったんですぜ。貴方はなんか勘違いしてるんだ……。あ、そうだ、『ボヴァリィ夫人』か『チャッタレイ夫人』と、一緒クタにしてるんですね」

と、小僧は、腹を抱えて笑いました。

「ハッハハ。同じ夫人でも、夫人が違いまさア。この『キュウリー夫人』てえのは、世界に名高い女科学者でね。そら、ホルモンを発明して、評判になった人でさアね」

事ここに至っては、私も中学時代の記憶を、喚び起さずにいられません。

「フザけたことをいうなよ。キュウリー夫人なら、ラジウムの発見者じゃないか……ウムそうか、あのキュウリー夫人の伝記か」

と、小僧の無学を訂正した行掛かり上、私も余儀なく、『キュウリー夫人伝』を取り上げて頁をめくり始めました。ひどくイットの欠乏した婦人の口絵写真版が、まず眼に入りました。

「この本も、とても売れますぜ。掛値なしに五十版は出てますからね。子供も農民も出て来ないのに、これだけ売れた本は、近来珍らしいですよ」

「へえ、そんなに面白いかい」

「騙されたと思って、読んでご覧なさい。尤も、インテリ読者でないと、この面白味はわからねえでしょう」

と、小僧の奴、いやに気を持たせるようなことをいいます。どちらかというと、私もインテリ大衆の一人――

「じゃア、貰って置こう。勘定は、来月だせ」

二

時勢というものは、面白いものです。

小説といえば、アワヤという場面のある恋愛小説か、山の鴉が啼いたりする股旅小説でないと、読んだ気がしなかったのは、もう五、六年前の夢となりました。そういう小説が御法度になっても、ならなくても、テンから面白味を感じない世の中になったんだから、豪儀なものではございませんか。

(ウム、なんとこれは、面白い小説――いや伝記だ)

と、私は、貪るように『キュウリー夫人伝』を読み了えたのでございます。純真、質素、謙譲の美徳を経とし、不屈不撓の精神と歴史的大事業の完成を緯とした物語ですから、読む者ひとしく感激するのが当然といえばいうものの、これが一昔前のことだったら、修身の先生のお説教を聞かされた時の気持がして、あたら一円八十銭の本代を払う奴はなかったろうと思われます。それもこれも時勢――時勢の力ほど、偉大なものはございません。

それはさておき、私が「キュウリー夫人伝」を読み了えて、二、三日後のことでございました。勤めから、腹を減らして帰ってきていつもの如く、白雲荘アパート十六号室の扉を開けますと、今日は仕事にアブれたのか、わが妻はフダン着のままで部屋に寝転び、ピーナッツの袋に手を突っ込みながら、しきりにボリボリと頰張ってる様子でありましたが、私の顔を見るや、

「あんたッ」

と、畳の上にひざまずき、両手を胸のあたりに当てて、長い吐息を洩らしました。外国映画の女優は、感激の場面に、よくこんな仕草を致します。

「おい、どうしたんだ。シッカリしなさい」

「どうもこうも、ありアしないわよ。あたし、もう断然、今日から料簡を入れ替えるわよ」

と万里子は、眼の色を変えています。わが妻ながら、平常から決して模範的な夫人とは申されないのですから、料簡を入れ替えるという以上、私に不利益はないに決まってます。

「それは結構なことだが、なんでまた、急にそんな気になったんだね」

「これよ」

「これとは、なんだい」

「まア、あんたもカンの悪い男ね。大きな眼開いて、見たらいいじゃないの」

と、指す方を見ると、ピーナッツの袋と列んだ、『キュウリー夫人伝』が裏返しになっています。

「なんだ、それか」

「なんだとは、なに？　こんな素晴らしい、感心な……セイセイする……慈善鍋へ五円入れちまったような気持のする小説が、今までにあって？」

「小説じゃないよ、伝記だよ」

「どっちだって、おんなじことよ。あア、なんて美しい物語……なんて崇高な女性……」

と、万里子は、彼女がまだ喫茶店のレコード係りであった時代を憶い出させるように、ウットリと、純真な眼つきを見せました。

「実ア、僕もあの本には、魅せられたんだがね。しかし……だいぶ腹が減ってるから、早く飯にして貰いたいな」

「うるさいわね。ご飯なんて、一度や二度食べなくったってなによ……あたしはあの本に感激しちゃって、お午飯《ひる》抜きで読んだのよ」

だが、ピーナッツをそれくらい食べれば——といいたかったが、止めにしました。私は彼女に逆らって、トクをしたことは一度もないのです。

「あたしね。今日お茶を挽いちゃって、家へ帰ってくると、あんたの机の上にこの本があるでしょう……退屈凌ぎに読み始めてみたら、もう止められなくなっちゃって……。あア、いい本だわねえ。あたし、魂を根こそぎ揺すぶられたみたい」

と、まだ眼を細くして、溜息をついています。

「それはわかったが、これから料簡を入れ替えるというのは？」

「世の中には、キュウリー夫人のような浄い、立派な、感心な妻があると知ったら、あたしもグズグズしちゃアいられない気持になったのよ。あたしも今日限り、断然過去を清算するわ。あんたにも、ずいぶんわがままばかりいって、済まなかったわね。許してね。あたしだって、根から悪い女じゃないのよ」

「知ってるよ。ただ、少しばかり自制力が足りないだけさ」

「いいえ、少しばかりじゃないの。実際、自分でも悪妻だと思うことあるわ。あんたがあんまり温和《おとな》しいもんだから、つい図に乗ったのよ……悪かったわ」

と、声まで潤んで、万里子は改悛の色を表わすのです。私は夢かと疑うほど、嬉しくなりました。ほんとにわがままと放恣さえ慎しんでくれたら、こんないい女房はまたとないと思っているのですから。

(定価一円八十銭は、安かったよ。こんな効験があると知ったら、もっと早くあの本を買うんだった)と、私は腹の中で思いました。

「そうそう……あんたお腹がすいたでしょうね。でも、何にも支度がしてないのよ。今日だけは、ウドンカケで許して下さらない？」

「あア、いいとも、その本を読んで、支度を忘れたんだから我慢するよ」

「ほんとに、ご免遊ばせね」

と、言葉使いまで改まって、万里子は階下へ、電話をかけに行きました。

やがて、ソバ屋の出前持ちが現われてきて、二人は新年のように改まった気持で、飼台《ちゃぶだい》に向いました。

万里子は、極めて淑《しと》やかに、ウドンカケを食べていましたが、やがて箸を置き、

「ねえ、あんた、似てるわね」

「なにがだよ」

「キュウリー夫婦と、あたし達」

「えッ」

これには、私も一方《ひとかた》ならず驚きました。どう考えたって、あの人類の模範的夫婦と、私達二人が共通点を持ち合おうとは思われません。

「そう思わない？……そもそも、二人の狎《な》れ初めの頃からして」

その二人とは、キュウリー夫人と、私達二人の両方へかけていってるのでしょうが、私は合点が行きませんでした。

「ねえ……あたしも、独身時代のキュウリー夫人のように、あんたの申込みをなかなか承知しなかったわね」

と、いわれて、私はなアんだと思うと同時に、いささか赤面しました。

実際、万里子がまだ茶房で働いている時分、あたしはどれだけ無駄な紅茶を飲んだか知れません。漸く、公休日に散歩するところまで漕ぎつけても、彼女は私の結婚申込みに、容易に首を縦に振りませんでした。彼女はキュウリー夫人のように、理性の

勝った女ですから、私の月給や将来の職業的発展を非常に長いこと研究中だったのです。私も気の長い方では人に負けませんから、不屈の根気で彼女を口説き続けました。遂に彼女がウンというまでに一年有半を要したのです。それは貧しい物理学者ピエール・キュウリーが当時まだソルボンヌ学生だったマリィ・スクロドフスカに類い稀れなる高級な恋愛を打ち明け、遂にキュウリー夫人たることを承諾せしめるに至る長い時間と、ほぼ一致するのでありました。

「そういえば、似てないこともないね」

私も、当時を回想して、少くとも結婚までの道中の長さを憶い出さずにはいられませんでした。

「それだけじゃないわよ。まだ、あの二人に、あたし達が似ていることがあるわ」

万里子は、ウットリしながら、そういいます。

「僕達が、貧乏なことかい？　キュウリー夫妻の新婚当時のように」

「それもあるけれど……」

「え？　まだ他に？」

「そうよ。あんた、どうして気がつかないの——あたし達の仕事のことよ。あたし達の事業のことよ」

といわれて、私は、ハッと思い当ったのであります。

「なアるほど」
私は、前に申し述べました通り、化粧品ホレロ本舗の広告部に勤務しています。そそうして妻の万里子は、私と結婚と同時に、若草茶房を退いて、東京マネキン協会へ入会したのでございます。目下マネキンも、一時ほど景気がよくないので、時には仕事にアブれる日もありますが、彼女の収入は、私達の乏しい家計を助けること甚大であります。従って、愚妻の権力が増大してくる傾向を生じますが、なるほど、そういわれて見れば、彼女もまた、私と同じような、宣伝事業に従事してるのであります。キュウリー夫妻が共同して、物理学の研究に従ったのと、よく似ているではございませんか。

「ね、似ているでしょう……それに、キュウリー夫人の名はマリィ、あたしは万里子……あたしがあの本に感激したのも、実は、あんまりいろんなことが似過ぎてるからなのよ」

そういって万里子は、二杯目のウドンカケを、ツルツルと啜《すす》りました。

三

職業に貴賤なしという諺を真実とすれば、放射能と原子変換を発見した科学者夫婦と、近代商業主義の花形たる宣伝業者夫婦との間に、なにも甚だしい身分の懸隔はないわけでございます。

「ねえ、お互いにその心算《つもり》で、シッカリ稼ぎましょうね」

「そうとも」

「キュウリー夫妻があんなに仲がよかったのも、二人が共同の事業に従事してたからよ」

「そうさ。だから、ウチだって、こんなに仲がいいやね」

「ほんとにね」

お聞き苦しいかも知れませんが、私達夫婦は蜜の如き言葉を交わし、飴の如き視線を交わすこと、再三でありませんでした。

妻があの本を読んだ日以来、私達夫妻は喧嘩して、隣室から壁を叩かれるようなことは一切なくなりました。万里子は俄然職業に精を出して、文化オシメやビタミン佃煮のような商品でも、毛嫌いせずにマネキンを勤めますので、収入もグッと増してきました。それにしても有難いことは、従来彼女が大嫌いであった料理や裁縫を、急に励み出したことです。ウドンカケなぞは、あの晩以来、一度も註文致したことはありません。その代りに、お手製のハム・ライス、鯨肉の照り焼の如きものが、頻々と膳に現われます。その上、綻びがきれて裾が破れていた私の和服は、いつかサッパリと洗張りをして縫い直してあります。

「キュウリー夫人はね、女学者は非家庭的といわれるのが口惜しくて、一所懸命にお料理の研究をしたのよ。それから子供の服は一切仕立屋に註文しないで、自分で縫ったのよ。感心だわね」

と、或る日、万里子が申しました。それで、彼女が料理裁縫に励む謎が解けたというものの、良人の私としてこんな快適なことはございません。それに、彼女はとかく私のことをグズだとか、意気地なしとか罵っていましたのに、ピエール・キュウリー氏の性格が温厚篤実なことを知ってから、一切そういう悪口を慎しむようになりました。

「万里子、君はこの頃、ほんとに、人がちがうようだね、ほんとに、感心な細君になったよ。まるで、日本のキュウリー夫人みたいだ」

「あら、それほどでもないわよ」

と謙遜するところなぞ、平素の彼女には、あるまじき振舞いです。まったく、キュウリー夫人の魂が乗り憑《うつ》ったと解釈する他はありません。一人《いちにん》出家して九族天に生ずと申しますが、一冊の良書の力がかくも偉大であろうとは私も予期しませんでした。いや、良書は昔から何冊もあるのですが、それが効力を発揮するというのは、つまり、時勢のセイでございましょう。近頃は、日本中にメッキリ善人や堅人が殖えて参りました。五円以上の飲食や、深夜の円タクなぞ、何人も避けるようになったではございいませんか。

それはさておき、万里子の心境の変化が、次第に私にも影響してきまして、近頃は、私も店の仕事に一心不乱となって、働いております。宣伝業という仕事を、チンドン屋と同格だなぞとは少しも考えなくなりました。そうして最近では、家へ帰ってからも、夜更けるまで、宣伝研究に没頭することが多いのでございます。

と申すのは、勤め先きのホレロ本舗で、流行の潤製歯磨を売出すことになっていますが、その広告標語に、どうもいいのがないのです。一般から募集するテもあるが従来の例に徴して、あまり好結果がございません。今度は、いっそ従業員中から懸賞募集してみようという主人の案で、一等当選には金百円と三日間の休暇が与えられることになっています。その標語を、私は毎日苦心惨憺して考えているのであります。いえ、決して懸賞金と休暇が欲しいからではありません。わが敬愛する宣伝業界に、いささか貢献してみたいからであります。

「あんた、お仕事が過ぎると毒よ」

と、万里子は、私が晩くまで机に向ってると、熱いお茶など淹れてきます。こんな現象も、「キュウリー夫人伝」のお蔭でなくてなんでしょう。

「まだ、いい文句が発見できません？」

「ウム……半分は出来かかっているが、どうも弱った」

もう、明日はメ切というのに、ロクな標語は生まれて来ないのです。「健康向上まず歯から」とか、「躍進日本に薬新歯磨」とか……。

「ヤクシンて、どういう意味なの?」

「新式な薬用歯磨というつもりだが、意味が通じないかね」

「少し、無理ね。半分出来かかっているというのは?」

「輝く歯々……というんだ。歯を複数にしたところに新味があるんだが、それから後が出て来ない」

と、私が腕組みをして考え込むと、妻も額に手をあてて、憂いを共に致します。

「ねえ、あたしにも考えさしてよ」

「いや、それは駄目だ。いくら同じ宣伝業でも、君は顔と弁舌でやるのだし、僕は頭でやるのだから、受持ちがちがうよ」

「そんなことないわ。もしキュウリー夫妻がそんな考えだったら、あんな大発見は生まれやしないわよ」

「それはそうだが、マネキンが標語を考えるテはないよ」

と、私も気分がイライラしてる時分なので、つい激しいことを口走りました。

「あら、ずいぶん失礼しちゃうわね」

万里子はツンとして、私の側を離れました。平素なら、ツンとするぐらいで済む場合ではありません。忽ち、ミミズ膨れの一筋二筋は拵えられるのですが、これも「キユウリー夫人伝」のお蔭でもございましょうか。

その晩、私は十二時過ぎまで起きていても、とうとう名案も浮かばず、そのまま眠ってしまいました。翌朝になって、どうせ当選は覚束ないと知りつつ、机の上に書き散らした平凡な標語を掻き集めて、私は封筒に入れました。それを出勤と同時に、広告部長に差し出したのでございます。

やがて、一週間後のことでございます。

午《ひる》の食事時間に、店員食堂で標語当選の発表があるとのことでしたが、私はなんの自信もないこと故、一番遅れて入って行きました。

すると、同僚達が私の顔を見るや、

「おい、君、おごれおごれ。君のが一等だぞ！」

と、はやし立てるのでございます。

見ると、正面の壁に、一等、二等、三等の順で、墨痕淋漓《ぼっこんりんり》と貼り出された当選標語の首席に、正しく私の名が書かれています。

「君、なかなか味をやるね。近来の名標語だよ」

と、部長がポンと、私の肩を叩きました。私はまるで狐にツマまれたような気持でございました。

ざいます。

「輝く歯々、健康の母」

上半だけは確かに自分の作ですが、後半の文句は、夢にも知らない他人の加筆でございます。

四

「万里子。君がやったんだね」

と、白雲荘へ帰るやいなや、私は妻にそういいました。あの晩のことを考えると彼女以外に、未完成の標語の文句を知ってる者はないし、従って加筆をする者もないからでございます。

「まア、あれが一等に当選したの？　嬉しいッ」

と、妻は私の首ッ玉へ、跳んできました。

彼女のいうところによるとあの晩は暁まで眠らずに、後半の文句を考えたのだそうです。そうして、「健康の母」という文句が浮かぶと、ソッと私の書きかけの紙に書き入れて、他の標語の下に積み重ね、そのまま寝についたのだそうでございます。私は何も知らずに、全部を提出したのでございます。それを今日まで、一言も洩らさないなんて、なんと可愛い妻の所業ではございませんか。

「すると、あの標語は、前半が僕、後半が君……つまり夫婦合作だね」

「そうよ。キュウリー夫妻のラジウム発見みたいに」

お許し下さい、この濃厚な場面を――咄嗟に二人は、恐らくあの偉大な二人が、学界から認められた晩にそうしたように、息詰まる抱擁を交わしたのでございます。結婚以来五年間こんな愉しい晩とてはございませんでした。

しかし、これが私達夫婦に与えられた幸福の絶頂だったのでございます。何故と申して、世の中にはキューピットの妬みというものがございます。たかが赤ん坊に羽根の生えただけの神様ですが、とても料簡がマセています。愛する二人が、あまりに愛し過ぎると忽ち機嫌を悪くして、禍の矢を射って参ります。キュウリー氏の運命がその証拠であります。

夫婦合作の努力が酬いられてから、僅か二年後の一九〇六年にキュウリー氏は、パリの街頭で交通禍にかかって無惨な死を遂げたのでございます。私達夫婦の場合は、万事小規模ですから、二年間なぞ待つ必要はございませんでした。

三日後に、私は会計から金百円と、広告部長から三日間の休暇を貰いました。それを見て、広告部の同僚達が、何条黙しておりましょうや。その晩、ビアホールからおでん屋、おでん屋から女給のいる家と、四、五軒梯子をかけて、白雲荘へ帰ったのは午前二時頃でありました。

泥酔はしていたものの、私は残金八十円ほどをシッカリ紙入れに納めて、帰ってきたのであります。

「万里子、済まんよ……僕はちっとも飲みたかアなかったんだが、店の奴等に黙って済ませないもんだからね」

というような弁解を、私は幾度か、妻に対して繰り返したように、覚えています。

「あんたは、まア、あんたは……自分一人で、あの標語をつくったと思ってるのッ」

というような罵声を、妻も何遍か叫んだように、覚えています。しかし、その後は、梯子酒の酔いがドッと発して、前後不覚となってしまいました。

翌朝眼を覚ますと、もう時計は十一時を過ぎていました。私はハッと驚きましたが、考えてみると、今日は公然と欠勤して差支えないのです。明日も明後日も、私は自由な休日をもっているのです。なんと閑かな、いい気持でしたろう。金は、まだ八十円残っているし――

(あアあ、世は春じゃなア)

私は、大欠伸をして起き上りました。万里子は勿論丸の内の協会へ行ってる時刻ですから、部屋にいる筈がありません。まだ帰って来ないところを見ると、いい按配に今日は仕事にアブれなかったとみえます。

(万里子にも、せめてハンド・バッグか帽子ぐらい、買ってやらなければなるまいな、なんしろ夫婦合作の標語なんだからな)

と、私は考えました。

（しかし、こういう時でもなければ、『初音』の借りも払えないし、スプリング・コートも註文できないぞ）

私は、思案し直さずにはいられませんでした。「初音」の女中は、いよいよ払わなければ、店へ貰いに行くとまで威嚇してるのですし、洋服屋はこの間から、純毛はこの春でほんとにお別れですと、親切に注意してくれてるのです。

考えてみれば、夫婦は一身同体です。万里子は標語の文句を手伝ってはいますが、良人に差し迫った入用があるなら、自分の欲しい物も我慢してくれるかも知れません。キュウリー夫人がやっぱりそうでした。彼女は慾を知らない女でした。良人がラジウム製造の特許を申請しようとするのに、反対の意を表しました。いや、彼女はあの大発見の功労をさえ良人に譲って、些かも誇る気色はありませんでした。

（仕方がない。今度は晩飯に映画ぐらいで、万里子にも我慢して貰おう）

私は、そう決心して、ちょうど彼女の留守を幸い、まず「初音」に勘定を払いに行こうと思いました。ついでに、昼酒の一パイを愉しむのも、悪くないと思いました。

そこで、私は洋服に着換えようと、洋服簞笥の扉を開けたのでございます。昨夜、あんなに泥酔して帰ってきたのに、洋服も、きれいにブラシを掛けて、蔵ってあります。こんなことは、以前には絶対に見られなかった現象です。なにもかも、「キュウリー夫人伝」が彼女に及ぼした感化だと、私は感謝しないではいられませんでした。しかし出掛けに内ポケットの紙入れを検べてみた時、私は卒倒せんばかりに驚いたのです。金八十円、影も形もありません。カラッポです。いえ正確にいえばカラッポでさえもないのです。丁寧に二つ折りにした書簡紙が入っているのです。それへ鉛筆の走り書きでこんな文句が書いてあるのです。

八十円ありがたく頂戴するわ。

右の内五十円は、合作料として、当然あたしが貰う権利があるから、お礼なんかいわないわ。ただ、後の三十円は、あんたの愛する妻の慰労費として支出して貰いたいの。この一ト月間、あたしとてもムリしちゃったのよ、どれだけシンが疲れたか知れないわ。あんたがあんな本を買ってきたから悪いのよ。あたしついキュウリー夫人にカブれちゃったの。バカだったわね。あんたが夜へベレケになって帰ってきた時、俄然夢が覚めたわ。

この八十円がなくなるまで、あたしは仲間のM子さんを誘って、熱海でユックリ静養してくるつもりよ。あんな伝染病の後ですもの、予後は大切にしなければね。でも、帰る時は完全に元の万里子になってるでしょうから、ご心配なく……ホホホ、胡瓜夫人より。

仁術医者

一

「おいおい。ちょいと来てみなさい。またあんな事をやっとるぜ」

千田《せんだ》医師は茶の間の硝子障子から、外を覗いて、ニコニコと悦に入ってる。

細君は婦人雑誌のオマケの編物全集を膝に置いて、一心に編棒を動かしてる最中で、そんな事には関っていられない。そろそろ老眼鏡が欲しいのを少し見栄を張って我慢してるのだから、編目を算《かぞ》えるのさえ、相当骨が折れる。

「お止しなさいよ、みッともないから。いい齢をして、スキ見なんて、なアんですか」

細君、それでも、叱言だけはいわないと、損をするといった顔つきだ。

千田医師は、さらに動ぜず、

「おッ、二人で洗濯を始める気かな。婿さんがポンプを押して、水を汲んでやっとる。なるほど、今日は日曜で会社が休みという訳だな……や、これは呆れた。石鹼で毬投げを始めたぞ。嫁さんなかなかヤルね……ソラ、落した。だから、いわんこッちゃない、シャボンが泥だらけだ」

実況放送というやつ、とかく蒼蠅《うるさ》い。

「いい加減になさいましよ」

細君の声が、少し尖がる。

「待ちなさい。おや、今度は嫁さんが……」

「貴方はよッぽどお隣りの奥さんがご贔屓ね」

「嫁さんも可愛いが、婿さんも可愛いよ。若い者同士仲のいいのは、見ていて悪くないもんだ」

千田医師、やっと長火鉢の向側へ帰ってくる。

「年寄り同士で、お気の毒様。まア婆さんの渋茶で、我慢遊ばせ」

細君も編物に飽きたとみえて、急須へ湯を注いで、湯呑みを二つ列べる。

「家にも、あれくらいの娘があると、たのしみだがな」

「あれくらいの息子があれば、なお気丈夫ですがね」

ゴマ塩の夫婦が、熱いお茶を吹きながら本音を洩らしている。

千田夫婦には、子がない。

子供が無いお蔭で、近ごろまったく不景気な医者商売をどうやら持ちこたえ、郊外ながら地所と家屋を自分の名義にするほどの生活ができる——なんてことは、夫婦はちっともご存じない。千田医院といえば、この西荻窪の草分けみたいなカブで、町会議員なぞして威張っているが、これが息子があって銀行ギャングでもやれば、一朝にしてモクアミと化しちまう——なんてことは、ちっともご存じない。ただ、子供ばかり欲しがってる。さすが職業上、もう自分達に生産能力がないことをよく知ってるので、ただ「欲しい欲しい」といってみるだけである。その代り、ヒト様の子供でもなんでも、見境なしに、ひどく可愛ゆくなるのだから、物騒である。

やはりこれも子供のないお蔭だが、千田医師は銀行預金がカサばってきたので、自分の地所の中へ貸家を二軒建てた。普通の家主なら子供の多い借家人を嫌うのだが、千田医師はその反対で子沢山を歓迎するのである。だから、すぐフサがりそうなものだが、目下空家氾濫時代でなかなか借手がない。やっと、数日前に越してきたのが新婚らしい夫婦——二人きりで、子供はない。だが、そう贅沢もいっていられないし、それに新婚夫婦だから、将来の子沢山という見通しのもとにおいて、潔く貸したわけなのである。

さて家を貸してみると、なにも子供の生まれるのを待つまでもない——新夫婦は二人とも、揃いも揃って、大きな子供なのだ。茶の間からも、診察室からも、低い四ツ目垣を越して、若い借家人の生活が手にとるように眺められるのだが、為ることがまるでナッちゃアいない。夫婦別あり、老幼序ありと、教わってきた千田医師なぞは、眼を丸くして驚くことばかりである。

(近頃の夫婦ッてあんなものかなア。細君が亭主を摑まえて「オイ、君」なんていえば、昔ならハリ倒されるところだぜ)

と、千田医師は考えた。実際、二人のすることを見てると、どっちが男だか、亭主だか見当のつかぬことだらけで、その点、千田医師も呆れて眉を顰《しか》める場合もあるが、また、いかにも遠慮のない、陰のない、まるで晴天の神宮外苑風景みたいなところがあって、愉快だ。ことに嫁サンの方が無邪気で面白い。聞けば、細君の両親というのが変った人で、子供をスポーツで鍛えるのが主義で、それが青春期を清浄に過ごさせる最良の方法だというのだそうだ。嫁サンも女学校で、ナントカ・ボールの選手だったそうで、全国優良児の一等を獲そうな、心身健康ソノモノの顔をしている。

「あの奥さんもモガみたいだけれど、あれでちっともスレていないから感心ですよ」

と、婿サン贔屓の千田夫人も、それだけは嫁サンの美点を認めている。もっとも、すぐに文句をつけるのを忘れないけれど。

「でも、ああお転婆じゃア困りますよ。女の癖に屋根へ登るッて法がありますか。この間屋根へ上って、布団を干していましたよ。第一、瓦が傷ンでやりきれないじゃありませんか」

二

急に寒くなった。

落葉がカラカラ音を立てて、地面を這い回り始めると、毎年、千田医院は忙がしくなる。梅雨明けの胃腸病、初凩《こがらし》の感冒とくると、医者にとって、年二期のボーナスのようなものだ。千田医師だってまだ稼げない齢でもないから、かなり遠い往診でも、残らず受けて、俥《くるま》を飛ばす。今日は淀橋の旧い患家へ往診に行った。やはりこれも気管支加答児《かたる》——しかし淀橋だから、俥はやめて、省線で新宿まで行った。帰りに夕方になって、駅前の銀行までくると、借家人の新婚氏が標札屋の前に立っていた。

「いまお帰りですか。決算が近くてお忙がしいと見えますな」

千田医師は挨拶した。婿サンは元気な声で、買ったばかりの標札を見せながら、

「如何《どう》です、オジさん。三十銭じゃア安いでしょう。今まで、名刺を飯粒でハリつけといたンですが、あれア風で飛んで駄目です」

「なるほど。青木春夫。青木ワカ子――へえ奥さんの名までお出しになるですか」

「ええ。このごろこうしないと、細君がヤカましいです。主婦の存在を明らかにする主旨なんですな。年賀状でも何でも、連名でなくちゃいけません」

「ははア。なかなかヤカましいもンですな」

「ええ。コワイみたいなもンです。オジさんなんか、従順なるワイフを持って、いいですなア。酒だって、ウチで飲ましてくれるでしょう」

「それア、晩酌ぐらいやりますがね。お宅じゃイケませんか」

「絶対的ドライです。誕生日だって、正月だって――イヤ正月は今度が新婚最初ですが、無論アルコール無しでしょう。飲酒は家庭と社会の共同の敵とか、何とかいってるンです。その癖、自分じゃあチョコレートばかり食べやアがって」

若い借家人は憤慨に耐えないような声を出したが、家主はその時プンと鼻の先きに、アルコールの臭いを感じた。

「貴方だいぶイケるとみえますね」

「いえ、日本酒は駄目なンですが、ビールが好きです。卒業間際から飲み始めたンですが、ビールは旨いですな。駅前のビヤ・ホールで、毎日会社の帰りがけにコップ二杯、或いはジョッキ一杯をやります。細君は知りません」

「オヤオヤ。これは驚いた。そんなことをなさらずに、奥さんを何とか説きつけて、お宅で飲むようになさいよ。経済からいっても、その方がおトクだ」

「いや最早駄目ですな。こういうことと知ったら、サバを読むンじゃなかったですよ」

「それアなぜです」

「なアに、婚約前にアルコールは一滴もやらんと、ついハズミでいっちまッたンです」

「ハッハハ」

家主は大きな声で笑いだしたが、借家人の方はツマらなそうな顔をしている。話の間に省線電車は駅へ着き、それから二人は自分達の門の前で別れた。

「あれで、やっぱり人ナミに、細君に隠し事をするから面白いよ」

千田医師は夫人にその話をして、笑った。

「道理で、あの奥さん、妾《わたし》にそう云いましたよ、この頃は残業で毎日主人の帰りが遅れますッて。でもね、ビールぐらい家で飲ましてやったらいいでしょうにね。一日外で働いてくるンだから」

「まったくだ。一日外で働いてきたンだからもう一本追加して貰ってもいいな」

「なンです。すぐ図に乗って」

千田医師はそれでも、お銚子のお代りにありついた。

晴天と北風がまだ続いた。

流行性感冒が鎌首をモチ上げてきた。

千田医師は午前の宅診を十八人も見て、やれ一服しようと、石鹸で洗った手を消毒してると、

「オジさん、おいでですか」

青木の細君が診察室の窓から呼んだ。

「やア。お這入ンなさい」

ワカ子さんは遠慮なしに、ズカズカ上ってきた。

「オヤ、貴女もやられましたね」

千田医師は、彼女のマスクに気がついて、そういった。鼻風邪でも診て貰いにきたのだろうと思ったのだ。

「妾? アラ、妾風邪なんかひくもンですか。そンな脾弱《ひよわ》な体じゃないことよ」

なるほど、勇気凜々たる声である。

「それは結構。でも、かなり悪性のが流行ってるから、気をおつけなさいよ。今度の風邪はすぐ肺炎を起しますからね」

「ありがとう、とても悪い流行病があるんですってね。だから、妾もマスクを掛けてますの」

「流感のほかにですか」

「ええ。オジさん無論ご存じなンでしょう？」

ワカ子さんは診察用の長椅子に腰かけて、脚をブラブラさせた。

「ほう？　なんだろうな」

医師は小首を傾けた。

「ウチの春夫氏がそれに罹っちゃって、元気がなくて困ってますの。オジさん何かいいお薬拵えて下さらない？」

「なんです、一体その病気は？」

「独逸《ドイツ》語でトリッペルっていうのよ。日本語で云うと……」

室の隅で、看護婦がクスクス笑いだした。

「君、一寸《ちよつと》あっちへ行っておいで」

千田医師は看護婦を遠ざけてから、真面目な顔になって、グルリと細君の方へ椅子を回転させた。

「一体、それはいつからです」

「二、三日前からなの、会社で机を並べてる同僚がその病気で、どうもその人から伝染したらしいッて、いってましたわ」

「フウむ」

千田医師は呆れて溜息を洩らしながら、ワカ子さんの顔を凝視《みつ》めた。

(どうも近ごろの女は呆れたもンだ。そういう恥かしい病気のことを、平気で口にする)

と、最初は思った千田医師も、ワカ子さんのクリクリした眼の無心な輝きを見ると、

(どうやらこの女は、トリッペルとは何の病気か、知らんようだワイ)

と、考えずにいられなくなった。さて、そうなってみると、迂闊に病気の正体を明かせば忽ち家庭争議勃発となるだろうし、といって黙って捨てて置いては、やがて自分の贔屓のワカ子さんにも感染して、とんだ憂目を見させねばならぬし、第一、不妊症にでもなられた日には、将来の子沢山という希望も水の泡となっちまうし——

「お宅のご主人は最近、夜遅く帰宅したことはありませんか」

千田医師はまず発病期を知りたがった。

「アラよくご存じね。この間の土曜日に二時過ぎに帰ってきましたわ。それも、ただ遅いならいいけれど、足がフラフラして、樽柿のような臭いをさせて、舌が縺《もつ》れて……」

「それ、それ。その時ですな」

「まア。では、あれはみんなトリッペルの徴候なんですね。まア可哀そうに。妾、なんだかお酒に酔っ払った人みたいだったから、春夫氏を詰問して、危くノシちまうと

ころだったわ」

「そンなことしちゃアいかんです。この病気に運動は絶対禁物なのだから、それから、刺戟的な食物を摂らないように」

「いけねエ。昨夜《ゆうべ》、ライス・カレーを食べさしちまったわ。ねエ、オジさん。頼むから、何とかして春夫氏を癒してやって下さいよ」

「お望みなら、わしが診てもいいですが、まだ何処の医者にも掛っておらンですか」

「ええ。恥かしがって、お医者様へ行かないンです。その癖、青い顔をして、毎日悲観してるンです」

「それアいけない。早く手当をしないと、厄介な事になりますよ。ではね、今日会社から帰ったら、すぐ私のところへ寄越して下さい。なアに、家主の家へ来るのだから、少しも恥かしがることはない」

「そうよ。じゃきっと寄越しますから、きっと癒してね」

と、ワカ子さんは大喜びで立ち上った。

「だがね、奥さん。これは非常に伝染性の強い病気だから、貴女も特に注意しなければいかん……ソノ、夜なぞは、別な部屋で寝るぐらいにしてな」

「あら、マスクを掛けてもですか」

「弱るね、どうも」と千田医師は汗を拭きながら、「マスクよりも隔離療法の方が効能があるです。無理な註文だが、貴女は春夫サンを少し嫌いになって下さい。傍へ寄るのもイヤだという風にね」

「嫌いになンて妾できるかしら」

と、ワカ子さんは帰りがけに玄関で、自信のない声を出したが、千田医師は儼然と、

「それくらい何です。さもないと貴女も貴女のご良人《りようじん》も一生とりかえしのつかンことになりますぞ」

「なら、無理に当分嫌いになりますわ」といってから、ワカ子さんは急に悲しそうに

「ねえ、オジさん……妾、なんだか心配だわ。春夫氏、トリッペルで、死ンじまやァしないかしら」

三

「青木君」

「はい」

「ちと、ビールが過ぎましたね」

「いやどうも、まったく、ソノ……」

その晩のことだ。診察室はカーテンが卸され、外から少しも見えないからいいようなものの、青木春夫君のショゲた様子といったら、男性の威厳カタなしである。アダ

ムの後裔《こうえい》は他のどんな病気をしても、こうまで意気銷沈しないものだ。どうもこの間新宿で逢った時と、あまり変りかたがヒドいので、千田医師も少し可笑しくなってきた。

「まアそう悲観し給うな。若い時には、誰でもあることです」

「いや僕が悪いです。僕がイカンです。こんな、僕みたいな奴は叩き斬って、芥溜《ごみだめ》へ拋《ほう》り込んでやってもいい」

青木君、頭を掻き毟《むし》らンばかりである。

（これがいつまでも続くといいンだが）

千田医師が腹の中で考えてると、

「先生、この病気は全治するでしょうか」

青木君はもうオジさんといわなくなった。

「まさか脳へ来はせンでしょうね」

千田医師は噴笑《ふきだ》すのを、やっと抑えながら、

「たいてい大丈夫でしょうが、養生が肝心ですよ。奥さんにもよくいって置きましたが、君は一層注意して下さいよ。ビールは絶対にいけません」

「あンなもの、もう一生飲まンです」

「当分辛抱なさい。療治の方は私が引き請けました。診療費は一切ご心配要りませ

ん」

「いえ、それでは……」

「まア、いいから任して置き給え。オーヤはオヤに通ずるからね、君、ハハハ」

と、千田医師は借家人を送り出しながら、

「それから、青木君」

「はい」

「奥さんを再認識しなくてはいけません」

「はア？」

「あんな純真無垢な奥さんは珍らしいです。トリッペルの空気伝染なんて、教えも教えし、覚えも覚えしだ」

青木君、一言もなくて、ムヤミに頭を掻いた。

それから、毎日、青木君は会社から帰ると千田医院へ通った。千田医師も商売気を離れて腕にヨリをかけ、治療に身を入れた。従って、例の「引延ばし政策」なぞをやる道理はないのだが、腸カタルなぞと違って、そうケロリと癒るわけに行かない。

そのうちに世間は遠慮なく歳末に入って西荻窪のバス通りに松飾りの竹と彩旗が賑やかに立った。

(ボーナスで懐ろが暖かいのに、なンたる憂鬱な年の暮れかな)

と、青木君はツクヅク自分の過失を後悔した。

大晦日の晩も銀座を歩くどころか、リゾール臭い千田医院の診療室へ通わなければならなかった。

そうしてイミない元旦がきた。青木君は義理合い上、家主の家へ年賀に行かなければならない。気が進まなかったが、細君を連れて出掛けた。

「昨年はいろいろお世話になりまして」

常套の文句だが、青木君にはイヤに切実に響く。

「お目出度う。まア上り給え」

千田医師は非常なご機嫌で、なかなか玄関で帰してくれそうもない。

座敷へ上ると、床の間の前へ据えられて、お膳が出た。

「お屠蘇なンて甘くていかん。熱いのを持ってお出で……イヤ、このお客様にはビールがよかろう」

千田医師が夫人にそういうので青木君は慌てて、

「先生、先生ッ」

と、注意を促した。ビールは絶対禁物のはずではないか。

「ハッハハ。心配御無用、昨夜検鏡の結果、もう保険付きです。遠慮なくおあがんなさい」

と、ナミナミとコップに注いでやった。そうしてワカ子さんの方に向き直り、「奥さん。この患者には、これから、どうかお宅でビールを飲ましてやって下さい。それが一番の特効薬です。さもないと、再発の危険が大いにありますぞ」と、千田医師は真面目くさっていった。その癖、腹の中では「医は仁術」の典型を示した気で、今年の正月を一人で背負ったような恐悦振りなのである。

〈昭和十一年一月十二日・週刊朝日〉

愛の陣痛

一

Ｏ・Ｓ・Ｋの大連行き「はいらる丸」の出帆は、正午です。ユリ子夫人はソファに寝転びながら、新聞を読み、雑誌も読み飽いて、大きな欠伸を一ツしました。腕時計を見ると、もう十一時に近い――船の出るまでに一時間しかないのだが、まだ良人《おっと》は帰ってきません。

ここは下関の山陽ホテルの一室で、部屋に取り寄せた朝飯のキャフェ・ポットに、爽やかな初夏の反射が笑っています。海峡の水、九州の山の色が、眼に沁みるように真ッ青です。それはどうしても、幸福な芝居の序景としか思われません。白い鷗《かもめ》が窓を掠めて飛びました。――鳥影は縁起がよいというではありませんか。

（たぶん、勝利は妾《あたし》のものだ）

彼女はふくよかな顎を衿に埋めて忍び笑いをしました。

少壮実業家柏木泰三《かしわぎたいぞう》氏夫人ユリ子さんは、昨夜東京から良人と共に、このホテルへ着いたのです。その良人は、今日の船で彼女と一緒に満洲へ渡るはずなのですが、昨夜出て行ったきり、鉄砲玉となりました。これが普通の良人なら細君真ッ黒になってヤクとか、心配で一夜マンジリともせぬという処ですが、泰三氏というひとが一種特別の人物。

「お前のご亭主ぐらい世の中に忙がしい人もないけれど、あんなに毎晩遅くなるのは、内々に道楽でもしてるんじゃないかね」

と、或る日、ユリ子夫人のお母さんが訊いたことがありました。すると、娘の返事は甚だトンチンカン。

「せめて、女遊びでもしてくれるといいんですけれど」

新婚一年に充たずして、そんな頼りない一文句を発するテはないので、

「冗談ではないよ。亭主の放蕩を望む人がありますか」

「でも、多くの女を愛することは一人の女を愛する能力の証拠じゃなくて？」

ユリ子夫人の言葉は、いよいよ意味深長なので、お母さんはチト通じなくなってきた。そこで、いくら産みの親でもチト憚りありとは思ったが、

「少しヘンな事を訊くけど、真逆《まさか》、泰三さんはその……カタワじゃあるまいね」

「あら、飛んだ心配してるのね。いやな母さん」

今度は腹を抱えて笑いだした娘を見て、親ごころはますます途方に暮れるばかり。

「とにかく、もうちっと、家に落ちついてくれる亭主でないと、困るね」

と、お母さんは結論を下した。

「泰三は忙がしすぎるのよ。でも妾、始終ノラクラしてるような亭主大嫌い」

ユリ子夫人は断然そういった。これはなにも、負け惜しみではないので。

二

去年、春酣《はるたけなわ》なるころ、ユリ子さん達は学園を巣立って、すぐと催したティー・パーティーの席上。話題といえば、とかく彼女ら当面の現実問題に即し勝ちで、

「ボク、断然百万長者《ミリオネア》のセガレがいいね。一緒にジャンジャン費って、そのうち一文なしになる時分に、丁度お婆チャンてえの、悪くないプログラムだと思うな」

これはP子さんの意見だが、嘆かわしきことに大多数の支持者がありました。

「妾はオフィサアときめてるの。こないだ三宅坂を通ったら、馬に乗って、大勢兵隊さんを連れた若い中尉さん――およそミゴトだったわよ」

Q子さんの意見に、時節柄、相当の賛成者のあったのは勿論。

「妾は、文士か学者の処へ嫁きたいわ。そういう精神的な方の孤独を慰めてあげるのが、女性として最も有意義な……」

これは、クラスで一番頭の悪いR子さんの意見で、誰も共鳴する者はありません。

最後に、ユリ子さんが発言しました。

「妾は、その……流線型機関車みたいな人がいいンだけどなあ」

「流線型彼氏ッてどんな彼氏？」

「とてもイミシンね」

と、一同ガヤガヤと、説明を求める。

日本鉄道省の流線型機関車は、真ッ黒で、ズングリ・ムックリで、とても近代娘の嗜好にあうはずはない。尤もあれは、ナミの機関車の上に、流線型の皮をカブせたんで、この頃夜店で円本の再装幀というのを売ってるが――お役人もだいぶ達者になりました。そこへゆくと、ニューヨーク、シカゴ特急の機関車なぞは、いわば生え抜きの流線型、ナデ肩で、尻の締った銀灰色の胴体が、一見して振いつきたくなるように、スマートです。しかし絶大な牽引力と、時速百五十キロのスピードは、まことに頼母《たのも》しき尖端ぶり。ユリ子さんは科学雑誌のグラビヤ版で、此の美しきエア・ストリイム機関車を見て思わずウットリとなりました。

（こんな殿御とソイブシの……）

昔なら、そういう処です。今のお姫様はそんな下品なことは考えないが、この流線型機関車の絵姿に莫大なイットを発見したのは事実——機関車に惚れたからといって、べつに珍らしくない。金属恋愛の例は、その昔与謝野晶子女史が鎌倉の大仏に惚れたお話もあるのです。

爾来、寝ては夢、覚めては幻となって、機関車の姿がチラチラするのですが、彼氏をアメリカから呼び寄せても、後の始末に困る点もあるので、ユリ子さんもキッパリこの恋を諦めた代りに、せめて流線型機関車みたいな人間で我慢することにしました。つまり活動、快速、馬力、能率等の近代的美徳を備えた紳士の処へ、お嫁に行きたいというまでに、話が折れ合ってきました。

そこへ現われたのが、柏木泰三氏で、男振りなら、頭脳なら、流線型の権化のような青年紳士。彼氏もユリ子さんと同じように、富裕な家庭の子であるが、ノラクラ遊んで暮すような旧式な二代目ではない。夙《つと》にアメリカの大学へ入って、エフィシェンシイからテクノクラシイを研究し、帰朝後は父親の関係事業一切を継いで、天晴れな少壮実業家振りを見せた。ビジネスとくると、三度のご飯よりも好きで、一年に一台ずつ自家用車を乗り潰すというモノ凄い活動家です。

だから、ユリ子さんも、この人ならばというので、忽ち縁談が纏まって、盛大な華燭の典が挙げられたのが、数カ月ほど前。まことに似合いの夫婦で、その夜熱海行きの新婚列車の中でも、この二人は嶄然《ざんぜん》群を抜きました。あの列車はよほど面白いですナ——新橋、品川、六郷鉄橋、横浜と、それぞれ新夫婦が記念すべき最初の会話を交わすキッカケがあるのだそうで、東京駅を出るとたんに喋り始めたりすると、さては式前にデキているなと睨まれる。

泰三氏がユリ子さんに最初の囁きを贈ったのは、蒲田通過のころで、

「ユリ子さん……」

「ハイ」

さすがに彼女がサッと頰を染めて、次ぎの言葉如何にと胸轟かしていると、

「君、タイプライターを習って下さいね」

と来たから殺風景です。実際、此のタイプライターをユリ子さんは帰京の翌日から習わされました。泰三氏の説によると、妻の最大の義務は良人の女秘書たるにありというので、まさか一緒に会社に出ろとまではいわんが、家庭内においてその役目を申し付ける。料理、裁縫、活花の如きは、その道の専門家を雇えばよろしい。敢えて貴重なる妻の手を労す必要はない、というのです。

一事が万事、この新家庭の特色は推して知るべしで、朝八時から家を飛び出す泰三氏、夜の十時に帰宅すると雖も、ユリ子夫人にタイプライターを打たせて重要な通信やら書類の作成、或いは算盤パチパチ、或いは電話ジリジリ。それが済むと、横にな

ってグーと高鼾《たかいびき》――無駄口というものを一切きかず無駄事というものを一切しない。まことに見上げた活動振りだとユリ子夫人も今更の如く感服したが、これが一と月二月と続くと、少しばかり物足りなくなってきた。三月、四月とたつと、よッぽどバカバカしくなってきた。それはそうでしょう、ホン物の流線型機関車にしたところで、走る時は走り、休む時は休む。そのために車庫というものがある。車庫、即ち家庭であって、ここに愛の油を注ぎ、ここに愛の炭水を補給して、翌日のスピードを貯える仕組みになっている。泰三氏の方針は、まったく車庫主任の存在を無視しています。

「ブレーキの利かない機関車ッてどうかと思うわ」

ユリ子夫人も、時々、深い溜息を洩らすようになりました。

だが、ゆめゆめ愛想尽かしをした訳ではない。むしろ、あの素晴らしい馬力が家庭愛の方へ転向したら、どんなに理想的な良人が出来上るだろうと思えば、うかうか愛の設計を捨てるわけにも行きません。

そこへ持ち上ったのが、今度の満洲国旅行の話です。泰三氏は関係事業の視察に行くのだが、ユリ子夫人を同伴するという。御同伴というとお安くないが、どうやら資格は女秘書の随行らしい。

しかしユリ子夫人もサル者で、それと聞いて、御座ンなれと思った。何故といって、新婚以来、夫婦が三時間以上顔を見合わせたことがないという超スピードの生活で、いかにユリ子夫人が愛の手練をふるいだしても、間髪を入れる余地もなかったが、今度は約一カ月間二人きりの旅行で、まことに絶好のチャンス。いや泰三氏のことだから、満洲でも二十日鼠の如く活動するかもしれないが、絶対に安心なのは船中の三日間です。これはいかな泰三氏でも、おとなしくキャビンの中で細君と差向いにならざるをえない。この機を逸せず、愛の功徳と妻のご利益のほどを思い知らせようと、ユリ子夫人はテグスネ引いて待ち構えたわけでした。

三

時計が十一時三十分を指したので、さすがのユリ子夫人もいささか良人の身を案じ始めた途端に、

「時刻だ。支度はいいかね」

ドアを開けて、泰三氏神の如く姿を現わした。これが待合の朝帰りなぞだと、いくら悪人でも、こうオチついた顔はできないンですが、彼氏、昨夜と今朝を小倉戸畑の工業家歴訪に費やしたので、まことに公明正大な心境。

すぐとそれからランチに乗って「はいらる丸」に到ると、二人が一等船室へ納まるか納まらないうちに、バウーと出帆汽笛――まったく危い処のようであるが、早く乗っても遅く乗っても、目的地到着の時間は変らンとすれば、これが一番無駄のない行

き方でしょう。

やがて食堂が開かれて、良人と列んで食卓につく嬉しさは、考えてみると、結婚式以来みたいです。昼飯や晩飯を自宅で食う泰三氏ではなかった。楽しく食事を済ませて、甲板を散歩すること三十分あまり。喫煙室でラジオを聴いて、今朝読んだ新聞をもう一度眺めてみても、一向面白くも何ともない。こうなると、落ち行く先きは自分達のキャビンより他にない。

泰三氏はキャビンに帰ると、檻に入れられた虎のように、狭い室内を歩いて回っていたが、やがてゴロリと寝台に横になりました。

(そろそろ退屈してきたらしいわ)

と、ユリ子夫人は横目で観察している。退屈になってくれば、自然、人間は無駄口もきくし、無駄事もする順序になっている。それにしても、無駄口とは愛の言葉、無駄事とは愛の行為というのは、なんと悲しい論理でありましょう。

「ねエ、貴方」

やがて、よい潮時を狙って、ユリ子夫人が切り出しました。

「なんだ」

果して、良人はクルリと此方へ向き直った。細君はここゾと声に力を入れて、

「二人きりね」

「あア、二人きりだ。何かすることはないかなア。退屈でやりきれやせん」

「お話をなさいな」

「どんな話？」

「どんな話ッて、二人きりの場合にする話がいくらもあるでしょう」

と、いわれて泰三氏は暫らく考えていたが、やがて、

「ある」

「それを話して頂戴」

「ただ漠然として、夢のような、蜃気楼のような話で、少し恥かしいな」

「ちっとも恥かしくないわ。妾はそういう話が大好きなの」

「では話すが、満洲国の鉄の埋蔵量は目下大約百二十二億トンと想定されているが、もし旨く行くとそれを僕が……」

「知らないわよ、そんな話」

ユリ子夫人プンとして、横を向いた。だが猛獣を馴らすのに、短気は一番の禁物で、怜悧な彼女はすぐと気を取り直し、

「鉄がそんなに沢山地面の下に隠れてるように、人生の宝も魂の中に潜んでるのよ」

「タマシイ？」

「心臓のことよ。貴方も今にきっと思い当ってよ。心臓が締めつけられるような苦し

さ、痛さ、悩ましさ——その試煉を通って、人生の一番貴いものが誕生するンだわ。愛の陣痛だわ。産みの悩みだわ。ねエ貴方、心臓の無い人間なんていないわね。妾、楽しみに待ってるの」

四

明日はもう大連入港なので、気の早い船客はトランクの整理を始めたが、柏木夫妻の室では反対に四辺《あたり》に書類や紙が散乱して、まるで何処かのオフィスみたいな光景です。

「……次ぎに有望視さるるものはアルミニウム工業にて、これは前人未着手の由に候えば、新京着匆々《そうそう》許可運動に取り掛かるべし、その節は何卒……」

泰三氏はパジャマ姿で椅子に反り返って口授すると、あわれやユリ子夫人、情けない顔をしてタイプライターの鍵《キイ》を叩いている。

円い船窓から見える海と空も、悲しげに曇って、どうやら一雨来そうな険悪な空模様。

ユリ子夫人の苦心の甲斐もなく既に二日一晩過ぎたが、泰三氏は一向無駄口と無駄事の価値を認めてくれません。それればかりか、船内の無電局を利用して、盛んに内地や満洲と電報の交換をしたり、果てはトランクの底からタイプライターを引き出して、夫人に通信やら計算表を打たせている。こうなると東京も船中も少しも変りはない。夫人の地位は、女秘書から一歩も向上した跡はありません。

(噫《ああ》、なんという男だろう……)

さすがのユリ子夫人も、悲憤の涙を呑みながら、キイを叩いています。彼女としては、この二日間あらゆる優しさと淑《しと》やかさを籠めて、愛のデモンストレーションを展開したので、今やまったく刀折れ矢尽きた形です。

(ひょっとしたら、世の中に、ほんとに心臓のない人間がいるのではなかろうか)

夫人は遂に生理学を疑うほど、暗い気分に引込まれた。

「それでよろしい。後は新京に着いてから続けることにしよう」

泰三氏は椅子から立ち上りました。いつもオフィスの窓から丸ノ内を見下ろすように、円窓から外を眺めると、海は一面に泡立って、大きな浪が逆巻いています。

「これは時化《しけ》るかな。弱ッたな」

と、夫人の方を顧みると、彼女はいつか袂で顔を掩うて、シクシク泣いているのでした。

「おい、どうしたのだ」

「知りませんッ」

夫人は身を顫《ふる》わせて、甲高い声を揚げました。

「知らンでは、分らンではないか」

「そんな分らない人、知りませんッ」

「矛盾しとるね」

人情の機微に通じない良人は、寝台に腰かけて、「ダイアモンド」を読み始めました。

それを見ると、堪え堪えたユリ子夫人の悲憤が一度にドッと溢れ出て、涙腺と声帯の混乱状態は目も当てられない。

泣いて、泣いて、やっと泣き終るまでに何十分経ったか知りませんが、ふとユリ子夫人が気がついてみると、

「ユリ子オ……」

と、世にも優しい、哀れな声が響いて来ます。峰の雄鹿が雌鹿を呼ぶような、切々たる情を訴えるではありませんか。

「ユリ子オ……」

嗚呼、これは奇蹟といってよろしい。寝台から半身を乗り出して両手を拡げ、泰三氏はユリ子夫人の体を——或いは心を求めるような姿勢を示している。

「ユリ子オ……側へ来てくれ、僕は……」

燃えるような血走った眼です。喘ぐような激しい呼吸です。これこそ愛に眼覚めた

良人の顔でなくて何でしょう。

ユリ子夫人は喜びのあまり、思わず良人の腕へ飛び込もうとしましたが、待て暫し——可愛い児には旅をさせろという事もある。

「嫌です。誰がそんな冷酷な人の側へ行くもンですか」

「そんなことをいわンで、ユリ子……僕はもう耐えられンのだ。心臓が……心臓が締めつけられるようで……」

「その苦しみを、今始めて味わったの」

「今だ。たった今だ」

「お苦しみなさい。いくらでもお苦しみなさい。それが愛の陣痛です。苦痛が貴方の愛を高めるでしょう。貴方の魂を潔めるでしょう」

「それまで待ちきれン。とても待ちきれン……。頼むから、すぐ側へ来てくれ。すぐだ……おい、ユリ子、ユリ子……」

良人の声があまり深刻なので、ユリ子夫人も耐りかねて、寝台へ駆け寄ったが、この時既に遅かったです——ゲロゲロゲロと凄まじい一声！

さすがの流線型機関車も、海には弱かったという訳です。

遅日

ごんげん祭りで、この日は、田畠を休んで、山や河原へいって、飲み食いをするのであるが、子ノ助は、

「わし、多賀浜へいてくらい」

と、女のように優しい顔を、ほんのり染めた。

「そうかや、お前《ま》や酒飲まんけん、祭りも面白うあるまいの……。多賀浜で、映画でも見てくるかや」

母親は、祭りの五目ずしを、飯台でかきまぜながらいった。

「いいや……隊の友達訪《た》んねよ思うて……」

「ほんなら、土産に、筍持ってってやれや。昨日掘った太いのが、二本あるけに」

「そら、ええな」

と、いったものの、子ノ助は大いに困った。筍という、黄色い、粗野な、そして毛なぞ生えたものが、今日の土産に適うだろうか。せめて、卵でもあれば文句はないが――

しかし、子ノ助は優しい少年だった。母親が縄で括ってくれた筍を（南国の巨大な、騎兵の長靴ほどある二本の筍を）途中で捨てるようなことはしなかった。同時に、一旦、家を出るふりをして、納屋に回り、親父の眼をかすめて匿《かく》して置いた白米八升を、リュックのなかに忍ばせることも忘れはしなかった。忘れてなるものか。それが、何日も考えた、彼自身の贈物なのであるから。

背中の米と、右手の筍は、ずいぶん持ち重りがするけれど、畑仕事と予科練訓練の経験があるので、肉体の苦痛の部には入らなかった。もっとも、彼のいた多賀浜市予科練は、日本で一番ダレた予科練といわれ、その最終期に入隊したので、訓練といっても土方仕事が多かった。彼は夢のような気持で予科練に入り、また夢のような気持で解隊帰家したのだ。われを知らない夢で、大人のアクどい夢とちがう。子ノ助に限らず、大部分の少年がそうだった。夢はなにものも残さないのが原則であって、家に帰って一年にもならぬが、隊のシツケ教育なぞ、他愛なくどこかへ飛んでしまった。残ってるものは、事業服や七ツ釦《ぼたん》なぞであるが、それを着ても、隊にいた時の気持は起らず、昔ながらの村の少年だった。

今日、子ノ助は七ツ釦の釦だけとりかえた服を着ていた。これが、彼の一帳羅の晴着で、靴もとって置きの海軍靴を穿いていた。しかし、帽子はスフ地のいやに青い鳥打をかぶっていた。帽子を脱げば、コテコテと油で固めた髪が、光っていた。それは、子ノ助の趣味というよりも、戦後、村の青年のすべてを支配している流行なのである。そして、彼が髪をわけると、他の青年のような憎々しさがなく、身嗜《みだしな》みのいい婦人のような快感を人々に与えた。

村からバスの通う町までに、川があって、長い橋がかかっていた。柳や水楊《かわやなぎ》が、まっ青に芽を吹いていた。八重桜が、重そうに満開していた。盆地をとり巻く山々が、快晴の空に、紫地の錦のような輝きかたをしていた。

「どけへ行きなすや」

橋の上で、町の青年とすれちがった。ごんげん祭りにいくらしく、風呂敷に包んだ一升壜をさげていた。

「はい、多賀浜まで……」

子ノ助は、糸切歯を出して笑った。町の青年も、今日の悦楽に心が燃えてるのだろうが、子ノ助だって、それに劣りはしなかったから、やはり、唇が綻びるのである。

いつもは、バス待合所にハミ出している乗客も、村方の祭りのためか、今日は疎《まば》らだった。やがて、土佐からくるバスが、両側の軒にぶつかりそうに、ヨタヨタ揺れながら入ってきた。やはり、満員に近い客が乗っていた。子ノ助は人と争うのが嫌いな性分だから、乗るのも遅く、やっと運転手台のうしろに爪《つま》立ちをした。また、ヨタヨタ揺れながら、燻り臭い煙を吐いて、バスが出発した。乗ってしまえば、もう安心で、一台待って二時間も過ごすのは、今日の子ノ助にとって、あまりな苦痛だった。大きな筍が脚にカラまり、米の入ったリュックを、ギュウギュウ押されても、一時間五十分辛抱すれば、多賀浜へ着いてしまうのである。

（そんでも、ようまあ思い立ったことよ）

と、子ノ助は自分の勇気を賞めてやりたい気持になった。

子ノ助は恋人のいる町へいくのである。彼はまだ一度も恋をしたことがなかったし、また、現在もこれが恋というものとは、知らないであろう。彼が予科練へ入った動機も、これに似ていた。彼は忠君愛国なんてことを、ほんとはなんのことやら知らなかった。海軍も、航空隊も、ほんとをいうと、どこが好きということもなかった。しかし、ヨカレンというものには、ひどく夢中になって、村の誰彼と競争して試験にパスした時には、生まれてから始めての嬉しさを味わった。ヨカレンになれれば満足だったので、普通の少年のように入隊後の幻滅も知らず、卒業が死を意味することなぞも一向考えなかった。

その予科練が日本から消えると、彼の夢もケロリと醒めてしまったのは、いよいよ少年の恋に似たものだったが、今度の恋は対手が女性であるばかりでなく、周囲の空気や、国民学校教師の煽動に乗ったのではなくして、まったく彼自身の選択に従ったのだから、ホンモノの条件に欠くところはないのである。ただ、想う対手がまるで彼の存在を知らないことと、年齢が二十歳以上もちがうらしいことと、彼自身が恋愛を自覚していないことなぞが、少しは風変りといえないこともなかった。

子ノ助は彼女を——赤松英子を、たった一度しか見ていない。この春の衆議院選挙の共産党演説会の晩に、村の小学校の講堂で、ゴッタがえす人波の間から、壇上の彼女を、チラリチラリと貪り見たにすぎない。あの立候補演説会が、平穏のうちに過ぎたなら、彼も彼女の顔を下らない映画のようにユックリと鑑賞でき、こんな情熱を掻き立てられなかったかも知れない。ところが、前座の応援弁士が天皇制を罵った頃から、ひどく殺気立った演説会になってしまった。これは村民が天皇制を支持する証拠かどうか疑わしい。かりにこの辺を回ってくる浪花節語りが、彼等特有の態度と文句と節とで、共産党員のいってるような単純な原理を、それが要求する平明さで一時間ほども語って聞かせたら、聴衆の半分位は天皇制反対論者になってしまったかも知れないのである。村民の腹の立つのは、弁士の顔とロイド眼鏡と、ものいいかたと、それから、なにやらプンプン鼻をつく臭いである。極めて他邦人的な、油断のならぬ、そして消毒薬のような刺戟的な臭気である。村民は最初から警戒し、最初から腹を立てていたのである。天皇の悪口は、ただ爆発の導火線にすぎない。

とにかく、近来の村の騒ぎだった。二人の弁士は弥次のために、ほとんどなにもいえなかった。いっても一向聞えなかった。三人目に当の立候補者である赤松英子が、齢よりも派手な銘仙を小柄な軀に可愛らしく着て、林芙美子女史とまちがえるほど愛嬌深く、こういう運動者には珍らしいフレキシブルな声と表情で、開口一番に及んだ時に、すでにもう〝ズンバイほざくなや〟〝ええ女のつもりぜな〟〝オメッチョが風邪ひくぞや〟とか、聞くに忍びざる罵詈が八方から飛び、それに和するゲラゲラ笑いで、場内の混乱は倍大したのである。

それはもう、偏えに赤松英子が女だからであって、女ダテラに共産党であり、女のくせに代議士に打って出るということが、噂だけでも村民を呆れ返らせていたのであるが、その当人が眼のあたりに現われたのであるから、一種の奇蹟——好もしからざる奇蹟に対する反応のようなものが起ったのである。そういう意味で、もし赤松英子が靴の裏のように容貌魁偉で、女教師のように眼鏡をかけて、変った洋服でも着ていたら、村民の了解し得る奇蹟だったのだが、万事が村長の家の出戻り娘のように、ありふれた女の型である上に、器量も十人並みということが、甚だしく彼等の期待を裏切り、彼女に乗じる結果となったのであろう。

事実、赤松英子は、そういう悪質の弥次に対して、少しも辟易せず、かえってそんな声のする方角に向って、ニッコリと――まア皆さん面白いこと仰有るわね、という風に微笑みかけたので、その笑顔は、若々しく、また色ッぽかった。一体、彼女の名がこの地方に響いたのは、今から二十年も前で、東京の女子大学を出た彼女が、東京で赤になって、日付けを数字で表わす事件の一味に加わって処刑され、それがこの地方の出身者というので、デカデカと多賀浜日報に掲載された時からであるが、彼女の罪は軽かったらしく、一、二年で出所して、郷里へ帰ったという新聞記事を最後に、人々はまるで彼女を忘れていたのである。ただ助平根性の人間が、彼女が警察で受けたとかいう性的な拷問について、時に語草《かたりぐさ》に用いるぐらいのことであったが、敗戦後に及んで、彼女の名が断然再び浮かび上ってきた。その理由や経過は説明の要もないが、人々が彼女の再出現に対して、生きてる英霊の感を懐いたことも当然だったのである。

それほど、彼女の由来は古いのである。あの頃は二十代だったとしても、現在は疑いもなく更年期に達してる筈なのに、何を食って潜伏時代を生き抜いてきたのか、その若いことといったら、三十ソコソコというよりも、まだ娘のような水々しさである。それも、怪物的な媚《なまめ》かしさではなく、楚々として少女的であるのは、一層驚歎に値いするが、もっとも、人は彼女が結婚した話を聞かなかった。昔も今も彼女は独身であった。

なにはともあれ、そういう好感のもてる女性が、壇上に登って演説もできず、ニンマリ笑ってるという様子は、心ある聴衆の同情をひいたくらいであるから、味方の革命家の熱血を沸《たぎ》らせるに充分だったのであろう。

「静粛に聞いて下さい！」

「選挙妨害と認めますぞ！」

それまではまだよかったのであるが、いよいよ弥次を逞しゅうする片隅の一団に向って、共産党一行の一人が、人波を掻き分け、制止に赴いたのである。

この一団は村の悪童連——といって四十男も混っていたが、もとより烏合の衆で、ファッショというわけでもなく、安来節一座の女をからかうつもりで、女代議士候補者をからかっていたにすぎないが、男の共産党が人波をわけて此方へ近づいているのを見て、俄然、恐怖に襲われたのである。なぜといって、共産党は工員が多くて、ハンマーを隠し持ち、脳天に穴をあけるという噂が、流布されていたからである。自分等が攻撃されると早合点した彼等は、弥次のフザケ気分を飛散させると共に、夏の水争いや、祭りの神輿喧嘩と同じ気組みで、ひどくホン気になってしまった。そして、最上の防禦は攻撃なりというやつを敢行してしまったのである。

それを見て、弁士控席にいた他の党員達が、黙っていよう筈もなく、少くとも殴られてる同志救出の目的をもって、混乱の渦の中心へ駆けつけたから、ここに場内は収拾すべからざる始末になってしまった。しかし、ただ一人子ノ助だけは、魂も消え消えにハラハラしながら、喧嘩場の方を眺めたり、燃える眼で壇上に立往生してる赤松英子の横顔を、見ては俯き、俯いてはまた盗み見していたのである。それは女神だった。薔薇だった。その周囲を暴風が荒れ狂っていた。

その晩、子ノ助は赤松英子に対する最大限の同情と嘆賞を懐いて、わが家に帰った。親たちはもう臥《ね》ていたから、彼もすぐ寝床へ入ったが、暗闇の中に赤松英子の顔がアリアリと現われて、いつまでも寝つけなかった。やっと仮睡《まどろ》んだと思うと、

「子ノさん……」

という優しい声が枕頭で聞え、赤松英子が坐っていた。子ノ助はなにか自分の心を見破られた気持で、布団をかぶって身を縮めていた。彼を呼ぶ声が何度も聞えた。それでも黙っていると、赤松英子が彼女の脚を一本だけ、布団の中へ挿し込んできた。その脚は足袋をはいていたが、溶けそうに柔らかく、暖かく、それから、ひどく長かった。ズルズルと、速く、草を分けるウワバミのように進入してくる脚だったが、直径はだんだん太くなった。それにつれて、温度も高くなった。子ノ助も、女の脚の上端がどんなことになってるかは、知っていた。だから、決勝点のことを考えると、心臓が爆発しそうだった。ところが、ウワバミは無限に進入し、無限に太くなるだけで、キリというものがなかった。こんな長い脚は、人間の持物でないという恐怖と尊敬に

襲われた。そのうちに円錐形の拡大は布団一ぱいになり、その圧迫と高熱のために、子ノ助はもはや呼吸が不可能と考えた。非常な苦痛であるが、死を避ける気持はなかった。〝棒倒し〟の下敷きとなり、勝負のラッパを聞く最後の瞬間とよく似ていた。「頑張れ！」と呼ぶのと気が遠くなるのと、一緒だった。眼がさめた時には、不潔のものを洩らしていた。

そんな失策は、隊にいた時に聞いたことはあったが、自分がやったのは始めてだった。翌日、人に知れないように寝衣の洗濯をしたが、赤松英子の印象はそのために濃厚に染みついて消しようもなかった。

演説会の喧嘩で、村のうちにはハッキリした共産党嫌いが多くなったが、漠然たる同情者の出現も、見のがせなかった。

「なにも叩かんかて、共産党にも、いうだけのことといわせたら、ええやないか」

かえって年輩の男に、そういうことをいう者が出てきた。子ノ助の父親なぞが、それだった。子ノ助はそれを聞いて、非常に嬉しかった。

（あがいな無茶されよって、共産党も気の毒やなア）

子ノ助は、弱きを扶けるという気持で、共産党好きになったのだと、自分にいってきかせた。選挙の日がきて、自分にまだ選挙権がないのが、どれだけ残念か知れなかったが、両親や兄や姉には、なんとかして赤松英子の名を書かしたかった。

「共産党へ入れるのも、ちいと面白かろがね」

食事の時に、そんな気の引き方をしてみたが、

「阿呆ぬかせ、そがいなことしたら、藤馬さんにすまんわ」

父親は自由党の運動員の名を口にした。父親も殴られた共産党には同情したが、選挙権行使は別個の問題と考えてるらしかった。

開票になると、赤松英子の票数は案外に多く、落選者の三枚目だった。人々は彼女以て瞑すべしという意味のことをいったが、子ノ助は反対を考えた。そのうちに、共産党から選挙妨害で告発された村の悪童が、罰金をとられたり、選挙権を停止されたりしたので、子ノ助の溜飲も少しは下ったが、そんな喜びはウカウカ顔に出せなかった。告発事件後、急に共産党の人気が悪く、半ば恐怖心をもって、さまざまのデマが伝えられた。野坂参三が天子さんの後釜を狙ってるのだとか、多賀浜の支部には何億円というニセ紙幣が匿してあるとか、いろいろだった。また、赤松英子のほんとの年は四十九で、それにも拘らず浮気婆あやんで、応援弁士や運動員が熱心に働くのは、彼女が一緒に寝てやるからだなぞといわれた。

子ノ助はそんなことを聞くたびに耳が汚わしく、いよいよ赤松英子に同情した。みんなして赤松英子を虐めてるのだとしか、考えられなかった。かえって、赤松英子がいよいよ清らかで、村の人間が汚らしく感じた。

子ノ助はなんとかして、赤松英子に同情の気持を伝えたかった。勿論、彼女に会ってものをいうなぞ、考えても顔が赤くなった。ただ意志が通じればよかった。それで、白米というものを思いついた。戦災地である多賀浜で、昨今ひどく困っている白米を届けてやれば、彼女の落選の心の傷もいくらかは癒されるだろう。その白米も、子ノ助の手には容易に入り難く、彼の父は供出も完遂、ヤミも相当というヤリ手で、その代り米は家族の誰にも自由にさせず、姉がパーマをかけにいく代償にしばしば持ち出すのを知って、近頃は一層警戒厳しいなかを、やっと八升だけ掠めて、納屋の奥に匿して置いたのであるから、いわば至誠の品である。その至誠が何事かを赤松英子の胸に語らないということはない。だから、彼女の家の玄関で、彼女ではない外の人に、

「これ、鶏の餌にでも使うてやんなせや」

と、何遍か考えた挙句の挨拶を、一言いって帰ってくれば、子ノ助の心は今日の大空のように、残りなく晴れるのである。それだけなのである。それを実行するために、今日、多賀浜へいくのである。ただ、おふくろのくれた二本の大筍だけは、なんという挨拶と共に差し出してよいやら、まだ文句も浮かばなかった。

（しかし、不向きやね、筍は不向きやね）

むくつけな、黄色い毛の生えた怪物を、彼はもてあました。実際、一時間半も提げてると、手のしびれほどの重量だった。

しかし、バスは箱根ぐらい高い峠を越え、多賀浜の町外れにかかっていた。空襲は多賀浜の中心地を悉く焼き払い、山手寄りの旧武家屋敷の一劃と、ゴミゴミした土佐街道の町外れだけを残していた。バスの終点の近くは、飲食店のバラックが立ち並び、その屋根が低いので、城山がまる出しの姿を見せた。小さな天守が残ってる城址は、旧藩主の持物であるが、財産税の支払いのために、百万円で売物に出ていた。山の向側は海で、その埋立地に子ノ助たちのいた予科練の建物があり、今では焼け出されの女学校や中学の仮教場になっていた。

バスから降りた客は、誰も子ノ助のように大荷物をもっていた。この地方の一番大きな都会である多賀浜は、罹災後ひどく物価の高い土地になって、ここへくるのに手ブラの客はなかった。何か持ってくれば、バス代とちょいとした買物の費用ぐらい浮くのである。だから、職業ヤミ屋の外に、その場限りの素人ヤミ屋が非常に多かった。子ノ助だって他人から見ればその一人であるが、提げてる品物が異彩を放った。筍を持ってる者はまだ一人もなかった。子ノ助の村は温暖で有名で、彼の家の竹藪はワセが出るので村で有名だった。

ジロジロ筍へ眼をつけられるので、子ノ助はできるだけ急いで歩いた。屋敷町の方へ曲ると、人通りも少くなった。しかし、そんなに急いで歩いても、実をいうと、彼は赤松英子の家を知らないのである。ただ、焼け残った屋敷町のうちで赤旗の出てる家ということを小耳に挿んだだけであるが、共産党多賀浜支部というからには、病院か銀行のような建物にちがいなく、じきに眼につくだろうと思ったのである。ところが、それらしい建物はおろか、赤旗さえも見当らなかった。

しかたなしに、子ノ助は坂道になってる屋敷町の一番高みまで歩いた。そこは家が疎らで畑さえあった。その代り、焼け残った屋敷町もバラック街も、地図のように見渡せた。そのパノラマを眺めた瞬間に、彼は多賀浜全市が共産党になったのかと疑った。屋敷町だけでも赤旗の数は十や十五あった。その色は春の青空に、浸みるようだった。しかし、中には桃色の旗もあったので、今日の好晴を利した洗濯物であることがわかった。焼け残りの屋敷町には、素人屋を買って料理屋が進出したので、とりわけ赤い洗濯物が多いのであろう。

子ノ助は、もう赤旗を諦めた。

「あのなし、赤松さんの家は、どこぞなし」

坂を上ってきたオカミさんにきくと、

「どこの赤松さんぞなし？」

オカミの反問は当然だった。赤松姓は、この地方に非常に多いのである。

「選挙に落ちなはった赤松さんぞなし」

「フン、ほたら、あの家じゃ」

オカミさんは急に子ノ助を軽蔑する口調になって、左手の畑の中の一軒家を指さした。

まさかと思って、子ノ助は最初から問題にしていなかった、農家風のボロ家だった。なんという貧弱な家だろう。子ノ助の家の方が、どれだけ立派か知れなかった。これを見ても、ニセ紙幣にしろ、何億という金額が匿されてあるなぞ、デマにきまっていた。しかしその家に近づくと、パッと赤い色が眼に飛びこんだ。やはり、赤旗が出ていた。ラジオのアンテナの竹棒が屋根へつき出ていて、それにハンケチほどの大きさの赤旗が結んであった。なんという謙遜な赤旗だろう。これでは眼印にもなりはしないのに――

「はい、ご免なわせ」

子ノ助は、喜びと羞恥で、消えそうな声をはりあげた。曲った格子戸の奥に、破れ障子が閉まっていて、そこから一間隔てた奥の座敷から、賑やかな人声が聞え、玄関には兵隊靴だの、ズック靴だの、板草履なぞが脱ぎ捨てられてあった。話し声も男ばかりで、なにか会議でもしてる様子だった。共産党の会議――もし密議でもあったら、邪魔をしては悪いという気持と共に、どんなことを話し合ってるのか、知りたくてならなかった。もしや天皇制顚覆の謀議だったらと、体が震えた。ボソボソと襖の奥の声は、続いた。

「山芋はやはり芋汁がええわ」

突然、赤松英子の声がハッキリ響いてきた。演説の時と同じように、フレキシブルで、光沢のある声だった。子ノ助は満足で体が熱くなった。それにしても、彼女はなぜ山芋だの芋汁なぞいうことを、口にするだろうか。芋汁とはトロロのことだのに——

「そやね、ほたら、鶏はボッカケにしょうかいね」

と、男の濁声も、やはり、食物のことをいった。ボッカケとは飯へかけて食う汁料理の方言だった。

「いやわ、そがいに汁ばかり……」

と、これは、赤松英子の声で、

「そんでも、山芋と鶏やったら、がいに、精分がつきよるぜ、のう、支部長?」

「好かんね、あんたは、ホッホホ」

と、愛嬌こぼれる笑いが響いた。

子ノ助は、意を決した。彼等が食物の符牒でどんな重大な謀議をやってるにしろ、赤松英子が在宅と知ったら、早く白米八升を差し出して、早く帰るべきだと思った。

「はい、ご免なわせ」

今度は、すばらしく大きな声が出た。

「誰ぞ」

果して、奥のフスマが開いて、それから破れ障子が開いて、復員服のようなものを着た、ズングリした男が出てきた。

「あのなし……」

子ノ助は、意気地なくも、赤くなって下を俯向いてしまった。

「何ぞね」

ズングリ男は、胡散臭そうに、子ノ助の頭から足まで、見まわした。近頃は特高というものがなくなり、党員も怖いものなしだが、この小さな城下町にも、何々組とかったような日本刀の好きな連中がいるので、ちっとは警戒の眼を光らせてもいいのである。しかし、どう見ても、子ノ助はナグリコミの人体ではなく、それに、手に提げてるものは平和で、愛嬌に富んだ春の野菜だった。それに眼が触れると、ズングリ男は忽ち相好を崩して、

「ウン、そうかや——筍届けてくれよったんかいや。えらい済まなんだな。まだ陽気がちいと早いよって、今日の会には無理やと思うとったが、キサ君に頼むだけは頼んで置いたんやがね」

と、子ノ助の持ってる筍に手を伸ばして、縄の結び目をつかんだ。

「オータ……これやまた見事な筍かいね、もう早や、こがいに太いのが出よるかいね

……。いま委員たち皆で料理しよってな、筍があったら、どがいにええやろいいよったんや、ほんに都合のええことよ。今日のメーデー相談会、大当りじゃ、キサ君によろしゅういうてや……はい、ご苦労さん」

一人でペラペラ喋って、ズングリ男は筍を小脇に抱えて、奥に入ってしまった。何かのマチガイと思っても、子ノ助はいつまでも玄関に立っている理由も、勇気も、持っていなかった。悄然として、彼は畑の中の一軒家を去った。八升の米の重みが急に感じられ、それに後押しされるように、坂を下りた。それは春に反く気持で、また赤松英子に背を向ける気持だった。もし赤松英子に誘われたら、共産党に入党してもいいと思っていたのに、なにもかも、空に帰してしまった。悲しくて、涙が溜った。

「オイ、浪子やないか、いつ来たんぞ」

浪子という予科練時代の綽名で呼ばれて、子ノ助は、驚いて立ち止まった。同じ分隊だった若林が進駐軍式ジャンパーを着て、銜え煙草をして、駆け寄ってきた。見ちがえるように娑婆風を吹かしていた。

「久しかったな。なにボヤボヤしとるんぞ」

「オウ……ちいと用があったけんな」

子ノ助は、言葉を濁した。

「ええとこで会ったわ、喫茶店つきあえや」

「そがいなとこ……」

子ノ助は隊にいた時でも、指定食堂以外に足を踏み入れなかった少年だった。

「まあええわ、おれに任しとけや」

若林は先きに立って、蓄音機の鳴ってるバラックの喫茶店に入った。

「特別コーヒーに、ケーキ持ってきてや」

自分よりも明らかに年長である女給に向って、若林は堂々たる註文をした。そして片手でライターをパチンと鳴らせたが、子ノ助が喫まないので、自分の煙草に火をつけた。煙草は予科練でも隠れ喫みが流行ったから、驚かないが、粗末な板壁に貼ってある赤や青の紙の値段書きには、子ノ助もビックリした。コーヒーは十五円だが、特別というのは何円であろうか。ケーキは二十円で、そんな高いものを平気で註文する若林の度胸に驚く外はないのである。

「どや、誰ぞ戦友に会うか」

若林は、特別コーヒーを反り返って飲みながら訊いた。

「会わん、村には誰もおらんけん」

「お前や、家でなにしとるんぞ」

「百姓やっとらい」

「阿呆やな、なんも面白いことありゃせんじゃろ。多賀浜へ出てこいや、おれがええ口世話してやるけんな……。第一、そがいな七ツ釦なぞ、まだ着とったらいけんてや、軍国主義ぞや、お前や……」

そういわれて、子ノ助は返事ができずに、糸切歯を出して微笑しながら、久しく食べない洋菓子に手を出した。

「その荷物、なんぞ？　お前もちいとヤミやっとるんとちごうか」

若林は、空き椅子の上に置いたリュックに眼をやった。

「これ、米や」

「どがいする米ぞ」

「どがいもせんのよ」

子ノ助は、悲しげに答えた。ほんとに、今となっては、どうしようもない、無用な米なのである。

「ほたら、おれに売らんか、一升百三十円で買うたるぜ。なんぼある？」

「八升……そんでも、わしア米なぞ売りとうない。欲しいなら、お前にやるわ」

子ノ助は、米の処分方法が見つかって、むしろ嬉しい気持だったが、若林にそんなことはわからず、

「隊におる時とちごうぞや、タダものを貰われん。おんだブローカーやっとるけん、金はなんぼでん持っとるんやぜ、百三十円の八倍やよって、八百の、サンパ二十四の

……」

若林はジャンパーの胸を開いて、裸の紙幣束《さつたば》を摑みだした。ほんとに彼はなんぼでも金を持ってるらしい。

「いけんてや」

「ええてや」

「いけん、そがいなことしよるなら、わしア去《い》ぬる」

子ノ助の顔は真剣で、ほんとに腰をあげて、リュックに手をかけた。若林は子ノ助の頑迷を憫れむような笑い方で、

「ま、ええから、坐れや。ほたらな、お前のいうとおり、米は貰うとくわ。そん代り、おれとちいとつきあえや、お前や飯はまだじゃろが……」

「ウン、弁当もっとる」

「そがいなもん、食わんかてええ。うまいもの仰山食わしてやるわ。お前、酒飲むか」

「ちいとは飲むが、すぐ赤うなりよって……」

「おれは、なんぼ飲んでも、赤うならん。今日は一パイやろや」

「いや、またにしようや、わしア次ぎのバスで戻ろうと思うとる。今日は、わしの村のごんげん祭りじゃけんな」

子ノ助は今になって、祭りのことを思い出し、やはり、皆と一緒に山や河原へ行った方がよかったと思った。

「田舎の祭りなぞ、どがいするぞ、今夜は多賀浜へ泊っていけや、お前や、もう進水式済ましたろが……」

子ノ助は紅を刷いたように赤くなった。

「今日はお前にナイス一人世話してやろかいね……フ、フ、もう立入禁止区域もなんもありゃせんぞや。班長も、分隊長もおれやせんぞや」

若林が勘定を払って、外へ出ると、城山の上に鳶が舞い、午近い麗らかな太陽は、二人の可憐な旧軍人を戒飭《かいちょく》する風には見えなかった。

〈昭和二十三年〉

呑気族

一

夫れアパートは木造にして、やたらに荘の字をつけるもの、アパートメントは混凝土《コンクリート》建てにして、メントを付する所以は蓋《けだ》しセメントを用いた故事来歴《エチモロジー》のためし——なぞと、博識なる読者諸君に、こんな知れきった事を今更申上げるのも、気がひける。

その他、アパート、アパットの区別があって、それぞれ微妙な社会学的根拠に立つ名称たることは皆様先刻御承知でいらッしゃる。

だが、「アパート貸家」なるものに至っては、知ッてる子は、手を揚げな——よほど最近の発明らしい。アパートにして貸家、貸家にして、アパートという、一挙両得智勇兼備みたいな家屋が現われたのもやはりセチ辛い近代日本生活が、人智の精華を絞らしめた結果でもありましょうか。

省線方円寺を去ること、八丁あまり。

地主の源兵衛さんが、三十七坪五勺というハンパな地面を持っていた。しかもこれが隣地へ食い込んで凸字をなしてる厄介な畑地で、それまでは葱を植えといたが、家で食うには多過ぎるし、ヤッチャ場へ出すには少な過ぎる収穫で、ハンパは何処までもついて回る。そこで業を煮やした源兵衛さんがすぐと考え付いたのは貸家だが、当今、普通の貸家は慈善事業みたいなもの。家賃を半値にネギるから、払う積りだろうと思うと、やっぱり払わないなぞと、面白い習慣がある。源兵衛さんも、既に昔日の百姓ではありませんから、その辺は金融資本家に負けない智慧を回らし、アパートの短を去り、貸家の長を補った家屋を建てて、借家人を吟味し、モロに金利をまわす事となった。

八畳一間床押入れつき、台所とW・Cは勿論別属した隣接貸家——早く云えば二軒長家、その横ッ腹へもってきて、もう一軒同じ家だか室だかを続けたので、丁字形の一つ家根。駄菓子のような青瓦を葺いて、蔀《しとみ》も一体に黒の防腐塗りに白ペンキ。洋風玄関が三方に付いていて、それぞれ一城の主人《あるじ》たる表札を出すことができる。見たところ三軒が一軒の如く堂々たる文化住宅。住んでみれば一軒が三軒の便利なアパートと化するとは、企ンだりな、源兵衛さん。それを十五円宛で貸すが、この坪数のない安普請で、四十五円をせしめる料簡たるや、空恐ろしき次第です。

だが、何事も新機軸がモテる世の中。

新築アパート貸家と、源兵衛さんが大きな札を出したその日から、申込み殺到の有様であった。で、源兵衛さんが店子の人選を厳にして、一号住宅——即ち南側へ突き出した一軒を、最初に貸すことになったが、その借家人がわが呑気族の王様田部八澄《たべやすむ》夫妻だったのは、少し理窟に合わない。

思うに、源兵衛さんも農民出身の悲しさ、田部八澄独特の鷹揚でノンビリした顔を一目見て、大家の息子が世を忍ぶ貸家住いとでも、勘違いをしたのかも知れません。

二

「やア、行ってらッしゃい」

田部八澄はまさか三つ指は突かないが、丁寧に頭を下げて細君を玄関に送り出した。

「お天気がいいから、アノ方お願いしてよ」

「O・K」

細君の歌江さんは洋風玄関のドアを開けて、快晴の明るい戸外へ出た。いささか新宿へ買物に出るマダムの風趣があるが、なかなか以てサに非ず。胸に抱えたメリンス更紗の小風呂敷包みは、隠せど香に露わるる鮭入りのお弁当であった。

（さて、まず洗い物をして……）

八澄君、細君の赤い襷を十字に綾取って、台所へ降り立つと、水道の音ジャアジャア。茶碗の音ガチャガチャ。きれいに水を切って、慣れた手付きで、布巾をかけると、秩序整然、鼠入らずへしまい込む。それから台所の板の間を拭き込んで、W・Cの掃除をして、押入れから夜具を出して、裏返しにして日向に干して、ポンポンと叩いて、今度は裏口に回って「アノ方」の仕事に取り掛かるべく、尻を端折った。粉石鹸に曹達《ソーダ》に盥――「アノ方」とは、お洗濯の事である。

噫《ああ》、誰か以て田部八澄君をナマケモノとや謂わん！

だが、かく欣然としてコマメに働く彼氏を、世間では典型的ナマケモノと罵る。親類一同はハナツマミモノとして、擯斥《ひんせき》するのです。なぜと云って、彼氏こうやって働くンなら、終日の労働を辞せんのですが、洋服を着て会社へ行くという奴が、どうも苦手なんで、セルロイド入りの定期乗車券を見ただけで、悪感戦慄を催すというくらい。もとより学校も虫が好かなかったが、両親に逆らって中途退学をする勇気を持ち合わせなかった為に城南大学を出たものの、それまでの蛍雪の苦労に酬いるために、どう考えても少し遊ばなくてはマショクに合わないという、論理を立てた。

当年とって三十四歳、まだ一文も稼いだことがない。

イヤこれは失言――君が五円稼いだ事をすっかり忘れた。八澄君、五円だけは確実に稼いだ記録があるのです。あれは昨年の秋でした。八澄君原作のハア小唄歌詞は、見事に福助レコード会社で採用され、右の金額を頂戴した。それにしてはチト少な過ぎると仰有るのですか。でも八澄君が東条五十先生の高弟、佐倉音堂氏のそのまた高弟であってみれば、これまたやむをえざる運命でしょう。

とにかく小唄詩人という一芸があるから、それで身を立てる気があるかというと、なかなか如何して。

「流行唄も、もう脈が上ったね。この頃サッパリ、盤《レコード》が出ないそうだ。稼いだってツマらんよ」

「そうね。貴方にできるような商売が、そう永続きする筈がないわね」

細君の歌江さんも、慣れたもので、激励の辞などは一切述べない。

こういう亭主をもって、歌江さんも覚悟をきめて、この頃は自ら生活戦線へ出馬しているのである。お定まりの女給さんと、早合点してくれては困る。それほどの容色《きりよう》でもなく、またそれほどの芸無しではない。此間までは赤坂の大藪医院、今は方円寺綜合病院の会計として、勤務している。なぜ、そう病院ばかり歩いてるかというと、話が長くなるが、彼女一等看護婦の免状をもっている。

その資格を活かさないで、会計へ勤めるのは蓋し派出や外勤をして、八澄君に淋しい思いをさせないため——ことほど左様に夫婦仲がいい。それも道理、歌江さんもモトを質せば、八澄君の父親の死水をとった看護婦さんなンで、彼氏その恩に報いる積りか、彼女とこんな仲になっちまった——いやそこまで遡ると、話はいよいよ長くなる。

そこで洗濯の場に帰りますが、姐さん被りの手拭の代りに、ナイトキャップを頂いた八澄君。ジャブジャブ手付きが真に堂に入ったもので、毛織物にはラックス、紬類ならお米の磨ぎ水、人絹にはムクロジの実を入れよ、なんて事まで知ってるのだから、ヘタな奥様は敵わない。シーツ、ハンカチ、枕カバー、自分と細君のムサき穿物《カルゾン》に至るまで、一瀉千里に濯《すす》ぎ出してる。

水の潑ねる音、雀の唄、青い空——まことに結構な洗濯日和です。

「コンちやア。旦那、お精が出ますな」

と三河屋のご用聞き。

「やア。まだ間に合っとる」

「さいですか。どうも器用なもンで。エッへへ」

と、感心して佇《つった》っている。男の洗濯姿を見られて恥かしがるなんてえ、八澄君ではない。

「洗濯は朝に限るな」

「さいですかな。時に旦那、お賑やかになりますよ」

「また酒屋が出来るのかい」

「いいえ。二号の方が塞がりましたんで。今朝、お引越しの筈なんですが」

「道理で、君がいつまでも油を売ると思ったよ。今時分から網を張ッとるのだな」

「ご冗談……。でも、お引越しの手伝いは酒屋組合規定のサービスですから、選挙違反にはなりやせん」

　と、トンチンカンなお喋りをしていると、カタカタと荷車の音。

「ご苦労様。此処ですわ」

　と、若い女の声が、裏の二号住宅から聞えた。とたんに三河屋は姿を消し、（八澄君は、ははア、奥さんはまだ若いらしい。なるべく歌江よりもシャンでない方がいいな）と、シオらしい事を考える。

　荷物の少い家と見えて、一時間も経たないうちに、パッタリ静かになった。三河屋も働き甲斐がなくて、匆々《そうそう》に帰っちまった様子。八澄君は最後の濯ぎ出しをして、庭へ渡した細引へ洗濯挟みで一々止めて、やれやれとバットを一本抜き出した時に、

「ご免」と、玄関で声がした。

　濁《だ》みた男の声だから、大方また偽癈兵だろうと出てみると、白麻の着物に絽の被布

みたいなものを着て、白足袋に白皮の鼻緒の下駄を履いた、異様な大入道が立っている。

「うちは耶蘇《ヤソ》だから、お寺の寄付はお断りですな」

八澄君、いい加減な嘘を云う。

「いや、一寸ご挨拶に上りました。隣宅へ親戚の者が移転して参りましたで、何分よろしく。エヘン」

「やッ。これはどうも」

頭を掻く八澄君を、右の大入道はジロリと白眼で見て、

「お宅様は、お一人でござるかな」

「いやなに。家内が一寸《ちよつと》買物に出ましたが、いずれご挨拶に伺わせます」

八澄君が独身者でないと聞いて、入道は顔を綻ばせた。

「奥様に是非お心易う願わンとならん。なンせ、女一人の住居《すまい》で、寂しゅうござるでな」

「はア。奥さんお一人なんですか」

「いや、家内ではござらん。わしの姪でござるで……コレ、お金《かね》。こちらへ来て、ご挨拶を申上げなよ」

ドアの外に立っていたらしい二十一、二の女が、その時無言で入ってきて、やはり

無言で頭を下げた。

「やア、どうぞよろしく。家内もお友達ができて結構です。ハハハ」

八澄君がお世辞を云っても、彼女は眠そうな顔をして下を俯いてるだけです。

（唖かな）

二人が帰った後で、八澄君はそんな事を思った。それにしても、容色はまず乙の下で、歌江さんとドッチつかず、服装も態度も、よく見積って家政婦程度――これなら看護婦出身のわが愛妻の方が一枚上で、嫉妬反目の生じる心配はあるまいと、八澄君はなかなか細かい処へ気がつくのである。

そこへまた、玄関で、

「ご免下さい」

八澄君が出て行くと、さっきの女が盆の上へ菓子を載せて差し出して、

「あの、ほんのお印でございます」

果然、彼女は唖ではなかった。しかし、貰った菓子を、茶箪笥へ入れる時に、フト八澄君は考えた。

「引越しに蕎麦は付物だが、菓子というのは珍らしい。これがア・ラ・モードなのかな」

でも、その菓子がよほど古風です。白の淡紅の菊の花の落雁で、吉野紙に包んであ

る。おや、おかしいゾ――嗅いでみると、線香の匂いがする。

三

「呆れたわ、妾《あたし》。毎月三十円で、食費、家賃はみんな自分持ちなんですッて」

「だって、それじゃア、純益はゼロじゃないか。うかうかすれば食い込みだ。尤も、原料のかかる商売ではないけれど」

「あら、ずいぶん失礼な事を云うのね。純益だの、原料だのッて、そんな不真面目なモノいいは、改めて頂戴。妾達女性全体を侮辱なさる気なの」

「失敬々々。いや、まったく如何《どう》かと思うよ。三十円とは、それア不当だ。あンまりだ。とても、ひでエ」

「無理に憤慨しなくてもいいわよ。とにかく、お金さんて人意気地が無さ過ぎてよ。そんな待遇に甘ンじてるから、悪いのだわ。もっと手管を振るって、ドシドシ搾取してやるか、さもなければ、断然誤った生活を清算するか、どッちかだと思うわ」

「しかし、因縁というものは恐ろしいね」

「なぜ」

「二号住宅へ二号が入るとは」

「ツマらない洒落を云うもンじゃなくてよ」

歌江さんは食後の番茶を、ガブリと飲んだ。

煮豆屋製の野菜サラダに塩鮭という、貧弱なメニュではあるが、一号住宅の晩餐は、愉しくも平和である。どうも昔と違って、働きのない亭主あって、尻に敷かるる処、必ず我家の平和が有るらしい。されば諸君も、ご一考の価値がありましょう。

「でも、君は一体そんな事誰に訊いたの？　なかなか内情に詳しいじゃないか」

「誰にッて、御当人から聞いたンですの。それほど確かな事はありゃしないわ」

「や、驚いた。彼女そんな自分の恥を、平気でベラベラ喋るのかい」

「あンまり人のことは云えないと思うわ。おコゲの利用法を貴方は自慢そうにお金さんに教えたでしょう？」

「エッヘッヘ。おおきにナ」

お金さん――つまりお隣りの星井寓の女主人は、駒込あたりの或るお寺の門前の花屋のおカミさんの妹だか姪だかという、長い肩書《タイトル》を持っていた。田舎から出てきて、花屋の店を手伝い、樒《しきみ》と線香を持って、墓参の人を案内する姿が、フト住職のお眼に止まった。住職も、待合遊びは高くつくし、キャフェではあまりモテんしと、近頃無常の風に誘われていた折柄、早速花屋の主人に交渉を始めた。そこはタイアップの商売の誼《よし》みで、話はじきに纏まった。尤も花屋は月々のお手当を、隻手《かたて》の声の五〇と切り出したのだが、住職は三尊来迎の三〇を主張し、些《いささ》かモメた経緯はあったけれど、当人のお金さんが「三本結構、参りましょう」と、帰り車の円タク並みに安く折れて出た。

そこで貧弱無比の二号が出現したのである。

一伍一什《いちぶしじゆう》を聞いて、歌江さんの憤慨一方ならず、そんなダンピングを行うから、米国や加奈陀《カナダ》から苦情が出るのだと云うと、

「だって何もしないで三十円の月給なら悪かないでしょう」

「一寸お金さん。何もしないッて事はないでしょう。われわれ女性の生命とも云うべき……」

「でも奥さん。妾の田舎では、一度ツトメをして来ないと、嫁の貰い手がない処なんですよ。つまり、国情の相違ですね」

お金さん、自若たるものである。

朝起きるのが十時だから、彼女宵ッ張りかというと、毎晩九時には寝てしまう。その上、昼間も鼾声雷《かんせい》の如く、八澄君を驚かす事がある。お金さんは眠るために世の中へ生まれて来たような女だ。眼が変にトロンとしている処をみると、嗜眠《しみん》性脳炎という病気かも知れません。

一週一、二度、和尚さんが訪ねてくる。泊って早暁一番電車で帰って行く。一寺の住職たるものが、そう度々朝帰りの姿を見せては、檀家の信用を害することだろうと、

八澄君は余計な心配をしたら、お金さんは事も無げに否定した。

「なアに、お通夜に行ったフリをするでさアね」

なるほど、これなら公認朝帰りだ。坊さんという商売は、どこまでウマク出来てるかわからない。

「とにかく、面白いシロモノが越してきたもンだよ」

八澄君はそう云いながら、お膳を片付け始めた。

「あら、妾がするわよ」

「まアいい。君は昼間働いてるンだから」

「そう。済まないわね」

親しき仲にも礼儀あり——毎晩こんなセリフが、一応は繰り返されます。

「あら、そうそう。ねエ八ッちゃん」

「なんだい」

八澄君、台所から首を出す。

「今日、病院へ、お兄様から電話が掛ってきたわよ」

「へえエ」

と、気の無い返事である。

「八澄に話したい事があるから、そのうち麻布へ寄るように云ってくれッて」

「いずれまた吐言だろう」

八澄君と異って、兄さんの田部一念氏は努力勤勉のガッチリした会社員。既に課長の椅子を占めてやがては重役候補と謡われている人物。お約束の賢兄愚弟で、八澄君よくコナゴナに叱り飛ばされる。出来る事なら、なるべく顔を合わしたくないのだが、歌江さんの稼ぎ高では、とかく不足する月があるので、時々麻布へ行って、叱られ賃を貰ってくる。今月はまだ晦日に遠いから、電話ぐらい掛けたって、なかなか行くもンかと、八澄君、落ち着いたもンです。

——あらルンペン呑気だネ……。

と、彼氏徳山璉《たまき》の声帯を模して、セッセとお茶碗を拭いてると、

「大変です、大変です！」

隣宅のお金さんが、下駄を鳴らして、駆け込んできた。嗜眠性脳炎が、かかる金切り声を揚げる以上、よくよく異変発生に相違ない。

「どうしたの、お金さん」

歌江さんも驚いて、台所へ出張してくる。

「大変ですよ、奥さん。三号住宅へ大変な人が這入りましたよ」

お金さんの話によると、今しがた、三号の前へ自動車が駐まった。この界隈で、タクシーで御帰館なんて人種は珍らしいので、彼女が窓を細目に開けて見ると、車から

降り立ったのはスラリとした洋装美人。片手にスーツケースを一つ提げたきり、他に持物はなく、いつの間にか大家と交渉済みとみえて、木札のついた鍵で、ドアを明けて中へ這入ろうとした——とたんに門燈の光りでアリアリと顔を見るとコハいかに、

「それが、女の異人なンですよ。奥さん、妾、異人の隣りなんか、怖くて住めないわ。如何しましょう、奥さん！」

お金さんは、また金切り声を出すのである。

四

秋深き隣りは何をする人ぞ　　桃青

さすがは俳聖の詠んだ句だけあって、洵《まこと》に人情の機微を穿っている。隣人の職業や性行を知ったとて、一文にもならンのだが、とかくその真相を摑みたがるのは、知識慾の現われと云わンか、探偵小説の売れる理由と云わンか。いずれにしても、柿赤く、百舌鳥《もず》喧《やかま》しき候ともなれば、人の心は剃刀の如く磨ぎ澄まされて、一層他人の疝気《せんき》を頭痛に病むというが、この句の大意である。

ちょうど十月中旬のことで、三号住宅へ移転してきた外国婦人の素性に就いては、田部夫妻やお金さんの吞気な神経も、動揺すること一方ならなかった。

「僕は日本研究に来たアメリカ人だと思うよ。日本の家に住み、日本の生活をして、

研究を体験するッてやつさ。この頃、よく新聞に出てるじゃないか」

と、八澄君が云えば、歌江さんは、

「さア。でも、妾がチラッと後姿を見たところでは、そんな真面目な女には思えなかったわ。煙草を横ッちょに啣《くわ》えて鼻唄をうたっていましたもの。パンテージ・ショウの居残りじゃないかしら」

「何だか知らないけれど、異人の女の眼付きは、とてもお可怖《つかな》いわ。西洋の活動で見た女スッパイに、とてもよく似てますよ」

女酸ッぱいは変っているが、田舎出のお金さんは、外国人にお馴染みが薄いためにむやみに恐怖心を唆られるらしい。

だが、源兵衛さんの説では、アメリカの女学者でもなく、ロシヤの密偵でもなく、

「レッキとしたヨーロッパ人でがさア」

と、輝ける店子を自慢している。

「すると、ドイツ人ですか、フランス人ですか」

「だから、レッキとしたヨーロッパ人と云ってるじゃアごわせんか」

これには八澄君、一言もない。

こんな工合に、三号の外国婦人は一躍して貸家アパートの花形となったが、毎日夜更けに帰ってきて、昼間には外出してしまうので、誰もまだ懇親の意を表する機会が

なかった。

だが、或る日、八澄君が例の如く、女房の出勤を送り出して門口を掃いていると、靴音勇ましく、彼女の姿が通り過ぎた。花屋へ行った帰りと見えて、大輪の黄菊を胸に抱えている。八澄君の顔を見て、愛想よくニッコリ笑って、軽く頭をうなずかせた。

時こそ到れと八澄君は箒《ほうき》を投げ捨てて、

「お早よう《ボンジュール》、奥さん《マダム》」

と、やった。

世のすべてのナマケモノがそうである如く、八澄君も一度はアテネ・フランセに通った経験をもっている。そうした慣例の如く、三月でイヤになった。それにしても〝Bonjour, Madame〟ぐらいなら、まだソラで綴字が云える。そこで対手がレッキとしたヨーロッパ人なら、仏語ぐらい知ってるだろうと、持ち出してみた次第。

果して、彼女は碧い瞳を丸くして、歓びの声を発した。

——ペラペラペラッ

こうなると、八澄君の手に了えないので、国際用語を使うほかはない。彼氏無言で頻りに手を振った。

すると、彼女は俄かに笑い出し、見事なる発音を以て、

「貴方、チャッカリしてるわねえ」

と来たので、八澄君ゲッとばかりに驚いてしまった。

「実に、その……日本語がお上手ですなア」

暫らくして、彼氏やっとそう云った。

「あら、そんなでもないわ。貴方こそ、発音《アクサン》がとてもよかったわよ」

「ヘッ。恐れ入りました。もう二度と喋りませんから、ご勘弁を」

「妾、毎日、朝は家にいます。遊びにいらッしゃい。貴方も貴方のマダムも」

「いえ、マダムというほどの奴でもございません」

「そんな事、いけません。日本の男ッて、みんな奥さんを置いて、マチアイへ行きます。貴方、ゲイシャ好きですか」

「え？」

奇問で、八澄君、眼をパチクリしてる。

「好きでしょう？　ちゃンと、顔に書いてあります」

「オヤオヤ」

「日本の男、みんなゲイシャ好きです。困りますね」

「僕なんか、大丈夫です。遊びたくても、金がありませんから」

「じゃア、女給サン、好きでしょう。この頃、チップ五十センＯＫです」

「クワしいですなア」

「いい子、トリモチましょうか」

「負けたア」

到頭、八澄君、頭を抱えて逃げ出しました。

「オウ・ルヴォア！」

彼女はゲラゲラ笑って、手を振りながら、自分の家へ入ってしまった。

「旦那、ずいぶん英語がお達者なんですね」

始終の様子を窓の隙間から覗いていたお金さんが感に耐えたような顔付きで、八澄君を呼び止めた。

「なアに、英語どころか、お金さん、貴方の日本語よりよッぽど巧いくらいだ。驚きましたよ」

「へえ。あれは日本語なンですか」

お金さん、もう一度感心し直してる。

「一体何者ですかね、あれア」

「そンなに日本語がうまければ、いよいよスッパイかも知れませんよ」

「いや、そんな悧巧な女じゃ無さそうです。ひどく日本の下情に通じているらしいですが、ハテ如何なる素性の異人さんだか、サッパリ見当がつかん」

八澄君はまったく五里霧中に彷徨う顔付きをした。

「まア旦那、お茶でも淹れますから、お上ンなさい」

お金さんもヒマな身分なので、朝から話し対手が欲しいらしい。

「いや、そうしても居れンです」

「このお天気では、お洗濯も駄目でしょう」

「それもそうですナ」

それで、八澄君は足の埃を叩いて、三十円の妾宅へ上り込んだ。

「結構なお住居ですな」

建具木口、どこを見ても彼氏の家と寸分の違いがある訳ではないのに、何だかピカピカする印象を受けて、八澄君は正直にそう云った。よく考えてみると、自分に薦められた座布団が、壮大な緋綸子《ひりんず》ので、絹糸の房がついているし、出されたお茶碗が、芝居に出てきそうな塗蓋《ぬりぶた》つきのお天目《てんもく》だ。

「ホッホホ」

とお金さんは感心している八澄君を笑って、

「それ、みんな寺から持ってきたンですよ」

「何にしても、素晴らしいお道具ですな」

「あらイヤだ。それ木魚の布団のお古ですよ」

八澄君、重ね重ね、今日は驚かされる。

「すると、この茶碗は亡者のお古じゃありませんか。なんだか、怪しげな紋がついてますゾ」

「大丈夫。それは和尚さんが檀家から貰ったのです」

その上に、例の菊花の落雁がお茶菓子に現われたので、八澄君も如何やら法事に招ばれたような、滅入ッた気持に引込まれてしまった。

「お金さん。僕も呑気だけれど、貴女も随分呑気らしいですなア。前途の事なんか、あまり気にならんですか」

「それがねエ、旦那の前ですけれど、タイして気にならないンですよ。少しサキの事を考えると、じきに眠くなりましてね。と云って、済んだ事を考えてもつまらないし、今の事を考えたッて、済んでみなければわからないし」

「なアるほど」

八澄君は腕を組んで、感心した。実を云うと、彼氏も曾て前途を悲観したという経験がないのです。先天的というよりは仕方がない。いくら悲観しようと思っても、出来ません。歌江さんに死なれたら、大変なことになるゾと思っても、一向キブンが出てこない。だが、さすがに八澄君は大学教育を受けただけあって、悲観を置き忘れてきた自分の性格をチト悲観してるのです。麻痺性痴呆という病気ではないか、と疑ったりして。

（この女は僕より役者が一枚上だワイ）

彼氏、改めてお金さんの顔を見直した。

「時に、旦那。花屋のオバさんから、こんな事を云ってきたンですよ」

彼女は帯の間から、二つに折った手紙を取り出した。金釘流の鉛筆で、ヨタヨタと書き連ねた文面は、お金さんにとって、相当に重大な意味を含むらしい。

「大こく様の御びょ気しましにしどく相成り――とハテね」

「いいえね、お寺の奥様の御病気が日増しに酷くなるッて事なンですけれどね、もう長いこと臥《ね》て、いらッしゃるから、今度は駄目かも知れません」

「なるほど。それで、お前さんもシッカリしなければいけないと書いてあるンですな。結構じゃありませんか。貴女がその後釜に坐れば……。一夫多妻というのは、やはりあれはイカンようですからな」

「ですが、ねえ……少し困るンです。いッそ逃げ出しちまおうかしら」

「短気を出しちゃアいけません。折角、運が向いて来た処です。果報は寝て待てと云ッて、僕もその主義ですが、お金さんも――イヤ貴女は寝る方じゃヒケはとらんですな」

「そこなンですよ。妾はせめて、ラジオ体操時分に眼が開くようなら、こんな苦労はしませんがねえ」

「はア。それは如何いうわけです」

「朝のお看経《かんきん》の前に、御本尊様に御飯を供えるとなると、如何しても冬は五時、夏は四時に起きなけれアなりません。大黒様ッて辛い商売ですよ。考えてもゾッとしますね」

「なアる。貴女としては、無理のない処ですな」

と、八澄君は簡単に同情してしまった。お金さんは途方に暮れたように、帯の間へ手を入れて、暫時《しばらく》考え込んでいた。やがて彼女は人前も憚らず、両手を拡げて、大きな欠伸をした。将来の事を考えたので、たぶん眠気を催したのであろう。

五

「お前という奴は、如何してそう呑気にできとるかねエ。齢の手前、少し恥かしいと思わンのかイ」

それ、前奏曲が始まったと、八澄君はいつもの通り第九「シムフォニイ」を謹聴する如き風を装うのである。

「一体、それで、これから如何する気だ。いつまでも女房に食わせて貰って、一生を送る積りか。いやしくも人間と生まれ男子に性を受け……」

そろそろ主題旋律に入ってくる。ジャズと違って、交響楽はそう手短に済みそうにありません。

再三、歌江さんの勤め先きへ電話しても八澄君がサッパリ姿を現わさないので、田部一念氏は遂に業を煮やし、電報を発して、愚弟を会社へ呼びつけたのでした。丸の内広場を見降ろすこの面会室で、かくの如く兄貴の窮命を受けるのも、既に数回に及んでいるから、八澄君もあまり新鮮な衝動は感じない。いずれ、これから人生の真意義、勤労の幸福、非常時のお説教まで行かなくては、この雨は晴れンと、地下鉄の出口で夕立に逢ったような気になっている。

だが、今日は少し空模様が違って、

「叱言はそれくらいにして、八澄、お前に少し頼みがあるのだが……」

と、兄さんは穏やかな声を出した。

「はア。ご用なら、なんでも勤めます」

「どうせお前に頼むのだから、複雑な仕事ではないが」

と、兄さんは遠慮のない事を云って、

「お前、福富さんの息子を知ってるだろう」

「はア。この会社の重役の令息で、洋画家の方でしょう」

「そうだ。あの先生、外国へ勉強に行って、アチラの女を連れて帰ってきてね。それもいいが、日本へ帰ると、今度は芸妓に夢中になって、毎日家を明けるものだから、到頭その外国婦人が家出をしちまったのだ……」

それはもう半年も前のことだ。始めは、威嚇の家出だと思ったら、なかなかそうでない。元来、彼女は巴里だか伯林《ベルリン》だかの阿婆擦《あばず》れモデルだそうで、いままで自由気儘な生活をしていたのに、急に福富家のような格式のある家庭へ入って、舅姑《しゅうと》に仕えるのが窮屈でならないので、良人の放蕩をカコつけに家を飛び出したとわかった。だから、まるで鎖を切った虎みたいに、東京中のネオンの巷を荒れ回ってる。まず最初に現われたのは、有名な喫茶店の「五十鈴園」で、此家の女給をフリ出しに、銀座の「シネラリア」その他、外人の来るバーを転々として歩き、この頃ではダンサーの鑑札まで受けたそうだ。福富家では外聞上捨てて置けず、手切れ金一万円を出すから、本国へ帰れと交渉するが、東京みたいに呑気な都会はないから真ッ平御免――無理に帰したければ、五万円お出しなさいと威張ッてる。いくら福富家でも、五万円は少しコタえる。せめて三万円と切り出したが、一向に応じない。そうしてわざとイヤがらせをする。この船来天邪鬼《アマノジャク》の名はアメリイ、年は二十六。

「この頃はだいぶ金に困って、いろんな醜聞を流すので、新聞沙汰になりはせんかと、ヒヤヒヤしてるのだが、聞けば、最近彼女は方円寺の方へ移転したそうだ。そこでお前に頼むのだが、同じ土地に住むのだから、早速その家を探し出して、彼女の動静を怠らず僕に報告してくれンか。それくらいの用ならお前にもできる筈だ。なアに私立探偵に頼めばワケのない事だが、なるべく内輪で済ませたいのでナ……」

一念氏はそう云って、紙入れから十円紙幣を二枚出して、テーブルの上に列べた。

八澄君、どうも先刻からいちいち思い当る事ばかりだ。

「兄さん！　そのアメリイさんて女は、実は僕の家の隣りにいるンですがなア」

「えッ。真実かイ、それア。いや、それは好都合だ。理想的な監視ができるわけだ。

それならばと……」

一念氏はさらに三枚の紙幣を、二枚の上に重ねた——現金な仕打ちとはこの事。

「前払いだ。よろしく頼む！」

降って湧いたような五十円を懐ろにして、八澄君は再び丸の内広場へ立った。折りしも陽は西山に没せンとするの頃、噫如何してこれが真っ直ぐに家路に就けましょうや。

でも、自分には歌江さんという者がある。蓋し、生活の恩人である。これを忘れて、脂粉の巷に立ち入るような、八澄君ではない。ただ一寸その、オーナア・ドリンクをきめ込もうという腹で、場所も東京駅食堂を選んだのである。

で、ジョッキも半分に近くなると、久し振りのアルコールのせいか、気分頓《とみ》に爽快となってきた。

（アッハハ。道理で、日本語が巧いと思ったよ。女給をしてやがッたンだね）

アメリイさんの事を思い出して、可笑しくて仕様がない。

（彼女も相当のもンだよ、彼女もナ）

だんだん、いい機嫌になってくる。ジョッキも二杯目の底が見えてきた。たかが停車場食堂と気を許したのが油断の元――八澄君、スッカリ銘酊してしまった。こうなると、列車の音を肴に飲んでるのが馬鹿らしくなる。誰かにチップを恵みたいという、不思議な衝動が起ってくる。

一軒、二軒、三軒と、長い梯子をかけて、やっと方円寺駅へ降りたのは、もう十二時近かった。駅前でもう一軒だけ延長したい気持を、殊勝にも耐えて、既に人通りも絶えた貸家アパート横丁に差しかかると、可愛やわが妻はまだ寝もやらず帰りを待つのか、硝子窓に煌々たる灯影が見える。

「只今。遅くなりました」

手には甘栗のお土産あり、懐ろには残金三十余円を蔵しているから、八澄君も多少自ら恃《たの》むところあって、威勢よくドアを開けて我家へ入ると、明るきは電燈ばかりで人影はない。W・Cの扉を叩いた。押入れの襖も開けてみた。歌江夫人の姿は、ヨウとして知れない。八澄君少し気味が悪くなって、悲しげな声を張りあげ、もう一度叫んだ。

「只今ア。遅くなりましたア！」

すると、声に応じて、裏口からガタガタと駆け込んできたのは、お隣りのお金さんである。お金さんがこの時刻に、眼を開いて、人と話をするのである。

「旦那！　何処をウロついていらッしたンです。大変なンですよ」

彼女の大変は、八澄君もあまり信用しない。

「また誰かが移転してきましたか」

「それどころじゃないンですよ。さア、早く来て下さい！」

お金さんに袖を引っ張られて、八澄君はワケがわからず、また下駄を履いて外へ出ると、連れ込まれたのは東隣りの三号住宅、アメリイさんの家である。

なるほど、これは大変！

床の間に藁布団が敷いてあって、その上に花模様のブランケット——これはアメリイさん考案のベッドに相違ない。そこに彼女は昏々として横たわり、時々苦しげな呻きを洩らしている。

枕頭には歌江さんが、昔取った杵柄《きねづか》ならで、病人のプルスを取っている。さすがは一等看護婦、その手付きはピタリと板についたもンです。

「心臓は大丈夫です」

そう云って、ギロリと凄い一瞥を良人の酔顔に投げた。とたんに、八澄君の酒気はサッと解消した。

話を聞くと、歌江さんが良人の帰りを待って起きていると、背合わせの床の間から聞える異様な唸り声――まずお金さんを起してみると、彼女は健在。してみれば、異変はまさしく三号住宅と、二人して無理に扉を開けて飛び込んでみれば、枕頭にコップと何やら西洋の白い粉薬の函が投げ出され、アメリイさんは意識溷濁《こんだく》して、ただ苦悶の声を発するのみ――服毒自殺たる事一目瞭然である。

「貴方、方円寺病院へ電話をかけて、宿直の先生に来て貰って下さい。それから、鶏卵を二十個ばかり、急いで買ってくるンですよ」

「鶏卵？」

「何でもいいから、早くお行きなさい！」

叱り飛ばされた八澄君、まず三河屋を叩き起して電話を借り、まず病院へ、次ぎに麻布の一念氏の処へ、突発した事件の委細報告を忘れなかった。

「万事秘密に！　いいか。僕もこれから自動車で行くから」

兄さんも、だいぶ狼狽している声だ。

買ってきた鶏卵を、歌江さんはポンポンと丼へ割った。ただ割るのではない。とたんに黄味を殻に残し、白味だけを丼へ落すのだが、実に見事なる手捌き――八澄君も今更のように、わが妻の能ある事に、敬服するのである。

「さア、貴方は洗面器を持って！」

歌江さんは丼に一杯の卵白《しろみ》を、少し宛《ずつ》アメリイさんの口へ流し込んだ。その度に、病人は顔を顰《しか》める。いくら意識溷濁でも、卵の白味はマズいとみえる。やがて歌江さんが胃底部を揉み上げると、病人は洗面器へ夥しく吐瀉した。

「だいぶ吐きましたね。結構です」

歌江さんは声まで白衣時代の調子を取り戻したらしい。

そこへ、方円寺病院の若い医局員が眠そうな顔で現われた。歌江さんが手短に、症状や処置に就いて述べると、

「ははア、また眠剤中毒ですか。夜半に起されると、大抵これです。どうせ効かない薬なンだから、服まなければいいンですがな。どれ、何を服みました?」

医者は薬の紙函の字を読みかけたが、

「これはフランス語だ」

と、語学的鑑定を下しただけで、函を下へ置いた。

「妾、ちょっと舐めてみましたが、殆んど無刺戟なお薬です」

歌江さんが説明した。

「なに、タイした事はないでしょう。ドイツの薬なら効くが、フランスの薬ですからな。まア念のため、灌腸《かんちょう》をして置きますから、用意をして下さい」

そこで、殿方御遠慮となって、八澄君が我家へ帰ろうとすると、玄関へ降りるか降

りないうちに、不思議や、昏睡状態のアメリイさんの声が聞えた。

「灌腸は御免よ。妾、とても嫌いなんだから」

「オヤ、覚醒したようだ」

「囈語《うわごと》ではないでしょうか」

医者と歌江さんが病人の顔を覗き込むと、大きな碧い眼が、パッチリ開いた。

「まア、よかった。これで安心したわ」

一番努力をした歌江さんが、一番喜ぶのは当然である。八澄君も、細君の背後《うしろ》から、喜びの挨拶を送った。

「ボン・ジュール・マダム！」

アメリイさんは此間の朝のような快活な笑顔で云った。

「ムッシュウ！　煙草を一本頂戴な」

病人は八澄君から貰ったバットを、旨そうにフカした。その一本が喫い了らぬうちに、戸外に消魂《けたたま》しいブレーキの音が聞えて、自動車の止まる気配がした。

慌てフタめいた福富令息が、一念氏を先きに立てて飛び込んできた。よほど急いだとみえて、パジャマの上に、上着を重ねただけである。蒼白な顔をして彼氏が、昔の愛妻の顔を覗き込むと、フーウと鼻の頭へ莨《たばこ》を吹きかけられた。

「ウフフフッ」

と、アメリイさんは笑い出して、
「わが友よ《モナミイ》！　三万円で手を打つわよ！」

〈昭和十年十月・新青年〉

沈黙をどうぞ！

「さア、今日から勉強だ……」

文部省留学生の片井石夫君は、椅子をひきよせて、テーブルに向うと、指をビシビシ音立てて折りながら、そう思った。

パリへきてから、もう二カ月近くなる。その間、ホテル暮しをして、見物やら、洋服や靴の買物から、いつの間にか、時間を空費してしまった。時間ばかりではない。ふと、気がつくと、日仏銀行に預けてある金が、だいぶ減っていた。いつ費ったとはなしに、金がなくなってしまうのである。万事、外国へ着いたばかりの遊山気分で、時間も金も浪費したのだと、気がついた。次回に受取る日本政府からの送金は三カ月を待たなければならない。そこで、思いきって生活を緊縮するために、数日前に、エトワール付近のホテルを引き払って、ラテン区の日本人学生の巣のような、この家具つき下宿へ移ったのである。

ここならば、ホテルにいるより、部屋代が四割がた安い。そして、下宿といっても朝のコーヒーの外は、食事がつかないので、今までいたホテルのように、高い食費を払わないで済む。近所の安料理店へ出かけてもいいし、パンとソオセージでも買ってきて空腹を抑えることも出来る。

両方で、よほどの倹約になるが、それよりも、この移転を機会に、勉強を始めねばならない。文部省留学生とあるからは、パリで見物と買物ばかりしていては、本分にそむく。尤も留学の留を、ストップと解釈する方法もあるそうで、学問を中止して他の方面に精励しても、文部省に済まぬというわけのものでもない。そこは文部省も寛大である。しかし片井君は篤学《とくがく》の士であり、その上、

「スミコニスマヌ」

という呪文のようなものを、清く心に印しているから、一年半の留学期間を側目《わきめ》もふらず勉強して、矢のように日本へ飛んで帰りたく考えている。

「さア、今日から勉強だ!」

そこで、彼は、下宿の三階の七号室の窓側で、本とノートと鉛筆の道具立てを揃えて勉強にとりかかろうとする。といって、彼の専攻の経済学の勉強ではない。経済学を勉強するためにフランス語を勉強するのである。日本で覚えたフランス語は、こっ

ちへきてはほとんど役に立たない。この間、ちょいとS教授の講義を聞きに行ったが、まるで意味がわからない。自分の喋ることは、二、三遍繰り返さないと、百貨店の売子にも通じない。自分のフランス語は頭のフランス語で、耳と口とを失ってると、気がついたから、大学の講義を聞きに行く前に外国人向きのフランス語学校へ通うことにきめたのである。いま勉強することも、実はその方の下調べなのである。しかし、これはどうも子供じみた勉強である。なにか中学時代に返ったような気がする。そこでちょっと気が散る。

——澄子は今頃どうしてるだろうな。

片井君は、窓のレース越しに、美しく晴れたパリの空を眺める。空といっても、建物と建物の間に、凹字形に切り抜かれた空であるが、それでも日本の空につづいてることが確実な、青磁色の空である。日本の空は晴か曇か知らないが、その空の下に、片井君の愛妻の澄子さんが住んでいることは明らかである。澄子さんは子供がなく片井君の留学中は妹を呼んで、東京郊外の留守宅を守っているのだが、おおかた、留守を寂しがって、彼女も空でも眺めてるのではあるまいか。

片井君は、できることなら、澄子さんを連れてパリへきたかった。澄子さんもそれを望んでいた。しかし、日本の文部省は不粋であって、片井君が一人でやっと生活できるだけの留学費しか支給してくれないのである。勿論、片井君は自腹を切って細君を同伴するほどの余裕はないのである。いや、少しは留学費を削って、逆送金をする必要があるくらいである。そこで、涙をふるって、一人で遠い旅に上ったのであるが、

「お帰りまで、どんなに寂しくても、つらくても、あたし、我慢するわ」

と、細君は出発前に健気なことをいった。しかし、女というものは、そういう、健気なことをいう場合に、「その代り……」という言葉を、最後に添えることになってる。

「その代り、あなたも、どんな場合でも、アレだけは絶対に慎んでね」

その言葉は、烙印のように、片井君の耳朶《じだ》に残っている。

だから、片井君も、日本を出てから航海四十日、パリ生活六十日に近くなるが、アレだけは堅く慎んでいる。これから一年三カ月の長い月日も、アレだけは慎もうと考えている。べつにそれが難事業とも思われない。学生時代から、片井君は謹厳な人物で、花柳の巷なぞへ足を踏み入れた経験はなかった。

――そうなんだ。そんなことは思っただけでも澄子に済まぬ。

アレの問題ばかりではない。一年半の孤独地獄を細君に味わわすからには、それに対しても、ミッチリ勉強をして、帰らねばならぬ。文部省や学校は措《さてお》いて、細君に対して、勉強をしなければ済まぬ。それでなければ澄子に済まぬ。スミコニスマヌ。何事も、スミコニスマヌと考えて、今日から一心不乱の生活を始めようとしてるの

だが、どうもフランス語勉強よりも、パリの初夏の美しい空と、その空に浮かぶ細君の面影がチラついて、身が入らないのである。

——第一日から、これではいけない。澄子のことを忘れなければいけない。澄子のことを考えて、勉強を怠ったりしては、スミコニスマヌ。

そこで、発音の稽古でもしようと、教科書の会話のページを拡げて、大きな声で、音読を始めかけて、ハッと気がついた。ここは、日本ではない。みだりに騒音を立てては隣室の迷惑になる。

片井君もインテリであるから、外国へくる前から、外国の礼儀は心得ていた。寝巻姿でホテルの廊下を歩くべからずとか、食事中ゲップの音を立てるべからずというようなことは勿論、わが居室にいても、放歌高論を慎むべきこと、洗面の水を流す音さえも、夜の十時以後は控えねばならぬことなぞ、よく知っていた。

——日本人の恥になるようなことをしては、日本に済まないし、またスミコニスマヌ。

そこで、声を低くして、気の弱い男が他人の悪口をいうような調子で、音読を始めた。しかし、分節法《アルチキユラシオン》の稽古は疎かにできないので、声は低くても、口は大きく開いたり、閉じたり、まるで、病気の金魚のような真似をしているうちに、いつか、勉強に身が入って、時のたつのを忘れた。

時刻は、やがて、正午に近づいたようだが、今日の午後は、パンとソオセージで済ますつもりで、品物も買いこんであるから外出の必要もなく、ユックリ勉強ができた。下宿の建物の中は、シンとしていた。誰も外出してしまって、片井君一人が留守番してるような気がする。ホテルにいた時はとてもこんなではなかった。さすがは学生町のラテン区である。これなら、いくらでも落ちついて勉強ができる。ありがたい。いい宿を見つけた。

そう思って、片井君が空腹も忘れて、勉強に耽っていると、静かな廊下に靴音が聞えて、やがて、コツコツと、扉を叩く音がした。その音は、自分の部屋かと思ったほど近かった。片井君が腰を浮かしかけたとたんに、左隣りの部屋の扉がギイと開いて、

「まア《チャン》、遅かったじゃないの《ク・セ・タアル》、こちの人《モン・シェリー》」

と思いもかけない大声が部屋の中で起ると、パン、チュッと、声に負けない、すさまじい接吻の音響がつづいた。

それから、約一時間というもの、片井君は、全然、勉強を放棄せざるをえなかった。

傍若無人の女の高声。

その合間のパン、チュウの音響。

ポソポソと、いやに低い男の声。

料理を始めたらしく、ジュウジュウ肉をやく音。

そういう仕事をしながら、女の流行歌――節はヘタだが、非常に高いソプラノ。陽気な食事中の会話。といっても、女の声ばかり高く、男の声はボソボソ。そして、食事が済んでからが、大変だった。聞くに忍びざる物音が、少くとも、二十分は継続した。

そして、最後の深刻なる洗滌音を聞くに至って、片井君は憤然として、戸外に飛び出した。お蔭で、午飯もレストオランで食わざるをえなくなり、勉強時間を妨げられたばかりでなく、緊縮生活まで影響を蒙った。

その日一日だけのことと思ったら、翌日も、翌々日も、隣室の物音は、片井君の勉強時間を、完全に掻き乱した。悩ましい物音は、正午近く、男が訪れてきてから起るのだが、それまでに、たった一人でいる筈の女（隣室に一人の女が住むことは確実となった）が、よほど退屈する性分と見えて朝から鼻唄をうたうのである。

メ・パラン

ソン・ヴニュ

ム・シエルシエ……

両親われを探しにきた――簡単な文句だから、片井君にも意味がわかり、そして、さすがフランス人だけあって、みごとなる発音だと感服するのであるが、それだけに注意を奪われること夥《おびただ》しく、勉強の妨害これより甚だしきはない。

鼻唄がやっと止んだかと思うと、午飯の支度でもするのか、コトコトと雑音が起り、それが終った頃に、廊下の靴音と、扉の音と、パン、チュウと、それから一時間の大熱演——それが毎日つづく。

——昼日中、何事であるか。

片井君の憤慨も、毎日つづき、結局、レストオランで食事をすることになる。
五、六日目になって、片井君もついに癇癪を起した。
——なんという下宿だ。まるで、酒場か淫売宿と等しいではないか。

彼は、下宿の主人のところへ、談判に出かけた。

下宿といっても、つまりアパートのことで、主人兼管理人は、階下の出入口の側に一室をもち家族と共に生活しているのであるが、その部屋の扉をあけて、

「ご主人《パトロン》、私は困ったことを持っているのであるが……」

とそれくらいのことは、片井君も話せるし、主人がまた、日本人の下宿人が多いので、独特の発音をも聞きわけるのである。

「私の隣室が非常に騒がしく、勉強に困難を感ずるのである」

「左様のことはない。この下宿は閑静をもって有名なのであるが……」

「しかり、私の右の隣室は、そのように閑静なのであるが、左の隣室が喧噪を極めるのである」

「貴方の室番号は、何号なりしか」

「七号なり」

「七号の左隣りというと、八号か。おお、左様であったか、それは私の了解するところである」

主人は急に合点して、ペラペラと八号の住人について喋り出した。片井君は半分しか意味が聞きとれなかったが、要するに、八号の女は、主人が三年前に前所有者から、この下宿を譲り受ける前からの居住人で、その後急激なる物価騰貴に拘らず、部屋料の値上げに応じないばかりか、炊事禁止の規則を守らず、室内を汚して、甚だ迷惑な下宿人なのである。とうから追立てを食わしてるのだが、一向出て行く気色がない。貴下の勉強を妨げるならば、甚だ好機会であるから、貴下自身がその意志を表明してくれぬか。それは、私にとっても大賛成であるのは、いうまでもない――という意味らしかった。

片井君は、主人の言葉で勇気を得たが、

「しからば、如何なる方法で、私の意志を隣室に伝達するのであるか。手紙でも書くのであるか」

と、質問せざるを得なかった。すると、主人は両手を拡げて、

「かかる場合、手紙を書くなぞの方法を、われわれフランス人はとらぬのである。た

だ隣室に騒音が起った場合には、隣室に接する壁を静かにノックすれば、意志が伝達することになっている」

「ただ壁を叩くだけで、充分であろうか」

「それでも、効果なき場合は、〝沈黙《シランス》を、どうぞ《シイル・ヴ・プレエ》〟と叫べば、完全に意志が伝達するのを常とする」

それを聞いて、片井君は心から主人に感謝した。

「多謝《メルシイ・ボークウ》！」

そして、わが部屋に帰ると、隣室から騒音が起るのを、今や遅しと待ち構えた。勿論、こうなると、勉強の方はそっちのけである。

ところが、意地の悪いもので、待ち構えていると、隣室がいやに静かなのである。コトリとも、音がしない。まさか、こちらの戦術を悟ったわけでもあるまい。不思議なことだと思ってると、突然廊下のあたりで、例の鼻唄が起り、ガチャリと鍵の音がして、彼女が自室へ入っていく物音が聞えた。恐らく、買物にでも行って、外出中だったにちがいない。

しかし鼻唄は廊下から、室内へ入っても、継続されて、今日はよほど好機嫌らしく、相当高い音声となった。時こそ至れと、片井君は隣室に接する壁へ忍び寄り、静かにコツコツと叩いてみた。

ところが、歌声は一向やむ気色もない。

今度は、馬力をこめて、ドシンドシンと、三度叩いた。果して、歌声はピタリとやんだ。だがつづいて、ひどく陽気な、人をバカにした声で、

「どうしたっていうの《ケ・ス・キ・リ・ヤ》！」

と、話しかけてきた。

片井君は、少なからず狼狽した。まさか、壁越しに隣りの女が話しかけてこようとは、予期しなかったのである。しかし、何とか返事をしなければ、壁を叩いた意味がなくなる。

「沈黙《シランス》を……沈黙をどうぞ《シランス・シィル・ヴ・プレェ》」

と、吃りながら要旨を述べると、

「え？《コワ》 なんですの？《ケスク・ヴ・デイト》 わかりません《コムプラン・パ》」

と、いやにトボけた調子である。

「沈黙を……その……沈黙をどうぞ」

「え？ なんですの？ わかりません」

その声は明らかに、わかっていることをわからないと装っているのである。

しかし、片井君は、自分の発音が悪いためと卑下して、約十回ほど、〝沈黙をどうぞ〟を繰り返した。繰り返す度ごとに彼の声はうわずり、しまいには、乾いた井戸の

ように、涸れがれとなった。そして、根がつきて、片井君自身が沈黙を守るべく余儀なくされると、キュッ、キュッ、キュッと、さもおかしそうな笑い声が、隣室で起った。そして笑いがやんで、暫らくすると、いつもの調子で、

――メ・パラン、ソン・ヴニュ、ム・シェルシェ……

と、陽気な鼻唄になった。

「実に、腹が立って……単に勉強の、妨害をされたというだけじゃないです。今では感情問題なのです。悪意で僕を嘲笑してるとしか思えませんからな」

学生町のキャフェの卓で、片井君は、顔馴染みになった同宿の日本人、H君を摑まえて、胸中の鬱憤を洩らさずにいられなかった。H君は、二年前からあの下宿にいる私費の留学生なのである。

「ハハハ、あなたも、運が悪いですよ。あの部屋は魔の部屋ということになって、日本人は誰も敬遠してるんですからな」

H君は、片井君の気もしらないで、愉快そうに笑った。

「そうですか。そんなこととは知らずに……いや、まったく、あんなに唄ばかりうたわれては、勉強もなにもできやしませんよ」

「パリへきた当座は、誰もハリきって勉強しますがね、それは当座のことですよ。だから、勉強妨害の苦情は、じきに解消するが、片一方の方は、何年パリにいても、や

はり気になりますよ、ハッハハ」

　H君の暗示する物音について、片井君は顔を赤くしながら、知らぬ振りをした。

「しかしフランス人というものは、あんなに不謹慎なのでしょうか」

　H君は、白昼にそういうオコナイをする男女を、頭に描きながら、漠然たることをいった。

「そんなことはありませんよ。あの女が特別なんですよ」

「一体、隣りの女は、何者なんです？」

　片井君は、この間うちからの疑問を解きたくなった。

「妾《めかけ》ですよ」

　H君は、一口でかたづけた。

「メカケ？　フランスにも、妾がいるのですか？」

「それア、いますよ」

「驚いたなア。で、フランス語で、何といいますか、妾のことを」

　片井君は、際どいところで、好学心を発揮した。

「さア、メートレスとかなんとかいうんでしょうが、言葉はとにかく、実物は沢山います。あなたの隣人なぞは、その最下級の見本でしょう」

「どうして、最下級なんですか」

「それは、ポムパドゥール夫人とか椿姫とかと比較する意味からですよ。あの貧乏下宿のたった一間を借りて、自炊のオメカケさんなんてのは、パリにおいても、飛切りの下級品と思っていいですよ」

「そうですか。驚きましたな。要するに、飛んでもない部屋に入ったものです」

片井君は毒でも飲まされたようにイヤな顔をした。細君だけを愛しつづけている片井君にとって妾なぞ貯える男も、そういう男の自由になる女も、不愉快で堪らないが、そのうちの下級品といわれるものを、隣人として持つのは、何という運の悪さだと、考えないではいられなかった。

「しかし、どうしたら、あの騒ぎをやめてくれるでしょうか。僕は何遍も壁を叩き、〝沈黙を、どうぞ〟とやったのですが、一向、効果がないのですが……」

と、片井君は相談をもちかけた。

「いや、普通のフランス人だったら、それで、すぐ静かにしてくれるのですが、何分今申すとおり、下級品ですからね」

「誰かフランス語の上手な人に、談判して貰ったら……」

「それも、無駄でしょう、対手が対手ですからね。一番いい方法は、こっちでも負けずにやるんですね」

「何をです」

「いや、同じような音響を発して、悩ませてやることですよ」

H君は、謎のようなことをいって笑った。

キャフェから下宿へ帰ると、午後四時を過ぎていた。

片井君は、勉強にとりかかるつもりで帰ってきたのだ。数日間の経験で、隣室の女が煩い音を立てるのは、午飯の前後であって、午後は外出するか、部屋にいても静かだった。ことに、夜は殆んど物音を立てなかった。それで、勉強時間を繰り下げることにしたのである。

ところが、部屋へ入ると、下宿の主人と人夫がきていて、洗面台取りつけの工事をやってる最中だった。この下宿は安いだけに、建築も旧式で、今までは洗面台といっても、陶器の水入れと洗面器が置いてあるだけだったが、今度は、冷水熱湯をパイプで導いて、近代的設備に改造するらしかった。

「ムッシュウ・カタイ、これでこの下宿も温水道《ロー・シヨオ・クラウン》設けありと、看板に出せますよ、喜んで下さい」

主人は、大得意だったが、新しい白色の洗面器が壁にとりつけられただけで、まだパイプは影もなく、それを通ずるために拳大の穴が、壁の裾に開けてあった。いずれ、近日中にパイプをとりつけて、すぐ湯が出るようにするといって、主人と工夫は帰っていったが、部屋の中の様子が変ったせいか、片井君は勉強に身が入らなかった。そして、頭をしめる問題は、いつか、隣室の女のことだった。

──どういう女なんだろう、妾なぞになるのは。

──午飯の時だけくる男も、変っている。

──どんな女だろう、どんな男だろう。

勉学妨害者として、隣室の女を憎む心にいつか好奇心の加わってきたことを、片井君は気がつかなかった。そういう好奇心の底にあるものに至っては、なお更、自覚しなかった。

翌日の正午が近づいた。片井君はすっかり勉強を放棄していた。自分の意志で、勉強をやめて、反対に、聞き耳を立てるようになっていた。果して、廊下に靴音が響き、パン、チュウが聞え、その他いろいろが聞えた。そして、その日は特別に音響が高いような気がした。気のせいではない。今までは、ボソボソと不明瞭だった男の声が、意味の聞きとれる言葉になった。バスの音で弱く、力がなかった。恐らく、男は虚弱な人間なのではないか。

しかし、あまりに物音がよく聞えるのが不思議だった。やがて、片井君はその理由を発見した。工事半ばの壁の穴から、音響が伝わり、片井君の部屋はサウンド・ボックスの役目をすることがわかった。

そうなると、片井君の耳は、いよいよ立った。勉強どころではなかった。呼吸を殺して、少しでも物音を聞きとろうとする態度に、いつの間にかなっていた。そのうちに、耳だけではどうしても物足りなくなってきた。片井君は誰もいないわが部屋の中を、あらためて見回した末にソッと壁の裾から隣室を覗いた。

穴の場所が最下端なので見通しはまるできかなかった。蠟磨きした床板がみえるだけだった。そのうちに、逆さにした頭に血が下って、苦しくなってきた。首をもちあげようとしたとたんに、穴のすぐ前を白い幻が過ぎた。

それは、女の裸の脛と足の甲だった。素足で床を歩いてるとみえて、なんの音もなく、幻そのもののように、穴のすぐ前を通過したのである。アッという感じで、片井君は顔を背け、まるで眼の中にゴミが入ったように、瞼を抑えて、穴から飛びのくと、自分のベッドの上に、仰向けにひっくりかえった。

——隣室で女が裸体になっている。

頭の中一ぱいに、その言葉が拡がった。日本の女なら、素足にアッパッパという風俗があるが、外国の女が室内で足の甲や脛を現わしている場合は、タダゴトでないぐらいは、片井君といえどもよく知ってるのである。それは論理的にも、実験的にも、裸体を証拠立てるのである。

——裸体とは、何事であるか。

——スミコニスマヌ、スミコニスマヌ。

片井君は、とても室内に居堪《いたた》まれず、今日もパンとソオセージを放棄して、下宿を飛び出してしまった。なぜ、スミコニスマヌのだか、自分にもよくわからなかったが、絶対確実にスミコニスマヌ気がしたのである。

あの頃ぐらい、片井君が愛妻を夢見たことはなかった。愛妻の顔、声、髪の匂い――そして正直なところ、愛妻の裸体が、一番、片井君の眼に灼きついた。愛妻の脛と足の甲と足の指は、壁の穴から見た幻よりも美しかった。

しかし、時が経つにつれて、片井君は愛妻がいかに遠隔の地にいるかを、知るようになった。日本が遠いことを知る――これが留学生の第一期卒業証書のようなもので、やがて第十期のパリ惑溺《わくでき》に至るのが、一般のコースになっていた。

隣室の女は、相変らず、よく鼻唄をうたい、そうして不穏な物音をたてた。しかし、片井君は最初ほど、そういうことが気にならなくなってきた。それは、片井君が隣室の女の正体を知ったことが、大きな理由になってると思われる。

或る時、片井君は自分の部屋を出ると、ちょうど隣室の扉が開いて、彼女も外出しようとするところだった。片井君の探索の眼は、自然に彼女に注がれたが、彼女は快活に片井君に笑いかけ、

「ボン・ジュール、ムッシュウ！」

と、挨拶した。その時、驚いたのは、彼女が三十を過ぎた、固肥りの、背の低い、

極めて野暮ったい女であることだった。蓮ッ葉な、美しいパリ娘を想像していた片井君は、ひどく興覚めた気持になった。

もっと驚いたのは、彼女のところに通ってくる〝旦那〟を見た時だった。彼はもう六十を過ぎた老人だった。黒い山高帽の下から白髪がハミ出し、黒ずくめの服を着た体は、鶴のように痩せていた。隣室の女の無教養な感じと異って、この老人は教授か古参官吏のような保守的な品位があった。

片井君はそういう老人が、あんなメカケを貯え、午飯の時間だけ通ってくる生活を考えてみた。老人は世を憚る理由があるにちがいなかった。日本人の多いこの下宿を妾宅に選んだのも、人眼を避ける工夫に違いないと思われた。片井君はあの老人がモーパッサンの小説に出てくる人物のように思われた。そういえば、老人が山高帽をかぶった十九世紀的な風俗を、そんな小説の挿絵でみたように思われた。

片井君が、そんな風に、その老人とメカケの生活を理解したということは、それだけパリの風が身に染みたということであった。片井君は何かにつけて、スミコニスマヌという習慣を、次第に失ってきた。まったくパリというところは、ムキになって学問の勉強をしても仕方のないところであった。気持を長閑にして、半分は遊ぶような生活をしてると、却って勉強がよくできるような事実を発見した。

——これア留学よりも……遊学に限るわい。

そこで、片井君も、同宿の日本人に誘われると、学生町のキャバレなぞに足を踏み入れるようになった。その道程は、坂を車が下るように速く進んだ。スミコニスマヌことが、次第にスムようになってきた。

その頃に、隣室の女は正午の魔の刻がきても、何の物音も立てなくなった。片井君はそういう物音に刺戟を感じなくなったので、静粛にされても何等の恩恵とならないのであるが、廊下で彼女に会った時に、儀礼的な一言を忘れなかった。

「近頃、ムッシュウが見えませんね」

「おお、彼は病気《イレ・マラアド》なのです」

彼女は、ひどく暗い顔で答えた。

それから、また時間が経って、片井君がこればかりはどうしてもスミコニスマヌ行いを、敢えて犯す時がきたのである。

それまで片井君は、キャバレへ行っても飲んで踊るだけで、同宿の日本人のようにそこに屯《たむ》ろしてる女を、下宿へ連れてくるようなことは、一度もなかった。それだけはスミコニスマヌと考えていたのである。

その夜も、踊り馴染みのシュジイが、酒に酔って、同伴を迫ったが、なんとかゴマかして、十二時には切り上げて帰ってきた。同伴を先方から迫るなんて、この間の事情、少し日本のダンス・ホールと異るが彼女等は単なるダンサーに非ずして、一方の鑑札所有人であるから仕方がない。往来に立つのより一クラス上のが、こういうキャバレへ出入りするに過ぎない。

片井君は下宿へ帰って、酔った体をベッドに横たえて、一眠りした頃に、思いがけない深夜のノックに眼を覚ました。今頃訪客のあるわけもない。日本から電報でも来たのかと、扉をあけると、ベロベロに酔ったシュジイが、廊下に立っている。

「アブれちゃったんだよ、泊めておくれよ」

と、木が倒れるような恰好で、彼女は、室へ侵入してきた。

「余はそれを望まぬ。汝が帰ることを望む」

片井君が懸命に阻止しても、彼女は平気なもので、

「あら、なかなかいい部屋に住んでるね。ベッドだって、すてきなもんだわ」

と、ベッタリ寝台に腰かけた。

「ノン！　余はそれを望まぬ」

「なにいってんのさ。泊めてくれたっていいじゃないの。お金は沢山いらないよ」

「金銭の問題に非ず。余は、余は……」

片井君がモグモグいっているうちに、シュジイは片井君の首に、ゴムホースのような手を巻きつけ、酒臭い顔を寄せて、パン、チュウと、したたかに一発見舞った。その響きは、深夜の室内に高らかな音をたてた。

すると、コツコツと壁を叩く音がして、

「沈黙《シランス》を、どうぞ《シイル・ヴ・プレエ》！」

隣室の女の悲しい声が、聞えてきたのである。結局、片井君は沈黙を守るために、シュジイを宿泊せしめなければならなかった。スミコニスマヌとは思ったけれど。

谷間の女

此間、ある家で、法事があった。

招かれた客は、殆んど、女ばかりで、男は、私を入れて、二人だけだった。黒や無地の着物の女客たちは、読経の間は、神妙だったが、坊さんが帰り、食事の席になると、よく食い、よく饒舌《おしやべり》した。仏事の席とは思われないほど、大きな声で、談笑した。それは、彼女等が不謹慎なのではなくて、集まった者が親戚ばかりなのと、また、この一家には自由な空気があって、形式張ることを好まない習慣があるからだろう。

「あなた、お米の自由販売、どう思う？」

「それア、統制なんか、無い方がいいわ」

「だって、途端に、値上げになったら、困るじゃないの」

「でも、今だって、ヤミ米買うでしょう」

「買うことは、買うけれど、少しだわ。配給があるから、助かってるんだわ」

「お宅は、それで済むけれど、ウチなんか、子供が多いから、そうはいかないわよ。九十円くらいなら、自由販売の方が、いくらいいか、知れやしない……」

「あら、九十円なんて、政府がいってるだけよ。実際は、百三十円ぐらいになるって、話よ」

「でも、そうなれば、第一、気持が、いいじゃないの。配給配給ッて、いかにも、お貰いのような……」

そんな会話で知れるとおり、彼女等は主婦であり、もう若い女性ではなかった。といって、更年期にはまだ遥かで、殊に、戦後、気が若くなった彼女等は、高校へ行く子供があるとは想像できないほど、水々しいところもあった。ただ、一人の未亡人だけは、五十代で、この女は、あまり、口数もきかず、聞き役に回っていたが、他の彼女たちは、ひどく元気で、先きを争って、饒舌を続けた。

「あたし、この頃、ツクヅク考えちゃうわ。男女同権なんて、ちっとだって、行われてやしないじゃないの。いつまで経ったって、女は、損ばかりしてるじゃないの」

A子が、新しい話題を、持ち出した。

「そうよ。絶対に、そうよ。あんなこと、空証文だわよ。男は、好きなことばかりして、あたしたちは、相変らず、奴隷だわ」

B子が、これ以上力は入れられないという風な、合槌を打った。

二人は、それから、掛合い漫才のように、交互に、男性の悪口と、女性の不満を列べた。ひどく、熱心なものであった。よく聞いていると、男性とは亭主のことであり、女性とは彼女等自身のことらしかった。

「ほんとに、ツマらないわ、女なんて……。でも、あたし、この頃、我慢しないことにしたの。我慢なんか、すればするだけ、損よ。なんでも、遠慮なく、ジャンジャン、自分のしたいことをすれば、いいのよ。そういう風に、主義を改めたのよ」

A子が、いきまいた。

「あら、あなたも？　あたしも、そう決心したところなのよ。控え目にしたりすると、却って、いけないわよ」

B子は、そう答えて、ハンド・バッグから、煙草をとり出した。彼女は、戦前には、喫煙しなかったのだが、最近、始めたのかも知れない。鼻から出す煙が、なにか、頼りなかった。

私は、黙って、二人のいい分を聞いてるのが、面白かった。二人は、頻りに、男性や亭主の悪口を列べるが、具体的にどうこういうのではなかった。しかし、悪口をいわないと、胸がムカムカするような、ひどく感情的なものが、受取られた。A子とB子の生活を、私はよく知っていた。

A子の良人は、極く普通な性格で、また、普通の会社員だった。姑《しゅうとめ》も、小姑《こじゅうと》もいない家庭で、戦前から、夫婦でダンスをしたり、その留守に、空巣覗《ねら》いに入られたりするような、ノンキな家庭だった。子供は二人いるが、もう高校と新制中学へ行ってるので、手はかからなかった。むしろ、恵まれた家庭といっていい方だが、それでも、彼女がそんな不服をいうのが、私にはおかしかった。

B子の方は、医師に嫁《かた》づいていた。やはり、A子と同じように、係累のない家で、子供も大きくなっていた。ただ、彼女の良人は、一風変っていた。類い稀れな、勤勉家なのである。非常に健康で、精力家のせいもあるが、どんな悪天候の夜半でも、往診を頼まれて、嫌な顔をしないという男だった。従って、よく流行る医師で、午前も午後も、茶の間で落ちつく時間はなかった。その癖、医師にありがちな遊蕩癖なぞ、微塵もなく、およそ、何の道楽も、知らぬ男だった。所謂〝働き者〟として、親戚の評判になっていた。そういう良人を持つと、細君も遊んでばかりはいられず、家事の外に、薬局の手伝いや、会計課みたいな仕事も、分担せねばならなかった。彼女は、それをコボすのである。

「まるで、あたしは高麗鼠《こま》よ。檻の中へ入れられて、朝から晩まで、働き通しなんだから……」

「だって、それだけお金が溜るから、いいじゃないの。あたしなんか、僅かな月給を渡されて、そのキリモリだけで、一月終っちまうわよ。働けば黒字になるッていうんだったら、いくらでも働くわよ」

と、A子。

「でも、仮りに、着物の一枚もできたにしたところで、着て歩く暇がないとしたら、どうなの？　万事が、その調子なのよ」

「それにしても、着物ができれば、結構だわ。何よりも、ご主人が、そんなにお堅いッてことだけでも、B子さんは、幸福よ。良人《うち》なぞときたら、お酒は飲む、麻雀は好き、この頃ではいい年をして、パチンコに夢中なのよ。お金も残らないし、第一、自分の愉しみばかりを考えているという利己的なところが、とても、腹が立つわ」

今度はC子が口を入れた。だが、B子は屈しなかった。

「あたし、男の人は、多少、道楽があった方がいいと思うの。良人は、煙草も喫まない人間なんですからね。働くのが道楽なんて、人間じゃないわ。機械よ。機械だから、妻に、全然同情がないのよ。例えば、朝御飯の時だけが、夫婦一緒にお膳に向うのよ、家では……。夜も、午も、大抵、良人は時間外れに食べるのよ。その大切な朝御飯の時に、良人は、きまって、新聞を読みながら、食べるのよ。ずいぶん、人をバカにしてるじゃないの」

「そうね。亭主ッて、どうして、ご飯の時に新聞読むものなのか知ら。良人でも、晩ご飯の時に、夕刊読む癖があるわ。帰りの電車の中で、読んでくればいいのに……」

C子がそういった。

私は〝ブロンディ〟の漫画で、食事に新聞を読むダグウッドが、叱られてる場面を思い出した。洋の東西を問わず、細君は、良人が食事中に新聞を読むことに、期せずして共通の不満を持ってると思ったら、なにかおかしくなった。

「とにかく、うちのご亭主ッて、つまらない人よ。忙がしい人だから、一緒に映画やダンスにいってくれとまでは、希わないけれど、せめて、面白い話ぐらい、聞かしてくれてもいい、と思うわ。話といえば、用をいいつける時以外に、口をきかないし、寝床へ入れば、すぐ、グーグー眠ちまうし……」

「わかるわ。あんまり眠つきのいい亭主ッて、癪なものね」

「それと、ユーモアのないことね、亭主の欠点は……」

と、A子が口を入れた。

「あら、A子さんの旦那さまは、ずいぶん、冗談も仰有るじゃないの。ユーモアというものを、全然解さないのは、良人よ」

と、また、B子が不平をいい出した。

「良人ときたら、笑うッてことを、どんな場合でも、知らない人なのよ。大概の男は、大きな声出して笑うもんだけど、お嫁にきてから、一度だって、そんな声、聞いたことがないわ。そうかって、微笑もしないのよ。それで、怒ってるわけでもないの。あたしたちが笑えば、何がおかしいッて顔をするの。笑うセンスが、生まれつき、欠けてるらしいわ。つまり、ユーモアを解さないッてことだけど、女にとって、こんな不愉快なことはないわ。無感覚で、頭が悪いッていう証拠じゃないの。アメリカの男は、妻を笑わすことを義務の一つとしてるッていうのに……」

傍聴してる私には、彼女等のいってるユーモアという言葉が、私の考えと、少しちがうように思われた。ユーモアとは、支那で幽黙とアテ字を書くくらい、ゲラゲラ笑う滑稽感ではないのだが、そんなことは別として、その時まで、今まで一言も口をきかず、ニコニコと話を聞いていたT未亡人が、突然、座談に加わってきたことに、注意を払わずにいられなかった。

「でも、皆さんは、ほんとに、ご幸福でいらッしゃいますこと……」

静かな、低い声音ではあるが、彼女は、一同の意表に出ることを、いい出したのである。

「あら、叔母さま、あたくしたちが幸福だと、仰有いますの？」

「まア、ずいぶんですわ」

「まるで、反対を仰有るのね」

A子も、B子も、C子も、口を揃えて、未亡人を反撃した。

「ホッホホ、なぜ、そんなに、お驚きになるんでしょう。皆さん、申分のない、自由な奥様でいらっしゃるのに……」

どこまでも、T未亡人は、落ちつき払った口調だった。

「まア、あたくしたちが、自由?」

「あんな、横暴な亭主を持っていても?」

「こんなに、毎日、家の仕事に追い回されていますのに……」

と、三人の夫人は、躍起となって、喋り出したが、T未亡人は、ニコニコと、笑うのみだった。

「自由で、幸福なのは、戦後に結婚した、若い女たちよ」

「そうよ。旦那さんが掃除をして、寝床をあげて、ご飯まで炊く家があるわよ」

「奥さんが、お姑さんに、赤ン坊を預けて、映画観にいく家だって、あるわよ」

A子たちは、いかにも、羨望に堪えないように、実例を細々と語り、同時に、自分たちが、いかに不幸な、割りの悪い時代に、結婚をしたかを、口々に、強調した。

「それは、今のお若い奥さんたちは、幸福でございましょう。そうでないとは、申しませんわ。でも、あなた方だって、決して、それをお羨みになるほど、ご不幸でないことも、確かですわ。とにかく、あたしたちの時代から見れば、百倍も千倍も、恵まれたお方たちですわ……」

T未亡人は、始めて、自分の不平を訴えたが、口調は、相変らず、静かだった。しかし、私は、彼女の言草を聞いて、女というものは、誰も、自分が最も不幸な存在であると考えるのかと、微笑せずにいられなかった。

一体、T夫人は、あまり特色のない女で、性質も、温順というより非個性的で、A子たちの義理の叔母にあたるにも拘らず、こういう席で、幅をきかすこともなく、いつも目立たない存在だった。一つは、口数が少いからで、今日のように、皆に逆らった発言をするのは、まったく異例なのだった。

今年、六十近くなるが、彼女の生涯も、彼女の性格のように平凡で、贅沢も貧苦も知らず、十年ほど前に、良人に死別したが、長男が会社員で、相当に生活してるので、そこに同居して、別に不自由なく、暮しているのである。

要するに、どこから見ても、特色のない女であるが、それだけに、人は、彼女が誰よりも幸福であるといっても、信じないと同様に、誰よりも不幸であると訴えられても、肯定できないのであった。すべてに於て、彼女は、どっちつかずの代表者のように、思われていた。

「それア、叔母様は、ご自身で、そう思ってらッしゃるだけですわ。日本の女は、戦後に恵まれたので、それ以前は、年代的に、昭和の女よりも大正の女、大正の女よりも明治の女が不幸だったといえるかも知れないけれど、叔母様の時代の女が、最大の不幸を担ったのだとは、申せませんわ。それア、なんといっても、封建時代の女が、一番、虐げられていますわよ」

と、A子が、公平らしいことをいったが、

「さア、どうでしょうかね。あたしの考えでは、封建時代の女は、まだ、幸福だったと、思うんですよ」

と、T未亡人は、いつになく頑強に、自説を守った。

「まア、それは、どういう理由なんでしょう?」

B子が、やや、切り口上で突ッ込んだ。

「昔の女は、確かに、ひどい目に遇わされましたけど、あの時代にはあの時代で、埋め合わせというものが、あったものですがね。また、今の方は、埋め合わせの必要もないほど、ご幸福なので、(あなた方も、含めてですよ)これは、問題はございませんね。ところが、昔の女と今の女との中間に生まれた女というものが、ございましてね。いわば、時代と時代の谷間と申しますか、前の山と後の山の蔭になって、一日中、陽の目を見ないというような所に、住まなければならない女のことなのですがね。どちらの時代の恩恵も受けられないのですから、バカな話ですよ。

まア滅多にない、不運な時代なんですが、今、五十の女は、そんな時に生まれ合わせたのですね。決して、愚痴をこぼすわけではございませんが、皆さんのご参考に、あたしの経験をお話し申しましょうか……」
と、彼女は、茶碗を両手で囲むようにして、喉を潤おしてから、語り始めた。

＊

「皆さんは、まだ、お小さかったから、あたしが、T家へ縁づいた頃のことは、ご承知ありますまいが、大正六年というと、東京にはガスも電燈もありましたし、なにも、そんな大昔ではないのですよ。結婚披露も、上野の精養軒で致しましたからね。尤も、新婚旅行に東京駅へ参るには、人力車に乗りました。まだ自動車は、一般の乗物ではありませんでした。

その頃の東京の家庭を、手取り早く、説明致しますと、〝カチューシャ〟の唄が流行ってるかと思うと、まだ、徳冨蘆花の〝不如帰《ほととぎす》〟という小説が読まれていたということですよ。皆さん、ご存じですか。名前だけ？　ホッホホ、そんなところでございましょうね。

私の娘時代には、あの小説を、誰も彼も、よく読みました。とても、只今の〝細雪《ささめゆき》〟どころの騒ぎではございません。なぜかと申しますと、あれには、お姑さんというものが出てきます。主人公の浪さんが、お姑さんのために、最愛の武男さんに別れて、あの悲劇となるのです。ほんとに、可哀そうに……あら、お笑いになってはいけません。あの時分は、姑小姑というものが、お嫁さんに暴威を振るったもので、どの家庭でも、この鬼門がありました。それが〝不如帰〟を、あれだけ売れさせた理由とも、申せましょう。

あたしの嫁づきましたT家にも、姑がおりました。前から、大変やかましい人と、聞いていましたが、あたしの両親も、あたし自身も、心配はしましたが、そのために、Tとの縁談を断るという気にはなりませんでした。姑のある家はイヤではありますけど、母も、祖母も、皆そのイヤな経験をしてきたのです。それは、女として避けられない運命で、いわば、嫁の一生の麻疹《はしか》か、疱瘡《ほうそう》のように考えていました。麻疹を無事に済ませると、子供が丈夫になるように、姑に仕え了せなければ、嫁も一人前になれぬという風に、諦めていたのですね。

さて、T家の人になってみますと、聞きしにまさる、やかましい姑でした。まるで、嫁をいじめるのが、天職とでも思ってるような人で、一日として、叱言をきかぬ日はありませんでした。それこそ、お便所へ泣きに行ったということも、何度あったか知れません。そういうあたしに、良人は同情しないのでありませんが、親を第一とする道徳観から、見て見ないフリをします。結局、お嫁さんは孤独の涙をこぼして、何事も、ジッと忍従する外はないのです。〝浪さん〟のように、夫婦仲を割かれないのが、見つけものだと思って、辛抱する外はないのでした。

封建時代のお嫁さんというものは、きっと、あたしと同じだったでしょうが、でも、それを天命と諦めていただけ、まだ、あたしたちより、幸福だったかも知れません。もう、あたしたちの時代には、〝ノラ〟の芝居もやっていましたし、青鞜社の運動も、始まっていました。婦人の自覚という声が時には耳へ響いてくるのですから、そういう忍従生活が、堪らなくなってくる時もありました。でも、古い因習に反逆するなぞという勇気は、とても、呼び起せません。あたしが意気地がないせいですが、世の中の空気が、まだ、そこまで進んでいないのですから、仕方がございませんよ。結局、封建時代の女のように、ジッと、我慢を続けるのです。そのうちに、子供も生まれます。嫁から母へ進むと、多少は、姑にも、ビクビクしなくなるものですね。それに、何といっても、慣れということがあります。鬼のような姑も、なんとか扱いようを心得て、ズルく立ち回ることを覚えます。それで、ホッと一息つくのですが、考えてみれば、卑屈な気持ですよ。

でも、ほんとは、もっと怖ろしい心が、それとハッキリ意識しないでも、そういう妻の胸の奥に、潜んでいたと、思いますよ。つまり、姑の死を待つ気持です。姑は、やがて死ぬものなので、死んでしまえばコッチノモノ——主婦権、母権、妻権が、全部、自分の手に帰するという考えですね。かりにも、人の死を待つなんて、この上もなく怖ろしい心ですけれど、虫も殺さない、優しい人柄の妻の胸のうちのどこかに、そういう心が宿っていなかったとは、いいきれませんよ。それだけ、妻の気持をネジけさせてしまった、昔の世の中の方に、罪がありますかね。あの頃の女でも、自由は望んでいたのです。ただ、気永に辛抱して、お姑さんという専制者の消滅するのを、待っていたというわけでしょう。

ところで、あたしの〝待望〟の日は、遂に訪れてきました。中風で、三年間臥《ね》た挙句に、姑はこの世を去りました。正直なお話、あたしはヤレヤレと思いましたよ。そして、これから思う存分、楽をしようと思ってると――いけません、あの戦争が始まりました。どうやら、あたしは、ジッと忍従してる間に、長い、貴重な時間を、過ごしてしまったのですね。日本の良かった時代は、その間に済んでしまったのです。芝居一つ、観にいけず、買出しや行列に追われて、不平をコボしてるうちは、まだよかったのです。やがて息子は応召、家は疎開――その間に、良人にも死別れまして、まるで、悪い夢でも見ているような、アレヨアレヨという気持で、戦争の四年間を送ってしまいました。これは、どなたもご同様かも知れませんが……。

さて、いやな戦争が済んで、息子も無事に帰還しまして、一息つく時がきました。倖い、家も罹災せずに済みましたし、亡夫の遺産と、息子の月給とで、どうやら、不自由なく暮していけますから、今度こそは、わが世の春が迎えられると、思いました。

それにつけても、早く、息子に嫁を持たせなければ、こっちの肩が抜けませんので、帰還後、すぐアチコチと、縁談のお世話を頼んで歩きました。お嫁さんの多い当節のことですから、相当の縁談も、二、三ございましたが、息子が、あまり、気乗りが致しません。そのうちに、自分からこのお嬢さんを貰ってくれと、お友達の妹さんを名指して参りました。どうやら、そのお嬢さんと、恋愛していたらしいのです。

好きな人があるなら、それに越したことはありませんし、そのお嬢さんに会ってみますと、快活な、健康な方でしたので、早速、その縁談を纏めることにしました。一昨年の今頃のことでございましたがね。

ところが、二人が新婚旅行から帰ってきた翌日から、あたしとしては、万事、アテ外れのことばかりなのでございます。嫁は、大変な朝寝坊で、あたしよりも早く起きたことは、一度もありません。新婚匆々《そうそう》だから、無理もないことと思って、眼をつぶっていましたが、日が経つにつれて、却って朝寝坊がひどくなりましてね。勤めに出る息子よりも、遅く起き出すことも、珍らしくありません。いつの間にか、朝の掃除や支度は、あたしの受持ちになってしまいました。

なにも、嫁の讒訴《ざんそ》はしたくございませんから、詳しくは申上げませんが、朝寝坊ばかりでなく、飛んだダラシのない女だということが、次第にわかって参りました。お洗濯もイヤ、縫物はきらい――家にいれば、ラジオをかけたり、唄をうたっています。おさもなければ、朝からオメカシをして、お友達を訪ねるとか、映画へいくとか――遊ぶことばかり、考えております。

あたしも腹が立ちますし、また、行末の見込みもかけられませんので、一日、息子に、それとなく、注意をしますと、

『お母さんは、今の時代を知らないから、そんなことをいうんだよ。友達の細君を見たって、みんな、K子(嫁の名です)と、変りアしないよ。戦後は、あれが普通なんだから、文句をいったって、仕方がないよ』

と、相手になってくれません。良人のことは、何一つ、世話しようとしないのに、息子が、少しも不平を持っていないとはあたしも呆れてしまいました。尤も、嫁の代りに、あたしが身の回りのことをしてやるのですから、不自由がないのかも知れませんが……。

そのうちに、嫁がお産をするようになりますと、あたしの仕事は、倍に殖えてきました。子供のオシメも、自分で洗おうとしないのですから、万事をお察し下さいまし。只今では、あたしは体のいい、婆やでございますよ。いいえ、婆やだったら、あんなにコキ使われる家に、一日も、辛抱できたものではありません。先刻も、お話が出ましたが、赤ン坊をあたしに預けて、K子が遊びに出かけることも、再々でございます。あたしは、赤ン坊を背負って、洗濯物から、買物やらを致します。一体、誰の子なのかと、腹が立って堪りませんが、あたしにとっては初孫ですから、やはり、文句をいいながらも、可愛いくてなりません。つい、そんなお守りを、引受けてしまいま

す。

お蔭で、体が疲れて、ボンヤリと、考え込む時がございます。息子夫婦から、女中扱いをされるなんて、こんなバカなことがあるだろうかと、自分を疑いたくなる時があります。昔、自分がどんな風に、姑に仕えたかと考えると、あまりな相違なので、涙も出ないくらいです。

昔のお嫁さんが、どんなに辛いものであったかということは、先程も申したとおりですが、でも、埋め合わせがあったので、ジッと我慢ができたのです。〝埋め合わせ〟というのは、自分が姑になった時に、思う存分の我儘や無理を、嫁にいってやることです。それで、自分の昔の苦労の取り返しを、つけたのです。息子が兵隊に行った時の話を聞きますと、軍隊でも、同じことだそうですね。新兵さんが、散々苛められるそうですが、自分が古兵になった時に、新兵を苛めて、トリカエシをつけるものだそうで……。

ところが、あたしは、いつまでも新兵さん――こんな、バカな話はございませんよ。姑に苛められて、今度は、嫁に苛められて――これでは、立つ瀬がないではございませんか。

〝楽あれば苦あり〟とか、〝禍福は糾《あざな》える縄の如し〟とか、諺にもありますように、人間の運命は、公平なものだと、あたしは信じておりました。でも、あたしの場合だけは、例にハマらないと、思いますよ。

どうも、大変、損な籤《くじ》をひいたものだと、考える外はありません。どうして、あたしは、そんな不運な目に遇ったのだろうと、いろいろ考えてみましたら、やはり、これは因縁ごとでございますね。あたしの生まれ年——というよりも、生まれた時代のセイでございますよ。その時代が、本来なら、潮がひくように、ゆっくり変っていくものなのに、戦争のお蔭で、ガタンと、芝居の回り舞台よりも早く、次ぎの時代が、きてしまったのですね。それで、前の時代と後の時代の間に、谷底ができてしまったのですよ。そこへ、運悪く、落ち込んでしまったのが、あたしたちの年齢の女なのでしょう。

こんなことは、日本の歴史にも、滅多にないことで、その犠牲になるというのは、あたし達も、よくよく不運な生まれなのでしょうけれど、誰に文句をいえることでもありませんから、この頃では、諦めがつきかけております。

しかし、新しい時代というものも、いつまで新しいわけでもございますまい。やがては、習慣とか、因習とかいうものも、生まれてきましょうが、今度は、どういうことになりますかね。姑と嫁というものも、どう変りますかね。例えば、うちのK子が、自分の息子に嫁を貰った時に、どんな姑になっていますかね。え？　姑と嫁の関係なぞ、もう、解消なのでございますか。それならそれで、サッパリして、結構でございますよ……ホッホホ」

T未亡人は、再び、静かな笑顔になって、茶を啜《すす》った。

〈昭和二十七年八月・主婦の友〉

写真

一

尾関ツナ子さんは女史と云ってもいいし、先生と云ってもいいし、或いは、刀自《とじ》といったら、一番適当ではないかと思われるような、そんな婦人なのでした。もう、お齢は七十近いでしょう。しかし、決して皺苦茶婆さんという感じではありません。勿論、皺はあるが、クチャではありません。若い時は、さぞ豊頬であったろうと思われる顔立ちです。その上、眼尻が下っています。老婦人の眼尻が釣り上っていると、険相なものでありますが、尾関刀自はその反対であります。細い鼈甲縁の老眼鏡をかけているが、眼鏡越しにジロリと睨めたりする芸当を知りません。従って、万事、お嫁さんをイビる型の老婦人でないことは申上げるまでもないでしょう。しかも、そのお嫁さんもいないとしたら、尾関刀自の身辺は、いよいよ平和ならざるをえないではありませんか。

尾崎刀自は、良人も、息子も、持っていません。早く云えば、オールド・ミスですが、どうやら云い古したこの英語も、彼女にとっては、不釣合いであります。オールド・ミスだの、老嬢だのと、そういう感じが、一向しないのです。それでは、どんな感じがするかと云えば、女が年をとって、お婆さんになったという感じが致します。いいえ、冗談を云っているのではありません。芳紀七十の処女なんて、普通の場合、決して彼女のように、素直な老人ではない筈です。

尾関刀自は、教育家でした。明治女書生の生き残りの一人でありますが、私立ではありますが、有名な東京の女学校の創立以来からの女教員でありました。彼女は地理と歴史と博物の先生でありました。昔の先生は、一人でそんなに何でも知って居たと見えます。それが教育の進歩と共に、また学校が有名になると共に、地理と歴史だけになり、やがて歴史一課目の先生となって、旧式な彼女の教授法が徒らに、生徒の欠伸を催すようになった時、ふと気がついてみると、もう在職三十年の月日が流れていました。

そこで彼女は思い切りよく、学校を隠退しました。創立以来の故老のことで、学校も充分に退職金を贈り、彼女も在職中の貯金を持っていたので、小女一人置いて、しずかに余生を送るのに、なんの不安もありませんでした。

さていよいよ隠居の生活に入ってみますと、彼女はなにやら手持ち無沙汰でした。尤も、昔の教え子達が、よく遊びにきてくれます。知事夫人になっているのもいれば、もはや未亡人になっているのもあります。彼女等と話している間は、気が紛れてよろしいが、雨でも降った日はまったく退屈でやりきれません。半生を教育に献げ尽した彼女は、お茶も、お花も、お琴もおよそ芸と名のつくものは一つも身につけていませんでした。

（と云って、今から稽古事を始める齢でもない。何か、自分に相応しい道楽はないだろうか）

そう考えてる時に、ふと教え子の一人から誘われたのが、芝居見物でありました。

彼女は、団、菊、左の生きていた時代に、娘盛りを過ごしたのですから、一度ぐらいは、劇場へ足を踏み入れたこともありそうなものだのに、更にその経験がありませんでした。今では、女学校の寄付募集に、校長さんが先きに立って観劇会を催しますが、その頃はいやしくも教育にたずさわる女性が、芝居や役者の噂をすることさえ慎しまねばならぬ世の中だったのです。

勿論、彼女も若かった時のことで、死んだ歌右衛門、当時の福助の評判なぞを、全然知らないではありませんでした。福助だけは一度観たいと思っているうちに、その福助がいつか芝翫《しかん》になり、芝翫が歌右衛門になって、やがて彼女自身よりも老衰したと聞いては、彼女はなんとなく世の中が儚くなって、芝居を観る気もしなかったのです。

二

尾関刀自は、産まれて始めて、芝居というのを観ました。世の中に、こんな面白いものがあったろうか。いくら学校の仕事が忙がしかったにせよ、これほど人を娯しませてくれるものを、今までなぜ観なかったろうか。彼女が歌舞伎座の帰りに、誘ってくれた知事夫人が呆れたほど、礼を繰り返して熄《や》まなかったのです。

それから彼女は、芝居が病つきになりました。誘われれば無論のこと一人でもノコノコ出掛けて行きます。そう度々では、月末に影響するから、場所も、大変舞台に遠い席を買います。耳が少し遠くなっているから、白《せりふ》は殆んど聴えません。しかし貸眼鏡というものがあります。役者の顔はハッキリ見えます。彼女はレンズを透して、舞台の人達とお馴染みになって行くうちに、とりわけ一人の俳優の顔が、忘れられなくなりました。どういう理由か知りません。その役者の顔だけが、ひどく可愛らしく、優しく、頼もしく——云わば自分の息子のような親しみを感じるのです。

彼女はプログラムを開けて、その役名と芸名を、照らし合わせてみました。中村福助と書いてあるのです。

(おやまア、あれが中村福助か。妾《わたし》の娘の時代の福助の子供か知ら)

彼女はその役者の名が福助と知ってから、それまでの十倍も、その役者も、芝居そのものも好きになってしまったのです。

彼女は観劇の度に、売店で福助のブロマイドを買い集めました。「時姫」もあります。「お軽」もあります。どれも、家へ帰ってから、何遍も繰り返して見て飽きませんでした。しかし、どれにも増して彼女を喜ばせたのは福助の素顔の写真でした。自宅の居間で撮ったのでしょうか、半身を斜めにして書見に耽ってる写真が、なにか大変寂しそうで、それがまた、大変心を惹くのです。

(妾は、こんな息子が欲しかったのだ)

彼女は生まれて六十何年目かで、初めて独身を悔いたくらいでした。

だが、彼女の家へ集まってくる教え子たちは、この様子を見て、決して黙ってはいませんでした。

「ホホホ。尾関先生も、どうかと思うわ。あの齢をして、福助に夢中になって。どうなさるお積りだろう?」

「まったくね。この頃は、お湯吞でも、お手拭でも、みんな裏梅のついたのを、使っていらっしゃるのよ」

「まア、呆れた。お婆チャンの執心て、もの凄いものね。今まで、あンまりお慎しみが過ぎた反動よ」

「Sさん。貴女が先生を芝居へ誘惑したから悪いのよ。貴女の責任よ」

「妾も、こんな大火事になろうとは思わなかったのよ。今更、気味が悪いわ」

「ホホホ、ホホホ」

口善悪《さが》ない彼女達は、寄り合うと、そんなことを云って、笑い合いました。

三

尾関刀自は、福助の出る芝居を、東京である限り、一度として見落したことがありませんでした。彼が主宰していた、新舞踊の会まで、彼女は見物に出かけました。

福助の顔、福助の姿、福助の声にさえ接していれば、彼女の心は隅々まで明るく、愉しく、平和でありました。役がなんであろうと、芝居がどうであろうと、彼女の関するところではありませんでした。況んや、劇評が福助の芸を固いとか、冷たいとか云々することなぞは、彼女にとって一顧の価値もありませんでした。彼女はただ、貸眼鏡の下の眼尻に漣《さざなみ》を寄せ、ポカンと口を開き、時には感歎のあまりホッと溜息をつくだけで、この上もない満足であったのであります。

こういう幸福な、尾関刀自の観劇生活が、三年も続きましたろうか。この老婦人の一人だけの、滴《したた》るような静かな快楽が、嫉妬の女神の御機嫌を損る日がきました。彼女の福助が、病気で舞台を休演し始めたのです。彼女はいろいろな伝手を求めて福助の病気の状態を訊き、近所の有名な薬師様へ願をかけました。彼女の茶断ち塩絶ちを、例によって、教え子の婦人連は嘲笑いたしました。しかし、そんなことはなんでありましょうか。福助の病気さえ癒ってくれれば、彼女は些《いささ》かも不満はなかったのですのに、昭和何年の何月何日でしたろうか、新聞紙は無残にも、この若い有為な俳優の写真を黒枠付きで載せたのでありました。

その日も、その翌日も、彼女は一日泣き暮しました。初七日、三十五日、四十九日と彼女はまさか坊さんは呼びませんでしたが、仏間に香華を供えて丁寧に回向《えこう》したのであります。そうして、仏壇の中央に飾ったのは、あの彼女の好きな、福助の素顔の横向きの写真でありました。教え子達は、半分は揶揄、半分は同情で、お悔みの品を持って彼女を訪れました。泣き腫らした眼で、悪びれもせず、まるで福助の母親のように、彼女はそれを受けるのであります。

それぎり彼女は、芝居というものを観なくなりました。

四

やがて福助の一周忌も来ようとする頃でした。尾関刀自の昔の同僚で数学の先生をしていた或る老人――これは男教師ですが、突然亡くなられました。尾関刀自から云えば、数学の先生もお気の毒ではあるがお齢の上、福助さんは三十になるやならずでと、述懐があったかも知れませんが、とにかく、長年教員室で机を並べた間柄で、やはり福助の死を聞いた時のように、悲しくなります。

そこで彼女は、福助の回向をした時のように、仏壇へ香華を供えました。そうして数学の先生の写真を中央に飾ろうと思いましたが、どう探しても、彼女のアルバムに見当りませんでした。

（お写真もお位牌もなくては、拝むわけに行かない。仕方がない。なんにも無いよりマシだから）

そう思って、彼女はアカの他人の写真を、仏壇へ飾りました。

それが、かの横向きの福助の写真であったことは申すまでもありません。なぜなら、他に男性の写真と云っては、父親のそれ以外にないのですから。

彼女は、一心に福助の写真に合掌して、数学の先生の冥福を祈りました。

それを見て、例の教え子達が黙っていよう筈がありません。

「どうもおかしいおかしいと思ったら、尾関先生とうとう耄碌しちまったのよ」

「そうよ。福助が死んでから、お婆チャン急にボケちゃったのよ」

「だけど、他人の写真に、代役をさせるなんて、ずいぶんね」

「それも、福助の写真なんだから、数学の先生も浮かばれないわ。ホッホホ」

「ホッホホ」

一同は、また笑い崩れました。

しかし、尾関刀自はほんとに耄碌したのでしょうか。或いは、礼拝ということの意味を、ほんとに覚ったのではないでしょうか。

待合の初味

私のナマイキ盛りの頃のことと、思って頂きたい。ナマイキ盛りであるから、世間のことは、よく知らないし、あべこべに、人生のことには、多感であった。
親しい友人のSが、急死したのである。S商店の小僧が二人で、提燈を持って、死を知らせにきた。心臓病で、ブラブラしていたのであるが、その日の夕方に、今の言葉でいうなら、心筋梗塞症でも起したらしい。
Sと私は、中学友達で、仲がよかった。でも、それだけの理由で、Sの家では、私に急使をよこしもしなかったろう。死体の懐中に、私宛の手紙を持っていたというのである。
それは、他愛のない手紙で、勿論、遺書なぞという性質のものではなかった。恐らく、散歩に出た時にでも、投函するつもりだったのだろう。しかし、Sの両親は、息子が死の間際に懐中していた手紙という点で、遺言視したらしい。そして、小店員に、それを持たして、よこしたのだろう。

私は、すぐ、Sの家へ飛んで行った。近頃は、友人はバタバタ死ぬものと、相場がきまっているが、その時分は、皆、若かった。だから、友人の死は大変珍らしく、大きな衝撃であり、また、死そのものも、今のように、親近感（？）を持ってるわけではない。抽象的大問題として、死というものを、考えてたので驚き方は、かえって純粋なのである。

Sの家というのは、麻製品問屋であって、父親は船長上りであり、ひどいガンコ・オヤジだった。でも、人間は単純で、商人らしさがなく、息子には、ガミガミ叱言ばかりいっていた。

Sの家へ行くと、Sの遺体は、顔に白い布をかけられただけで、まだ、布団に横たわっていた。私は、涙をこぼした。Sの親父も、涙をこぼした。そして、こんなに早く死ぬんなら、もっと可愛がってやるんだったというようなことを、何度も、私に述べた。

まだ、諸方へ知らせてないのか、通夜の客といっては、私一人で、後は、Sの両親と姉妹だけだった。夜が更けると、姉妹たちは、次ぎの部屋へ寝に行ってしまい、両親と私だけになった。

すると、Sの父親が、声をひそめて、意外なことをいった。

「Iさん（私の名）、あなたは、セガレに芝竜というナジミの芸妓のあったことを、知っていますか」

知ってますか、どころではない。その芸妓のことは、Sのノロケで、散々、聞かされてるのである。Sが生まれてから最初に買った芸妓であり、遊んだ場所が、烏森の田毎《たごと》という待合であることまで記憶してる。大変、羨ましかったのである。Sは中学も途中で止めて、家業を手伝っていたから、小遣銭の自由がきいたらしい。もっとも、Sは芝竜に飽きて、その後は、梅香というのに転向し、その肉体的特長まで、コマゴマと私に語っていた。

しかし、そんなことを、父親が知ってるとは、驚いた。その種の秘密は、父親に対して、特に厳守するから、知ってるわけがないのである。普通なら、私も、いいえ、知りませんと、シラを切るところだが、当人が死んでしまったのだから、そうもいかない。

「どうして、ご存じなんですか」

私は、そう返事する外はなかった。

「セガレの机の抽出《ひきだ》しから、その女の写真が、出てきました。裏に、名が書いてあるんです。よほど、深いナジミだったたんですか」

「さア」

私は、Sが梅香という新しい女ができたのを、知ってるので、その辺の返事に、止めて置いた。

「わたしゃア、その女を、セガレの葬式に呼んでやりたいんです。嫁も持たせずに、亡くしてしまったんですから、まア、その代りに、せめて、その女を葬式に……」

このオヤジにして、この言ありかと、私は驚いた。あんなにワカラズヤで、息子とケンカばかりしていた父親が、大変、粋《すい》をきかしたことをいうのである。それとも、オヤジさんの生まれた地方では、〝嫁代り〟の女を葬列に立たせる風習でもあるのか。

「はア、そうですか」

私は、賛成を唱える勇気がなかった。もし、私がSだったとしたら、恥かしくて、そんな真似をして貰いたくなかった。

「そこでですな、あんたに、一つお骨折りを、願わなくちゃ……」

Sの父親は、私の顔を見た。

「何ですか」

私には、見当がつかなかった。

「その女にですな、セガレの死んだことを伝えて、葬式にきてくれるよう、頼んで下さらんか」

「だって、ぼくは、その女を知らないんですよ、どこにいるかも……」

「そうでもないでしょう。一度や二度、セガレと一緒に、遊びに行きなすったこともおありでしょうから……」

「いいえ、まったく……」

それは、事実だった。Sも、まだ二十あまりで、放蕩を始めたので、そう小遣銭に恵まれてるわけはなく、自分一人で出かけるのが、精々だったろう。ただ、私には、羨ましがらせの気分もあって、事細かに、報告するに止まった。そして、私は、羨望を感じても、彼と同行するだけの勇気も、小遣銭にも、不足していた。

「一緒に、遊びに行かれんでも、セガレから、話ぐらいは、お聞きでしょう」

「それは、聞かされました。烏森の田毎という待合で、遊んでいたことも、知っています」

「それ、ご覧なさい。それじゃ、その待合へ行って、その女を呼んで、頼んで下されぱいいんですよ。この役ばかりは、あんたの他に、お頼みする人がないのだから……」

「でも、ぼく、待合って、行ったことがないんです」

「なアに、金さえ持って行けば、誰だって、上げてくれますよ。それに、セガレが遊ぶくらいだから、下宿屋に毛の生えたような家にきまってる。有名な待合なら、あんたのような書生ッポを、対手にせんでしょう……」

Sの父親は、一人でノミこんで、私にその役目を、課そうとするらしかった。そして、懐中から、商人の持物らしい大きな財布を出して、十円紙幣一枚だったか、それとも、十五円だったかを、抜き出した。

「これを、一つ、運動費に使って下さい」

これには、私も困った。困ったといっても、絶対迷惑というのと、少しちがった。待合というのは、どんなところか、この機会に一見してみたい下心は、充分なのであるが、何分にも、恐怖心の方が先き立つのである。といって、私はべつに純潔な学生というわけではなく、身分相応の遊里に、出入りしたことがないわけでもなかったが、待合というのは、大人の行く場所で、皆目、様子がわからなかった。その上、その待合も、烏森というだけで、見当もつかないし、芸妓を呼ぶ手続きに至っては、ショウペンハウエルの飜訳を読む以上にわからないし、私が躊躇を感じるのは、当然だった。

「でも、ぼくは……」

「そういわんで……。ホトケの前で、わしがこの通り、お願いするんじゃから……」

Sの父親は、両肘をつッぱって、お辞儀までした。

そうまでいわれると、私も断れなくなった。葬式は明後日であり、芝竜に会いに行くのは、明日を措いてない。私は全通夜をする気だったが、夜半に、終電車で家へ帰った。

翌日は、秋の好晴となったが、朝から、私の胸は、ワクワクした。一番、困ったのは、服装のことだった。待合という所へ行くのには、大人の服装が必要と、思われた。でも、私は金ボタンの学生服か、紺ガスリの和服しか持っていない。母親に話せば、亡父の遺服ぐらいあるかも知れないが、その用向きを聞けば、彼女は大反対をするにきまってる。

私は、やっと、友人のTのことを考えついた。彼は、海軍の退役将校を父親に持つに拘らず、家庭が自由で、下宿住いを許されてるばかりでなく、最近、一着のセビロをつくることにさえ、成功したのである。今でこそ、学生がセビロを着るのは、アタリマエとなったが、大正初期時代では、破天荒であって、Tは、私たち仲間の唯一のセビロ所有者であったのみならず、私たちの学校の唯一人だったかも知れなかった。というのも、彼が非常なオシャレで、且つ、非常な怠け者であり、恐らく、もう学校はやめて、就職するからとでもいって、親からセビロをせしめたかとも、思われた。セビロは社会人の衣服であり、就職に欠くべからざるものであった。

私は、Tのセビロを借りることを、思いついたのである。Tは、私より、二寸ほど背が低いが、そんなことは、関っていられない。とにかく、どうしても、今日は、待合へ行かねばならぬ。

午前中に、Tの下宿を訪ねると、彼は、今日も学校を怠けて、ゴロゴロしていた。

「実は、こういうワケなんだが、お前のセビロを貸してくれないか」

と、事情を述べて、借用を頼むと、Tは、忽ち、相好を崩して、

「そいつは、面白れえや。いいとも。貸してやるから、行ってこい。だけど、お前、まだ、待合へ行ったことねえのか」

「ねえよ」

「おれはある」

彼は、誇りに充ちていった。どうも、私だけが、子供のようで、イマイマしかったが、今日の任務を考えると、彼から教えを乞う外はなかった。

「何でもいいから、ズカズカ、座敷へ上っちまうんだよ。で、女中に、芸妓の名前をいって、そいつを呼んでくれっていえばいいんだ。ただ、お前は始めてだから、信用をつけるために、最初に、女中にチップをやれ」

「いくら？」

「二円やれば、大歓迎だな」

それから、彼は得意になって、芸妓の扱い方なぞ、教授してくれたが、私の目的は

遊びではないから、その方まで聞く必要はなかった。Tの下宿で、午飯を食べてから、私は、いよいよ、烏森へ出かけることにした。Tの説でも、〝遊び〟に行くのでないとすれば、〝昼遊び〟の方がよかろうということだった。そして、私は、生まれて始めてセビロというものを、身につけることになったが、地質は、その頃スコッチといったホーム・スパンのようなもので、なかなかシャレてるが、ズボンが短くて、できるだけ、バンドを下へ持ってかなければならなかった。厄介なのは、ネクタイであって、自分で結び得るまでの練習に、時間を要した。上着の方は、案外、体に合った。

とにかく、着終って、鏡を見ると、私も、一ッパシの大人になっていた。頭髪は、もう、坊主頭でなく、トッチャン刈りであったから、セビロとそう不調和でもなかった。

それで、私は勇んで、Tの下宿を出たのであるが、途中で、何度も、店舗のガラスに映る自分の姿を、確かめた。誰が見たって、若い会社員ぐらいには、踏める風体だった。その方は、安心したけれど、烏森に近づくと、胸がドキドキし始めた。

大体、烏森の花柳界が、どの辺にあるかぐらいの知識はあったが、〝田毎〟という待合の所在は、全然、見当がつかなかった。といって、通行人に聞くのも、恥かしくて、憚られた。結局、待合らしき建築の家を、一軒々々、名前を見て歩くより、仕方がなかった。

ところが、三回ぐらい、念を入れて、あまり広くない待合街を、歩き回っても、〝田毎〟という看板は、見出せないのである。

「おれの思いちがいかな。いや、そんなことはない。Sは、あんなに何度も、〝タゴト〟という名を、くりかえしていた……」

私は、すっかり困惑した。〝田毎〟が発見できなければ、今日の私の任務は、果せないことになる。もっとも、どの待合を見ても、ひどく閉鎖的であって、私の勇気を挫くこと一通りでないのだから、いっそ、〝田毎〟がわからないのを口実に、このまま引き揚げてしまおうかという弱気も、兆してきた。

そして、私は、土橋の方へ歩き出した。あの付近の地形は、今と、よほど違っていはしないかと、思われる。何しろ、戦災はおろか、関東大震災も、まだ襲わなかった頃で、古い東京の面影が、そのまま残っていた。今の新橋駅は、烏森駅という名で、現在の場所にあったが、付近は、ゴミゴミした家が多く、その証拠に、私の行途に、共用栓のある狭い空地があった。

共用栓なんて言葉も、今は死語であるが、共同で使う水道のことで、ズングリした鉄製の柱に、蛇口があるが、そのままでは水は出ない。各戸から鍵を持って行って、水を出すのである。江戸時代の共用井戸が、水道に進化したに過ぎないシロモノで、下町の裏町へでも行かないと、目につかなかった。

その共用栓のところに、洗い髪の一人の女が、バケツに水を汲んでいた。何か、洗濯ものでもしてるようだった。その服装が、料理屋の女中風なので、私は、最後の努力として、彼女に、〝田毎〟の所在を、訊く気になった。

「ちょいと、伺いますが……」

ところが、彼女は、事もなげに、返事をしてくれた。

「ああ、田毎さんですか。先月、河岸向うへ、越しましたよ」

しかし、〝河岸向う〟という語が、私には、わからない。

「どこですか」

「煉瓦地のことですよ」

これも、さっぱり、わからない。

「済みませんが、道筋を、くわしく教えてくれませんか」

おやすいご用といわんばかりに、彼女は、水道端から立ち上って、方角を指さし、土橋を渡って、どう行って、その右側だということを、教えてくれた。

私は、ホッとして、歩き出したが、不思議なことに、〝田毎〟の所在がわかったら、急に、胸のドーキが、高くなってきた。道筋は、非常に簡単で、すぐ、辿りつけるとわかると、かえって、足が進まなかった。

私は、土橋を渡っても、教わったとおりの道を行かずに、新橋の方へ曲った。新橋際に、今は、テンプラ屋になってるが、そこに、有名なビヤ・ホールがあった。

そこで、私は、ジョッキ二杯を飲んだ。いうまでもなく、アルコールの力を借りて、厚顔になるためである。さもなければ、とても、田毎の軒は潜れないと、見込みをつけたからである。

計画は当って、私は、別人のような気分で、ビヤ・ホールを出た。若い時は、アルコールに敏感であって、ジョッキ二杯で、羞恥心を抹殺するのも、可能だったが、五十歳を過ぎると、羞恥心の方が減退するから、これまた簡単である。

とにかく、私は、間もなく、田毎という看板の出た格子戸の前に立った。場所は、どうも、今の文芸春秋社あたりと、思われる。勿論、あんな広い通りではなく、田毎という家も、小さな待合であって、植込みなぞもなく、格子戸は往来に面していた。

一瞬、躊躇を感じたが、私は、思い切って、格子戸を開けた。

「いらッしゃいませ」

ひどく、愛想のいい女中が出てきた。もし、この女中が、初見の客を、ジロジロ検査するような態度だったら、私は、どんな気になったかわからない。

「さア、どうぞ……」

私は、すぐ、二階へ通された。往来に面してるが、ひどく暗い部屋だった。

私も度胸がきまって、Tから教えられた通りに、努めて遊び慣れた人間のような面つきをして、

「ビールでも、持ってきてくれ。それから、芝竜というのを、呼んでくれ」

「芝竜さんですか。かしこまりました」

女中が、引き下ろうとするのを、私は呼び止めた。

「これ、少しだけれど……」

Tの指示に従って、私は、一円紙幣二枚を、彼女の前に出した。

「まア、恐れ入ります。こんなに頂いて……」

女中は、明らかに、喜色を表わした。その当時、小待合の客の出すチップとしては、高額に属したのだろう。

女中が、下へ行ってから、私は、真に、ホッとした。これで、使命の大半を果したような気さえした。そして、待合というものが、案外、鉄のカーテンで隔てられるわけでなく、これなら、私にも出入りが容易だと考えた。

ところが、私は、次第に、困惑してきた。芝竜が、なかなか、姿を現わさないのである。従って、ビールの酌をしてくれる女中と、話をしなければならないのだが、これが、大変、技術を要する如く、思われた。始めて待合へ上った男だと、思われたく

ないから、努めて、遊び慣れた会話を弄しようとするのだが、これが、大変むつかしい。ボロを出すまいとすれば、結局、黙るより仕方がない。

女中は、私が芝竜のくるのが遅いので、腹を立てたと思ったか、

「ほんとに、どうしたんだろう。しようがないねえ」

と、いうようなことをいって、何度も、階下へ、電話をかけに行った。

「すみません。髪結いさんに行ってたんですって……。そんならそうと、始めからいえばいいのに……」

女中は、しきりに、ビールのお酌をするが、私は、ビヤ・ホールで、充分飲んできたので、もう結構だった。日本酒とちがって、ビールは、イヤとなったら、そう飲めたものでない。

すっかり、手持ち無沙汰になって、苦痛な時間を過ごしてると、

「あ、やっと、きたようですよ」

女中は、私には聞えない物音で、芝竜の来着を、予報した。果して、ハシゴ段を急いで上る音がして、芸妓に相違ない女が、座敷へ現われた。

「おそくなりまして、すみません」

「どうしたのよ、ほんとに……」

「髪結いさんで、待たされて……」

「待たされたのは、こっちよ。ねえ、お兄さん……」

「すみません、いかが、お一つ……」

芝竜は、ビール壜を持って、私の側へきたが、途端に、声をあげた。

「あら、さっきのお方!」

と、お酌の手を止めた。

「え?」

私は、彼女のいう意味がわからなかった。

「さっき、共用栓のところで、田毎さんの道を、教えたげたじゃありませんか」

そういわれて、私は、ハッと、思い出した。あの時は、髪を崩していたから、まるで、人相がちがうが、そういわれれば、結い立ての銀杏返しに装われた顔のうちに、確かに、見覚えが出てきた。

「ああ、そうだったね」

と、さり気なくいったものの、ゾッとする寒気が、私の体を走った。

(怪談だ。怪談だ。Sの霊が、芝竜と私を引き合わせたのだ)

そうとでも、考える外はないのである。私が田毎を探しあぐんで、たまたま、道を訊いた女が、今日、私が会う用向きを持った彼女自身であるなんて――

女中は、気をきかして、階下へ下りて行ったので、私は芝竜と、差し向いになった。そして、〝怪談〟を経験した恐怖で、私は、真剣な声になって、用向きを切り出した。

「君、Sって男を、知ってるだろう」

すると、彼女は、見る見る、警戒の眼を光らせて、

「わかったわ。お兄さん、新聞の方ね」

「そうじゃない。Sの仲のいい友達なんだ」

「ほんとか知ら。あたしね、Sさんと、そんな、深いお馴染みじゃないのよ。それに、もう、一年近くも、お会いしてないわ」

それは、事実かも知れなかった。大体、Sが、梅香のノロケを私に聞かせ始めた時期と、符合するのである。

「しかし、その前は、ずいぶん、会ってたんだろう」

「そうでもないわ。月に一遍ぐらいか知ら……。まア、お馴染さんといえば、いえないことないけど……」

彼女は、Sがどこかの店員であって、店の金でも使い込んだので、遊興先きの女を、新聞記者の私が、調べにきたとでも、思ってるらしかった。そして、どこまでも、自分は、巻き添えを食うまいという態度だった。

私は、その態度が、気に食わなかった。それに、容貌は十人並みとしても、瘦せて、

顔色が悪く、眼ばかり大きく、ギスギスしたこの女に、ちっとも、女の魅力を感じなかった。こんな女のところに、Sが通ったのかと思い、こんな女が芸妓に値いするのか、とも思った。

しかし、〝怪談〟の恐怖は、少しも、去らなかった。ことに、年少の頃は、偶然を誇大に考えるものであって、すべては、Sの〝引き合わせ〟と、思う他はなかった。実際、田毎の所在を教えてくれたのが、選りに選って、芝竜自身であるということは、意味なしには考えられぬのである。

（しかし、待てよ）

私は、思った、Sの霊の働きとすれば、少しツジツマの合わぬところがあるではないか。第一に、Sは下町風のハニカミヤであって、馴染みの芸妓なぞを、葬式に呼ぶなんて、誰よりも、反対するはずではないか。それも、絶世の美人だったら、私たち友人に自慢の種にもなるかも知れないが、芝竜は、見たとおり、貧弱この上もない、安っぽい女である。見栄張りのSは、こんな女を、自分の情婦として、人目にさらしたくないだろう。

次ぎに、Sは、芝竜に飽きて、梅香に移ってるのである。もし、Sの霊が働いたとすれば、共用栓の側で、私に道を教えた女は、梅香でなければ、理窟が合わない。

（すると、単なる偶然かな。それとも、Sも、死んでから、考えが変って、やはり、

梅香よりも、芝竜の方がいいと、思い当る節でもあったのかな）

とにかく、対手が死者のことであるから、いくら、親しい友人であっても、胸中が量りかねた。それに、私は、後から後からと、ビールを注がれるので、すっかり酔ってきて、頭の中がボンヤリしてきた。そして、あれこれと考えるのが、面倒くさくなり、自分は、Sの父親から頼まれた用向きさえ果せば、それでいいのだという気になった。

「実は、君を呼んだのは……」

と、私は芝竜に、重々しい口調でいった。

「Sが、昨日の夕方に、死んでね」

「え？　自殺？」

芝竜は、さすがに驚きの眼を、見はったが、自殺とは、珍問だった。

「自殺じゃないよ。心臓病が、急に悪くなったんだ。どうして、そんなことを、訊くんだ？」

「だって、あの人、まだ若いくせに、遊びなんかするから、お金に詰ったのかと、思ったのよ」

「あいつの家は、麻問屋で、裕福なんだ。そこの跡取りだから、金に困ることはないんだよ」

「まア、そんないい家の息子さんだったの」

彼女は、まったく、Sのことについて、知らぬらしかった。深い馴染みでないといったのも、口実ばかりではないようだった。

「それでね、葬式は、明日なんだ。Sのオヤジさんが、君も、葬式に呼びたいといってるんだ。ぼくは、その用事を頼まれて、ここへ来たんだよ」

私は、Sの父親が〝セガレの嫁として〟云々の言葉は、伝えなかった。伝えるのが、対手を見たら、バカバカしくなったからだ。

「あら、そうなの。それで、すっかり、わかったわ。そうね、でも、あたし行けるか知ら……」

芝竜は、薄情なことをいった。一体、Sの死を聞いて、少しは驚いた顔をしても、涙一滴こぼすわけでもなく、これが芸妓というものかと、私は慨嘆《がいたん》したが、考えようによれば、彼女がSと深い仲でなかった証拠にもなるので、それを、彼女の写真を発見したからといって、葬式に呼ぼうというSの父親の料簡が、そもそも、マチガイのモトではなかったのか――

しかし、ここまできて、私の任務を空しくしたくないので、

「そんなことといわないで、葬式に出てやってくれよ。明日の二時からなんだが、すぐ済むから……」

「そりゃア、あたしも行きたいんだけど、着物がないのよ。お葬式の時には、黒を着てくんでしょう」

「そんなことは、どうだっていいんだ。君が行ってやれば、Sの親父が喜ぶんだ」

私は、敢えて、S自身といわなかった。

「無論、君がきてくれれば、それに要する費用は、一切、Sの父親に出させる……」

私は、そんな餌さえ投げる気になった。

「それは、どうでもいいけれど、それほどまでにいって下さるなら、あたし、何とかして行くわ」

「うん、是非、そうしてくれ給え」

私はSの家の道順を教え、やっと、これで、話がついたと思って、私は飲みたくもないビールのコップに、手をつけた。

「でも、不思議ねえ。水仕事なんて、滅多にしないあたしが、共用栓のところへ出てると、そこへ、お兄さんがきて、道をきいたりして……」

「そうだな？」

「Sさんの引き合わせにきまってるわ。あの人、それほどまで、あたしを想ってくれてたのか知ら……」

芝竜は、得意の面持ちだったので、私は、よっぽど、梅香のことを、話してやろうかと思った。

そこへ、この家の女将が、挨拶にきた。私に、これを縁に、ヒイキにしてくれというキマリ文句をいったが、私は一端しの大人になった気持がして、うれしかった。

すると、芝竜が女将をつかまえて、Sの死んだことから、私の用向きやら、烏森の共用栓のところで、偶然、私に道を教えたことまで、コマゴマと、話して聞かせた。

「まア、なんて、不思議なことが、あるもんでしょうね。そりゃア、Sさんが導いて下すったに、きまってるよ」

女将は、一も二もなく、芝竜の言葉に、同意した。少し、気味悪そうな顔をしていたから、本心からそう思ったのだろう。

しかし、私は、その頃から、次第に、〝怪談〟を信じなくなってきた。もし、芝竜が、そんな女でなく、Sと愛し合っていた証拠でも、見せてくれたら、考えも変ったろうが、その当時の流行語でいえば、〝現実バクロ〟が、あまりにも多いのである。

(こりゃア、単なる偶然だ)

私の結論は、動かなくなった。神秘だの、不思議だのを、愛好する年齢だったが、この事件は、それに値いしないと考えた。その心理には、待合だの、芸妓だのというものが、案外、魅力がなかったことと、どこかで、関連性を持ったかも、知れなかった。要するに、私は、白日夢からさめたような気持だった。

そこへ、女中が、ドタバタという音を立てて、階段を駆け上ってきた。

「何ですねえ、騒々しい……」

女将は叱ったが、女中は平気なもので、

「飛行船、飛行船ですよ！　きっと、物干しから、よく見えますよ」

「え、飛行船？　ほんとかい？　旦那、ご覧になりますか。すぐ、物干しへ出られますから……」

この騒ぎで、〝怪談〟の方は、どこかへ吹き飛んでしまった。飛行機は、まだ、練習時代で、陸海軍とも、飛ぶ力を持ってるのは飛行船だけだったが、それが、東京の空へ現われるなぞ、滅多にないことだった。

私は、女将や、芝竜や、女中と共に、次ぎの間から、窓を跨いで、この家の物干し台へ出た。

いつか、秋の日が夕づいて、黄ばんだ西の空を、菱の実型の気嚢の下に、ゴンドラを吊った、海軍飛行船が飛んでいた。その速力は、驚くべく鈍かったし、やや低空を飛んでるので、全姿がよく見えた。見渡すかぎり、平べったい、日本屋根瓦の波であった。ビル建築は、ほとんど見当らないからであろう。

「あれは、海軍の飛行船で、霞ケ浦から横須賀へ飛んでいく途中にちがいない……。きっと、明日、新聞に出るよ」

私は、花柳界の連中より、軍事知識があったから、説明をしてやったが、珍らしい物を見た満足は、充分だった。待合の経験よりも、この方が、よほど、新奇だった。

〈昭和三十八年十一月・小説新潮〉

【編者解説】

未来から来たモダン・ガールたち

山崎まどか

〈それにしても『青春怪談』も『悦っちゃん』も『コーヒーと恋愛』も『自由学校』も手に入らないなんてひどいよね、獅子文六〉

これは私のツイッターに残された二〇一一年のつぶやきです。つぶやきというよりもボヤキに近いですね。今の私は二〇一一年の私に心配するな、喜べと伝えたい気持ちです。私がこのツィートで挙げた獅子文六の主要作品は現在、ちくま文庫で読めるのですから。

一八九三年（明治二六）生まれの獅子文六は、一九三〇年代に小説家として活躍し始めた時から一九六〇年代まで一貫して人気のあった作家でしたが、人気があり過ぎた故なのか一時期は作品が軒並み絶版で、新刊書店では手に入らないという状態でした。私も二〇〇〇年代はじめに古本を通して彼の作品の魅力を知りました。

文学の世界には早くからアカデミズムや評論家によって偉大であると認められ、名作として語り継がれる作品があります。でも権威とは別のところで人気を集め、一度は忘れられたように見えても若い読者やクリエイターによって発見されることで、再び息を吹き返すタイプの作品もあるのです。そうした作品は再発見された世代によって、ニュー・クラシック（新たなる名作）という位置付けをされることがしばしばです。

発表当時から売れていた作品だったとしても「自分たちが発見した」という思いを新世代に抱かせてくれる作品という言い方も出来るでしょう。ガチガチに評価が固まっているのではなく、新しい世代がその魅力を見つけられる余地を残しておいてくれる作品。それは書かれた当時の位置付けがどのようなものであっても、未来の古典なのです。そして洒脱な中に驚くほどの新しさを秘めた獅子文六の作品にとっての未来は、文庫化によって再び人気が定着しつつある現在なのかもしれません。古書店や古本市で獅子文六の本を血まなこになって探していた世代である私からすると、大変に感慨深いものがあります。

私が「断髪女中」を表題作とするコバルト叢書を神田の古本市で見つけたのは、古本ハンティングに励んでいたそんな時代のことでした。コバルト叢書とは鱒書房が出していたシリーズ本です。出版社が設立された一九三九年（昭和一四）に東郷青児の描く女性のポートレートを表紙にして華々しく始まったのですが、第二次世界大戦の煽りを受けて翌年には出版社自体が活動を停止しています。戦後になってからこのシリーズも再開されていますが、私が手に入れた古本は戦前に出たものでした。奥付を見ると、初版が一九三九年（昭和一四）一〇月一五日。私の本は翌年の二月に出た第一〇版で、たった四カ月でこれだけ版を重ねていることからも当時の獅子文六の人気がうかがえます。巻末に載っている「美と教養と歓びの泉！」というキャッチフレーズのついたコバルト叢書の宣伝でこの本は「ジャムパンのように上品で美しいユーモアを以って、我国知識人に最も愛好される獅子氏の、楽しくも微笑ましき芸術的香り高き短編集」と紹介されていました。この宣伝文、品が良くて知的な文学の香りがしてフランス帰りらしくハイカラでもありながら、親しみやすい獅子文六の作風を表現するのに「ジャムパン」をたとえとして持ってきたところが個人的には素晴らしいと思います。

それにしても「断髪」と「女中」という言葉の組み合わせのインパクトはすごいものがあります。断髪＝ショートカットのボブといえば当然、一九二〇年代の浅草や銀座を闊歩していたモガ（モダン・ガール）が思い浮かびます。その存在は、主人の家に住み込んで家事全般を請け負う女中という職業とどうしても結びつきません。「女中」という言葉には、職業というよりも奉公の形態と考えた方がしっくり来る響きがあります。後に「お手伝いさん」「家政婦」という言葉にとって代わられるのにも納得です。カフェのウェイトレスやダンサー、女優、デパートガール、タイピストといった（戦前の）モダンな職業ではなく、どうして古色然とした女中なのか。しかも「断髪女中」の初出は一九三八年（昭和一三）なのです。

「近頃、払底しているもの、銅、ガソリン、傑作小説、デ盃日本選手」という作品内の描写からも分かる通り、大正～昭和初期の浮かれて華やかなムードは過ぎ去り、日本が軍国主義へとひた走っていたせいで国内の物資がめっきり減っていた頃です。断髪のモガは既に時流に合わないはずです。ちなみに「デ盃」とは男子テニスの国別対抗戦「デビスカップ」のこと。日本は一九二一年（大正一〇）に初出場した時は強豪国を破り決勝戦まで進出して準優勝を果たしたのに、この年は第一ラウンドで敗れています。

欠乏していたのは物資やスポーツ選手だけではなく、労働者階級の若い女性たちが一斉に工場に吸い上げられたせいで中流家庭が「女中」に事欠いていたという背景が「断髪女中」で語られています。そんな事情で本編の語り部的な存在である「本多さんの奥さん」が困っていた時に現れたのが、アケミという名の断髪の若い女性でした。

このアケミさんという女性のキャラクターが滅法、面白い。教養があるだけではなく、家政の仕事も完璧にこなせて、しかもその方法が非常に実用主義的《プラグマティック》なのです。そんな彼女がモガ風の断髪と女中という職業を選んだ理由が明かされるクライマックスを初めて読んだ時の衝撃は忘れられません。「モガ」の幻想に惑わされず、時流を読み、独立した女性の職業として女中に目をつけたアケミさんの狙いは驚くほど論理的なものでした。時代背景も読み取れる理屈ではありますが、どうすれば若い女性が本当に独立して、かつ好きなことも追求する余暇が得られるかと考えるアケミさんはモダン・ガールという存在を超えて〝未来から来た女性〟だとも言えます。流行作家でありながら獅子文六が古びず、何度も新世代に再発見される理由には、いま読んでも新しく感じる「断髪女中」のアケミさんのような女性キャラクターにもあると思うのです。そういう女性の登場人物を描く時にちょっと皮肉が効いているのも、絶妙なさじ加減です。

獅子文六の作品は数多く映画化されていますが、この「断髪女中」も一九四〇年

（昭和一六）に新興シネマが「初春娘」というタイトルで映画にしています。原作のアケミさんに当たる役を演じたのは「隣の八重ちゃん」（一九三四年）の主演女優として人気を博した逢初夢子です。モダン派の女優として知られた彼女がトーク帽にくわえ煙草でポーズを取っているポートレートを見ると、アケミさんの役は似合っただろうなあと思います。いつか見たいものです。

今回ちくま文庫から発売となる二冊の獅子文六の短篇集は、獅子文六全集に掲載されている短篇を千野帽子さんと私が査読して選定し、その中から女性が活躍する作品を中心とした「モダンガール篇」の収録作を私が、男性が主人公の「モダンボーイ篇」を千野さんがセレクトしています。編纂する機会を頂いて「モダンガール篇」はそんな〝未来から来た〟獅子文六作品の女性たちの魅力が伝わるセレクトにしたいと思いました。冒頭に持ってきたのは、もちろん「断髪女中」です。

それから私が勝手に「獅子文六の女中シリーズ」と呼んでいる作品群が続きます。「おいらん女中」は、金融界の大物になった男が大学時代に吉原で馴染みだった花魁を自分の家庭の乳母として雇い入れる話です。作品の発表が一九五八年（昭和三三）で、その時点で「今から六十年前」「日清戦争と日露戦争の間の頃」と言っているところから推測すると、上原英一郎が花魁の田毎さんと出会ったのは一八九〇年代の終わり、明治時代のことになります。今とはモラルもだいぶ違う時代でした。かつて男女の関係だった人の下で働く田毎さんと、夫との深い仲であったことを知りながら田毎さんを雇い入れる懐の深い細君のイト子さんの関係はぱっと見には古風ですが、夫とは関係のないところで共に家庭生活を営んでいく二人の絆が、それぞれが上原氏と結んだものよりも深いというところにはっとします。田毎さんにとって、上原家でイト子さんと過ごしお嬢さんの面倒を見た生活は〝花魁のその後〟ではなく、本当の人生なのです。

獅子文六本人と思われる作家が語り部の「見物女中」に出てくる富沢エツ子は、作家に手紙をおくって女中にして欲しいと頼み込む熱心な若い女性です。作家は故郷で代用教員をやっていたというエツ子の仕事ぶりを「素朴なばかりでなく、大いに甲斐々々しい」と気に入るのですが、エツ子はアケミさんとはまた違う目的があって、女中という職業を選んでいたのでした。このちゃっかりぶりが、逆に清々しくはないでしょうか。

「竹とマロニエ」は戦後まもなく、女中としてはとっくに引退した五十代の女性が、かつての主人の洋館を借りたフランス陸軍の無電技師のところで再び働き始める話です。生まれた国も社会的なバックボーンもまったく違う二人が絆を深めていけるのは、やはりひとつ屋根の下で暮らしているからなのでしょうか。通いの家政婦だとこうはいかないかもしれません。なお、アンドレさんが話す艶笑譚めいた小話は、戦前に獅子文六が「羅馬の夜空」(「モダンボーイ篇」に収録)という題名で発表した短篇と同じ内容です。文六はこの小話、パリのカフェあたりで仕込んできたのではないかと私は思っているのですが、どうでしょう。

伊豆の温泉に行く旅の一団に加わった作家志望の青年が、家出して紡績工場の女工になりたがっている変わり者の令嬢と出会う「団体旅行」は、発表当時の一九三九年(昭和一四)の女性作家の台頭を思わせて興味深い作品です。語り部の平助君は、キヨ子嬢が作家志望と知って彼女に心惹かれるようになります。彼は女性作家に芥川賞を「攫われ」てから今までバカにしていた「女流作家」に尊敬と畏怖を感じるようになったと言っていますが、これは恐らく「団体旅行」が発表された前年の後期に「乗合馬車」で芥川賞を受賞した中里恒子のことでしょう。彼は更に、キヨ子嬢に吉屋信子や林芙美子の面影を見るのです。作家志望のキヨ子が女工を目指すのも、林芙美子の「放浪記」のヒットなどが背景にあるのかもしれません。

男女が集まる加留多会のにぎやかな描写で幕をあげる「明治正月噺」はオチが見事です。あの恋人たちの前日譚だったとは!

獅子文六は若い男女を描くのも上手ですが、夫婦の間の微妙な関係性を書かせても天下一品です。「婦人倶楽部」と「主婦の友」の読者から募った体験談を彼が小説に仕立て上げた「夫婦百景」（一九五七年）は獅子文六の戦後のヒット作のひとつで、テレビ化もされて人気を博しました。この短篇集でも夫婦の仲をテーマにした作品をいくつか選んでみました。

「プレン・ソーダ」のような一〇年目の結婚生活が簞笥の下から見つかった謎のお金でにわかに活気づく「探偵女房」は、非常にキュートでユーモラスな作品です。お金の出所を突きとめようと探偵の真似事を始める滝山夫人は『青春怪談』の宇都宮蝶子さんにも通ずるおっちょこちょいで可愛らしいところがあって、これが獅子文六のヒロインのプロトタイプのひとつかなと思わされます。マリ・キュリーの伝記を読んで、急に賢夫人になろうとはりきりだす「胡瓜夫人伝」の万里子夫人も然りです。自分の夫がかかった病気について勘違いしている「仁術医者」の新婚の奥さん、ワカ子さんもどこか天然です。「愛の陣痛」の良家の子女であるユリ子さんは、流線型機関車に性的な魅力を感じてしまうというところが最高です。彼女は夫となる柏木氏に機関車のごとき情熱を求めて、積極的に迫ります。女性が夫婦生活に貪欲であって、悪い訳ありません。

「遅日」はほろ苦い余韻を残す初恋物語ですが、予科練で訓練を積みながらついに戦争に行くことがなかった青年が、少年のような純愛を捧げるのが二十歳以上も年が離れた共産党の代議士候補だというところがユニークです。しかも主人公が思慕を寄せる対象の赤松英子は、「日付けを数字で表わす事件の一味」に加わって刑務所に入ったこともある女性なのです。この「事件」は日本共産党の活動員が一斉に検挙され、治安維持法に問われた三〇名あまりが市ヶ谷刑務所に投獄された「三・一五事件」のことでしょう。

パリ帰りの獅子文六らしく、彼の短篇にはフランス人のヒロインも登場します。一九三五年（昭和一〇）発表の「呑気族」は、アパートメントと長屋の中間のような集合住宅に住む人々を描いた作品です。その顔ぶれがありきたりでなくて実にカラフル。甲斐甲斐しく働く妻と売れない作詞家の夫婦、住職の愛人、そして海外で出会って結婚した日本の上流階級の夫のもとから逃げ出したフランス人の女性ときています。彼が暮らす集合住宅は、「省線方円寺を去ること、八丁あまり」の場所にあるという設定ですが、この「方円寺」とは当時の都電杉並線の「高圓寺」駅のことではないかと推測されます。一九三〇年代の東京郊外の、それこそ呑気な雰囲気がうかがえるようです。そんなのどかな郊外のアパート生活に登場するアメリイさんのキャラクターが何とも豪快で、強烈な印象を残します。

「沈黙をどうぞ！」はパリのアパートメントが舞台です。日本に妻を残してパリに留学に来ている主人公は、隣室の物音に悶々とする日々です。どうやらこのお隣さんは、二号さんを生業としているようです。「沈黙をどうぞ」とは「静かにして下さい」というフランス語を直訳したフレーズでしょう。主人公からそう言われて笑っていたお隣さんがこの言葉を返すことになる顚末は、おかしくも切ないものでした。

「谷間の女」では、親の敷いたレールに何の不満もなく乗ることが出来た明治の女たちと、実際に自由を手にして戦後を生きる昭和の女に挟まれた大正の女の本音を知ることが出来ます。上品に笑いながら、若いお嫁さんたちに「自由という概念を知らされたのに、それが絵に描いた餅でしかなかった」恨みを語るT夫人が静かに怖い。しかしどの世代の女性も、恋愛や結婚に関して自分より上の世代がありついていた恩恵にはありつけず、その下のように自由奔放にもなれないという不満を持っているものではないでしょうか。

恋愛や結婚に結びつかない想いというものを明治生まれの七〇代の女性が知るのが「写真」です。尾関女史が歌舞伎俳優に抱く想いは、今なら「推し」（自分が最も応援しているアイドル）という概念として語ることが出来るかもしれません。

最後の「待合の初味」は、若くして亡くなった友人の馴染みの芸妓を訪ねて、初めて待合に行く青年の物語です。芸妓の手練手管も印象的ですが、それ以上に「あるもの」に主人公も、芸妓も、女将も、そして女中も心を奪われるラストの鮮やかさが心に残ります。

ぱっと目の前が開けたような風通しの良さ。獅子文六の小説とモダンなヒロインたちの相性の良さは、この作家の持つそんな性質にあるのだと思います。

（やまさき・まどか　文筆家・翻訳家）

・本書は文庫オリジナル編集です。
・各収録作品は『獅子文六全集』第一一巻、第一二巻（朝日新聞社一九六九年）を底本としました。
・本書のなかには、今日の人権感覚に照らして差別的ととられかねない箇所がありますが、作者が差別の助長を意図したのではなく、故人であること、執筆当時の時代背景を考え、該当箇所の削除や書き換えは行わず、原文のままとしました。

コーヒーと恋愛　獅子文六

恋愛は甘くてほろ苦い。とある男女が巻き起こす恋模様をコミカルに描く昭和の傑作が、現代の「東京」によみがえる。（曽我部恵一）

てんやわんや　獅子文六

戦後のどさくさに慌てふためくお人好し犬丸順吉は社長の特命で四国へ身を隠すが、そこは想像もつかない楽園だった。しかしそこは……。（平松洋子）

娘と私　獅子文六

文豪、獅子文六が作家としても人間としても激動の時間を過ごした昭和初期から戦後、愛娘の成長とともに自身の半生を描いた亡き妻に捧げる自伝小説。

七時間半　獅子文六

東京―大阪間が七時間半かかっていた昭和30年代、特急「ちどり」を舞台に乗務員とお客たちのドタバタ劇を描く隠れた名作が遂に甦る。（千野帽子）

悦ちゃん　獅子文六

ちょっぴりおませな女の子、悦ちゃんがのんびり屋の父親の再婚話をめぐって東京中を奔走するユーモアと愛情に満ちた物語。初期の代表作。（窪美澄）

自由学校　獅子文六

しっかり者の妻とぐうたら亭主に起こった夫婦喧嘩をきっかけに、戦後の新しい価値観をコミカルかつ鋭い感性と痛烈な風刺で描いた代表作。（戌井昭人）

青春怪談　獅子文六

婚約を約束するもお互いの夢や希望を追いかける慎一と千春は、周囲の横槍や思惑、親同士の関係からドタバタ劇に巻き込まれていく。（山崎まどか）

胡椒息子　獅子文六

裕福な家に育つ腕白少年・昌二郎は自身の出生から母、兄姉に苛められる。しかし真っ直ぐな心と行動力は家族と周囲の人間を幸せに導く。（家冨未央）

バナナ　獅子文六

大学生の龍馬と友人のサキ子は互いの夢を叶えるためにひょんなことからバナナの輸入でお金儲けをする。しかし事態は思わぬ方向へ……。（鵜飼哲夫）

箱根山　獅子文六

戦後の箱根開発によって翻弄される老舗旅館、玉屋と若松屋。そこに身を置き惹かれ合う男女を描く傑作。箱根の未来と若者の恋の行方は？（大森洋平）

青空娘　源氏鶏太

主人公の少女、有子が不遇な境遇から幾多の困難にぶつかりながらも健気にそれを乗り越え希望を手にする日本版シンデレラ・ストーリー。（山内マリコ）

最高殊勲夫人　源氏鶏太

野々宮杏子と三原三郎は家族から勝手な結婚話を迫られるも協力してそれを回避する。しかし徐々に惹かれ合うお互いの本当の気持ちは……。（千野帽子）

家庭の事情　源氏鶏太

父・平太郎は退職金と貯金の全財産を5人の娘と自分で6等分にした。すると各々の使い道からドタバタ劇が巻き起こって、さあ大変?!（印南敦史）

カレーライスの唄　阿川弘之

会社が倒産した！　どうしよう。美味しいカレーライスの店を始めよう。若い男女の恋と失業と起業の奮闘記。昭和娯楽小説の傑作。（平松洋子）

ぽんこつ　阿川弘之

文豪が残した昭和のエンタメ小説！　時は昭和30年代、知り合った自動車解体業「ぽんこつ屋」の若者と女子大生。その恋の行方は？（阿川佐和子）

末の末っ子　阿川弘之

五十代にして「末の末っ子」誕生を控えた作家・野村耕平は、執筆に雑事に作家仲間の交際にと大わらわ。昭和ファミリー小説の決定版！（阿川淳之）

あひる飛びなさい　阿川弘之

敗戦のどん底のなかで、国産航空機誕生の夢を実現させようとする男たち。仕事に家庭に恋に精一杯生きた昭和の人々を描いた傑作小説。（阿川淳之）

酒呑みの自己弁護　山口瞳

酒場で起こった出来事、出会った人々を通して、世態風俗の中に垣間見える人生の真実をスケッチする。イラスト＝山藤章二。（大村彦次郎）

江分利満氏の優雅な生活　山口瞳

卓抜な人物描写と世態風俗の鋭い観察によって昭和一桁世代の悲喜劇を鮮やかに描き、高度経済成長期前後の一時代をくっきりと刻む。（小玉武）

せどり男爵数奇譚　梶山季之

せどり＝掘り出し物の古書を安く買って高く転売することを業とすること。古書の世界に魅入られた人々を描く傑作ミステリー。（永江朗）

尾崎翠集成（上）　中野翠 編

鮮烈な作品を残し、若き日に音信を絶った謎の作家・尾崎翠。この巻には代表作「第七官界彷徨」をはじめ初期短篇、詩、書簡、座談を収める。

尾崎翠集成（下）　尾崎翠　中野翠 編

時間とともに新たな輝きを加えてゆく尾崎翠の文学世界。下巻には『アップルパイの午後』などの戯曲、映画評、初期の少女小説を収録する。

記憶の絵　森茉莉

父鷗外と母の想い出、パリでの生活、日常のことなど、趣味嗜好をないまぜて語る、輝くばかりの感性と滋味あふれるエッセイ集。（中野翠）

甘い蜜の部屋　森茉莉

天使の美貌、無意識の媚態。薔薇の蜜で男たちを溺れ死なせていく少女モイラと父親の濃密な愛の部屋。稀有なロマネスク。（矢川澄子）

貧乏サヴァラン　森茉莉　早川暢子 編

オムレット、ボルドオ風茸料理、野菜の牛酪煮……。食いしん坊茉莉は料理自慢。香り豊かな〝茉莉ことば〟で綴られる垂涎の食エッセイ。文庫オリジナル。

紅茶と薔薇の日々　森茉莉　早川茉莉 編

天皇陛下のお菓子に洋食店の味、庭に実る木苺……森鷗外の娘にして無類の食いしん坊、森茉莉が描く懐かしく愛おしい美味の世界。（辛酸なめ子）

贅沢貧乏のお洒落帖　森茉莉　早川茉莉 編

鷗外見立ての晴れ着、巴里の香水……江戸の粋と巴里のエレガンスに彩られた森茉莉のお洒落。全集未収録作品を含む宝石箱アンソロジー。（黒柳徹子）

幸福はただ私の部屋の中だけに　森茉莉　早川茉莉 編

好きな場所は本や雑誌の堆積の下。アニゼットの空瓶に夜の燈火が映る部屋。子どもの視線を持つ作家・森茉莉の生活と人生のエッセイ。（松田青子）

魔利のひとりごと　森茉莉・文　佐野洋子・画

茉莉の作品に触発されエッチングに取り組んだ佐野洋子、豪華な紙上コラボ全開。全集未収録作品の文庫化、カラー図版多数。（小島千加子）

ことばの食卓　武田百合子　野中ユリ・画

なにげない日常の光景やキャラメル、枇杷など、食べものに関する昔の記憶と思い出を感性豊かな文章で綴ったエッセイ集。（種村季弘）

アレグリアとは仕事はできない　津村記久子

彼女はどうしようもない性悪だった。すぐ休み単純労働をバカにし男性社員に媚を売る。大型コピー機とミノベとの仁義なき戦い！（千野帽子）

まともな家の子供はいない　津村記久子

セキコには居場所がなかった。うちには父親がいる。うざい母親、テキトーな妹。まともな家なんてどこにもない！　中3女子、怒りの物語。（岩宮恵子）

とりつくしま　東直子

死んだ人に「とりつくしま係」が言う。モノになってこの世に戻れますよ。妻は夫のカップに弟子は先生の扇子になった。連作短篇集。（大竹昭子）

キオスクのキリオ　東直子

「人生のコツは深刻になりすぎへんこと」。キオスクで働くおっちゃんキリオに、なぜか問題をかかえた人々が訪れてくる。連作短篇。イラスト・森下裕美

回転ドアは、順番に　穂村弘　東直子

ある春の日に出会い、そして別れるまで。気鋭の歌人ふたりが、見つめ合い呼吸をはかりつつ投げ合う、スリリングな恋愛問答歌。（金原瑞人）

私小説 from left to right　水村美苗

12歳で渡米し滞在20年目を迎えた「美苗」。アメリカにも溶け込めず、今の日本にも違和感を覚え……。本邦初の横書きバイリンガル小説。

続　明　暗　水村美苗

もし、あの『明暗』が書き継がれていたとしたら……。漱石の文体そのままに、気鋭の作家が挑んだ話題作。第41回芸術選奨文部大臣新人賞受賞。

少しだけ、おともだち　朝倉かすみ

ご近所さん、同級生、バイト仲間や同僚――仲良しとは違う微妙な距離感を描いた短篇集。書き下ろし二篇を含む十作品。（まさきとしか）

こちらあみ子　今村夏子

あみ子の純粋な行動が周囲の人々を否応なく変えていく。第26回太宰治賞、第24回三島由紀夫賞受賞作。書き下ろし「チズさん」収録。（町田康／穂村弘）

さようなら、オレンジ　岩城けい

オーストラリアに流れ着いた難民サリマ。言葉も不自由な彼女が、新しい生活を切り拓いてゆく。第29回太宰治賞受賞・第150回芥川賞候補作。（小野正嗣）

ぼくは散歩と雑学がすき　植草甚一

1970年、遠かったアメリカ。その風俗、映画、本、音楽から政治までをフレッシュな感性と膨大な知識、貪欲な好奇心で描き出す代表エッセイ集。

いつも夢中になったり飽きてしまったり　植草甚一

男子の憧れJ・J氏。欧米の小説やジャズ、ロックへの造詣、ニューヨークや東京の街歩き。今なお新鮮さを失わない感性で綴られる入門書的エッセイ集。

こんなコラムばかり新聞や雑誌に書いていた　植草甚一

ヴィレッジ・ヴォイスから筒井康隆まで夜を徹して読書三昧。大評判だった中間小説研究も収録したJ・J式ブックガイドで「本の読み方」を大公開！

雨降りだからミステリーでも勉強しよう　植草甚一

1950〜60年代の欧米のミステリー作品の圧倒的で、貴重な情報が詰まった一冊。独特の語り口で書かれた文章は何度読み返しても新しい発見がある。

快楽としての読書　日本篇　丸谷才一

読めば書店に走りたくなる最高の読書案内。小説からエッセー、詩歌、批評まで、丸谷書評の精髄を集めた魅惑の20世紀図書館。（湯川豊）

快楽としての読書　海外篇　丸谷才一

ホメロスからマルケス、クンデラ、カズオ・イシグロ、そしてチャンドラーまで、古今の海外作品を熱烈に推薦する20世紀図書館第二弾。（鹿島茂）

快楽としてのミステリー　丸谷才一

ホームズ、007、マーロウ――探偵小説を愛読して半世紀、その楽しみを文芸批評とゴシップを駆使して自在に語る、文庫オリジナル。（三浦雅士）

銀座旅日記　常盤新平

馴染みの喫茶店で珈琲と読書をたのしみ、黄昏の酒場に人生の哀歓をみる。散歩と下町が大好きな新平さんの風まかせ銀座旅歩き。文庫オリジナル。

超発明　真鍋博

昭和を代表する天才イラストレーターが、唯一無二のSF的想像力と未来的発想で〝夢のような発明品〟129例を描き出す幻の作品集。（川田十夢）

真鍋博のプラネタリウム　真鍋博　星新一

名コンビ真鍋博と星新一。二人の最初の作品『おーい　でてこーい』他、星作品に描かれた挿絵と小説冒頭をまとめた幻の作品集。（真鍋真）

英語に強くなる本　岩田一男

昭和を代表するベストセラー、待望の復刊。暗記やテクニックではなく本質を踏まえた学習法は今も新鮮なわかりやすさをお届けします。（晴山陽一）

英単語記憶術　岩田一男

単語を構成する語源を捉えることで、語の成り立ちを理解することを説き、丸暗記では得られない体系的な英単語習得を提案する50年前の名著復刊。

英絵辞典　岩田一男　真鍋博

真鍋博のポップで精緻なイラストで描かれた日常生活の205の場面に、6000語の英単語を配したビジュアル英単語辞典。（マーティン・ジャナル）

女子の古本屋　岡崎武志

女性店主の個性的な古書店が増えています。カフェを併設したり雑貨も置くなど、独自の品揃えで注目の各店を紹介。追加取材して文庫化。（近代ナリコ）

昭和三十年代の匂い　岡崎武志

テレビ購入、不二家、空地に土管、トロリーバス、くみとり便所、少年時代の昭和三十年代の記憶をたどる。巻末に岡田斗司夫氏との対談を収録。

古本で見る昭和の生活　岡崎武志

古本屋でひっそりとたたずむ雑本たち。忘れられたベストセラーや捨てられた生活実用書など。それらを紹介しながら、昭和の生活を探る。（出久根達郎）

本と怠け者　荻原魚雷

日々の暮らしと古本を語り、古書に独特の輝きを与えた「ちくま」好評連載「魚雷の眼」を、一冊にまとめた文庫オリジナルエッセイ集。（岡崎武志）

わたしの小さな古本屋　田中美穂

会社を辞めた日、古本屋になることを決めた。倉敷の空気、古書がつなぐ人の縁、店の生きものたち……。女性店主が綴る蟲文庫の日々。（早川義夫）

月刊佐藤純子　佐藤ジュンコ

注目のイラストレーター（元書店員）のマンガエッセイが大増量してまさかの文庫化！　仙台の街や友人との日常を描く独特のゆるふわ感はクセになる！

間取りの手帖 remix　佐藤和歌子

世の中にこんな奇妙な部屋が存在するとは！　間取りと一言コメント。文庫化に当たり、間取りとコラムを追加し著者自身が再編集。（南伸坊）

ちくま文庫

断髪女中《だんぱつじよちゆう》　獅子《しし》文六《ぶんろく》短篇集《たんぺんしゆう》　モダンガール篇《へん》

二〇一八年三月十日　第一刷発行

著　者　獅子文六（しし・ぶんろく）
編　者　山崎まどか（やまさき・まどか）
発行者　山野浩一
発行所　株式会社　筑摩書房
東京都台東区蔵前二―五―三　〒一一一―八七五五
振替〇〇一六〇―八―四一二三
装幀者　安野光雅
印刷所　株式会社精興社
製本所　加藤製本株式会社

乱丁・落丁本の場合は、左記宛にご送付下さい。
送料小社負担でお取り替えいたします。
ご注文・お問い合わせも左記へお願いします。
筑摩書房サービスセンター
埼玉県さいたま市北区櫛引町二―六〇四　〒三三一―八五〇七
電話番号　〇四八―六五一―〇〇五三

ISBN978-4-480-43506-4 C0193